濤石文化

濤石文化

敘事研究：
閱讀、分析與詮釋

NARRATIVE RESEARCH

Reading, Analysis, and Interpretation

Amia Lieblich
Rivka Tuval-Mashiach
Tamar Zilber
原　著

吳芝儀　譯

濤石文化事業有限公司
WaterStone Publishers

譯者序

　　Amia Lieblich這本1998年出版的「敘事研究」，一推出就備受社會科學研究學界矚目，許多美國的博碩士研究方法課程都列為必讀的教科書之一。在台灣的社會科學研究領域，近年來亦有相當多樣的博碩士論文宣稱係以Lieblich的敘事研究方法，作為其所奠基的研究派典或模式。這個模式係以「整體vs.類別」和「內容vs.形式」來歸類諸多用以閱讀、分析和詮釋敘事材料的方式。其中尤以「整體-內容」和「類別--內容」取向，最常被引用為敘事研究論文的研究方法。前者指涉將受訪者的生命故事或敘事材料視為一個整體，來閱讀與分析整體敘事所要傳達的主要旨趣或重要意涵；後者類似於一般常見的「內容分析」方法，將敘事材料依據關鍵字詞、片語或句子，分割成較小的意義單元，再將具有類似意義單元者群聚起來，使其隸屬於某一概念類別或主題，以提供作為進一步計數頻率或關連組織的依據。

　　學界較不熟悉的「整體--形式」則是作者從文學作品分析中擷取靈感，嘗試將整體敘事材料依據其劇情結構的變化以及高峰低谷的轉折，大分為進化的、退化的與穩定的敘事三種基本形式，並嘗試以喜劇、悲劇、浪漫劇、嘲諷劇來探討敘事的類型。至於「類別-形式」的分析焦點則在於每個獨立敘事單元的敘事風格和語言學特徵，從敘說者敘事時所使用的主動或被動語式、第一或第三人稱主述、隱喻的運用、或其他細微的表述習慣等，來探討敘事者的認知功能和敘事中所蘊含的情緒表達等。

　　本書各以一整章的篇幅來一一詳述這四種閱讀、分析與詮釋敘事材料的方式，並從作者本身於以色列所進行的一項大

型研究中，傑取出相當豐富的敘事材料，逐步引導讀者身歷其境地體會資料分析與詮釋的精緻歷程。最後則以對於這個模式的深思熟慮與評論來劃下完美的句點。

　　譯者任教於國立嘉義大學輔導與諮商系，及國立中正大學犯罪防治研究所，多年來一直教授「質性研究法」相關課程，本書是該課程的指定閱讀教材之一。2003年幾位優秀認真且充滿學術熱情的研究生決定要將本書翻譯出來，於是他們在繁忙的課業與全職工作之餘，還全力投入翻譯這本書的浩大工程。沒料到翻譯初稿出爐後，我個人卻因連串的生涯轉折，再無餘裕校閱此書，就讓翻譯初稿在電腦裡躺了五年之久。一直到2008年暫時擺脫學術圈的紛紛擾擾，遠赴美國馬里蘭大學訪問研究，終於才能專心致力償還這個積欠已久的稿債。著手校閱，一字一句仔細咀嚼，發現也許由於本書是由三位以色列學者所著作，詰屈聱牙的用詞以及繁複的文法結構，並不似美式文章那麼淺顯易懂，因此幾位研究生費盡心思的譯稿仍受限於經驗、文化與對敘事研究的理解不足，而有未能達意之憾。最後，我只得將初稿擱置一旁，逐字逐句逐章完成這項翻譯工作。

　　此處，我仍要對當年不畏艱難、勇於接受挑戰且耗費相當大心力完成這本書翻譯初稿的幾位研究生，致上最大的謝意和最高的敬意。他們分別是李怡真、江振亨、陳乃榕及侯南隆。李怡真於2003年完成其碩士論文「離婚單親兒童之敘事研究—從繪本到生命故事」，該論文即以Lieblich所提出的四種敘事分析架構來分析與詮釋離婚單親兒童的繪本閱讀經驗及其生命故事。江振亨目前為高雄戒治所輔導科長、國立中正大學犯罪防治研究所兼任助理教授，曾發表多篇有關毒品戒治人生命故事與敘事研究之論文。陳乃榕及侯南隆均畢業於南華大學生死學研究所，乃榕是國中輔導教師，南隆則是大學心理諮商

中心之資深諮商心理師，兩人的碩士論文亦均依循敘事研究方法論的指引，探訪危機邊緣青少年曲折的生命故事。

　　本書的文字校對工作則要感謝國立嘉義大學輔導與諮商學系研究生呂坤政及家庭教育與諮商研究所廖玉花的協助，他們兩人在諮商實習之餘，也正準備以Lieblich的敘事研究作為研究方法，來完成其碩士論文。

　　期待本書的中文翻譯版能協助國內有興趣於嘗試敘事研究的研究生，更深入探討且精熟敘事研究的不同分析與詮釋方式，將研究者聆聽受訪者生命故事時所觸發的感動、體悟與學習，透過學術研究的形式，轉化成彌足珍貴的實務知識和生命智慧，讓有幸參與其中的讀者，也能餘音繞樑三日不絕。

吳芝儀

謹誌於 2008年2月

致謝

　　本書是一個跨世代合作的成果。Rivka及Tamar是Amia的研究生，他們選修其課程，並參與她的研究計畫。藉由個別化的接觸來學習敘事研究法是一項殊榮，我們三個人都希望本書能有益於讀者捕捉到這個經驗。

　　我們感謝Israeli基金會、教育與文化部、及教育革新研究中心提供本專案研究計畫的經費補助，使得本書得以蒐集到許多生命故事。此外，也感謝Frankenstein Fund則對於撰寫本書的慨然支持。

　　特別要感謝Orna Shatz-Openheimer以及Sara Blank Ha-Ramati參與我們的訪談和討論工作。而Irit Ha-Meiri也參與了部分深具啟發性的會談。

　　使用傳統錄音器材的研究者都知道一份好的謄寫文本的重要性。我們很幸運地擁有Guy Lederman、Maty Lieblich、Einat Lerner、Hila David、Noga Sverdlick、Mirit Naor以及Michal Nachmias擔任本專案助理，協助我們將訪談錄音帶謄寫成逐字稿。

　　其中Michal受到訪談錄音帶的吸引，對第一位受訪者完成了一個非常漂亮的分析，我們感謝她與我們分享她的分析內容（參閱第四章第二部份）。

　　我們對Yael Oberman也有許多的感謝，本書裡的某些部份是他閱讀希伯來原文並加以編輯、轉譯而來，並且提供了許多發人深省的想法。

　　我們衷心地感激Nanma Levizky，在寫作期間以許多不同方式來協助我們，特別幫忙彙整所有的參考書目；感謝Efat Yitzhaki協助我們校對；而Hebrew University of Jerusalem的心

理系，提供此一專案舒適的家。

　　最後，我們要感謝所有的受訪者。他們告訴我們許多關於他們的生命故事，讓我們對高級中學的經驗、特殊的教學方案和敘事分析獲得深入的瞭解。此外，他們同時給了我們撰寫本書的機會—這個經驗將豐富我們自己的生命故事。

目錄————————— ■ ■ ■

CONTENTS

CONTENTS

Chaper 1

閱讀、分析與詮釋的新分類模式

近十五年來，敘事（narrative）以及生命故事（life story）的概念在社會科學中逐漸受到注目。心理學、心理治療、教育、社會學及歷史學等形形色色的學科，也逐漸在理論、研究以及應用層面學習運用敘事研究。某些人可能會引用孔恩學者（Kuhnian）的術語，以「敘事革命」（narrative revolution）來說明此一歷史演變；其他人則認爲這顯示實證典範（positivistic paradigm）已從社會科學領域退位（Bruner, 1990; Sarbin, 1986）。「敘事」在研究上的應用，可以視爲是現存包括實驗法、調查法、觀察法及其他傳統方法等的附加方法；或者是這些「乏善可陳」的研究工具之外，最令人期待的另類選擇。無論如何，敘事方法論（narrative methodology）已然成爲社會科學研究中的一個重要部份。

伴隨著敘事典範的崛起，以及敘事研究報告數量的增加（參見Journal of Narrative and Life History以及The Narrative of Lives等系列叢書的出版），深入探究社會科學中的敘事方法論的需求愈來愈受到關注。事實上，此一研究方法的實用性，似乎高過於哲學及方法論的探討。此外，敘事研究時常被批評爲藝術性多於研究：它似乎相當大程度取決於研究者的天份、直覺或臨床經驗，蔑視清晰的邏輯順序和系統性，而且難以傳授。

我們相信敘事研究的未來發展，需要投入更多心力來說明如何運用其規則於研究上，這就有必要聚焦於敘事素材的分析和技術的發展，以使其可被運用於相關的研究上。本書嘗試去滿足這個需求。

第一眼看來，這個目標似乎與敘事取向的基本教義背道而馳。敘事研究（本章稍後會有明確定義）與實證論典範最明顯的差異，來自其基本假定：它假定在人類的現實中，並

不存在單一的、絕對的真實，對於文本也沒有惟一正確的解讀或詮釋。敘事取向提倡多元主義（pluralism）、相對主義（relativism）以及主體性（subjectivity）。雖然如此，我們仍然相信研究者對於方法的選擇有責任提供一個系統且脈絡連貫的理論基礎，而且清楚地說明他所用以產出其研究結果的步驟程序。這些敘事研究的方法層面可以也應該要被教導與學習。

　　本書旨在探討生命故事研究的方法論，聚焦於文本閱讀、資料分析，以及質性研究報告中經常被遺漏或忽略的主題。我們的目標在於透過一個閱讀和分類文本的嶄新模式，來傳授讀者如何閱讀、分析和詮釋生命故事的素材，並以我們實徵研究工作中的實例來說明這些技術與程序的運用。雖然我們希望讀者能充份明白敘事研究的豐富性和重要性，我們並無意讀者將本書所呈現的步驟程序視爲從事敘事研究所應依循的處方或食譜，而是當作對於當前藝術狀態提供各種可能的詮釋觀點。本書由三位心理學家所撰寫，但仍以各類多樣化的讀者爲對象—包括所有對生活經驗的敘事研究感到興趣的學者、學生以及研究者們，所以我們所用的術語和實例主要取自我們的實地研究。我們希望此一呈現方式，可以帶給研究者新的想法與方法，並鼓勵讀者爲這個發展中的領域貢獻其創造力。

敘事研究是什麼？

　　當質性研究隨意地使用敘事及敘事研究等詞彙時，很少能找到對這些詞彙的明確定義。韋式字典Webster's（1966）將敘事定義爲「**表述**（discourse），或表述之實例，再現一連串脈絡連貫的發生事件」。敘事研究，依照我們的定義，則指

任何使用或分析敘事素材的研究。資料係以故事（訪談或文獻探討中所採擷的生命故事）或其他方式（人類學者以敘事形式寫下其觀察所得的實地札記，或是個人的信件）蒐集而得。這些資料可以是研究的對象或是探討研究問題的工具。它可能被用於在團體之間作比較，瞭解社會現象或歷史時期，或是探索一個人的人格。我們所提供的模式，可被用來分析廣泛的敘事素材，包括從文獻探討、日記、自傳、會談、或訪談中所獲得的口述生命故事等皆是。當然，這些研究將分別隸屬於幾個不同的學科：包括文學、歷史學、心理學、以及人類學等。

文獻簡述

近十五年來，無論是以傳統或電子形式出版的文獻、報告及資料庫，都指出使用敘事的研究有著相當驚人的成長。在心理學、性別研究、教育學、人類學、社會學、語言學、法律以及歷史等領域，敘事研究更常被用來作為瞭解個人身分認定（personal identity）、生活風格（lifestyle）、文化（culture）以及敘說者歷史世界（historical world of the narrator）等的工具。圖1-1清楚地呈現此一領域在文獻數量上的增加趨勢。

圖1-1的數據取自網路上擁有2,011筆參考書目資料庫的《敘事心理學資源》（Resources for Narrative Psychology）網站（Hevern, 1997），包含期刊論文、專書章節、專書，以及博士論文等，所予以搜尋的關鍵詞包括敘事與生命史（narrative and life history）、敘事與心理學（narrative and psychology）、故事敘說與心理學（storytelling and psychology）、以及表述分析（discourse analysis）。

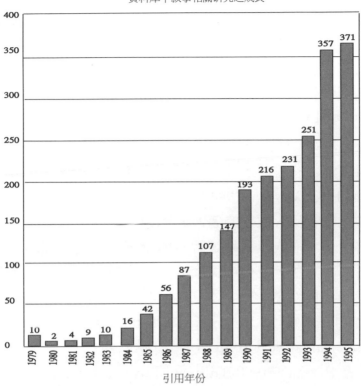

圖 1-1 敘事心理學資源

來源：Copyright ©1997 Vincent W. Hevern. Used by permission.

這些豐富的材料可以依照其主要研究領域，粗分成三大
類。

以敘事作為探討研究問題的方法

此一類別最為常見且變化多端，含括大部分的敘事研究

工作。在客觀研究工具成型的過程中,敘事探究 （narrative inquiry）常被於用於前導性研究 （pilot study）中,或結合大樣本的客觀性調查策略與小團體的敘事訪談方法來提供對樣本的深度理解。然而,某些例子（如本書所呈現的研究）中,真實生活的問題亦可透過敘事取向進行整體性的評估（參見 Greene, 1994）。

在心理學、教育學以及醫學領域,敘事常被用來診斷心理上和醫學上的難題,以及學習障礙等 （Capps & Ochs, 1995; Herman, 1992; Wigren, 1994）。

在社會學及人類學的諸多研究裡,敘事被用來呈現社會中某些由性別、種族及宗教等因素所定義之特定群體的特性或生活風格。從社會、文化或民族的觀點來看,這些社會團體時常是遭受歧視的少數群體,敘事則呈現了他們未被聽見的聲音（在女性的議題上,參見Gluck & Patai, 1991; Josselson, 1987; Personal Narrative Group, 1。女孩的聲音方面參見Gilligan, Lyons, & Hammer, 1990; Gilligan, Rogers, & Tolman, 1991。巴勒斯坦的女人,參見Gorkin & Othman, 1996.男同志的生活,參見Curtis, 1988; Plummer, 1995）。

發展心理學與社會學也應用敘事來研究社會中的特定年齡群體或世代 （cohort）。許多研究以敘事方法來研究兒童的認知與社會發展 （例如Nelson, 1989; Sutton-Smith, 1986）。Thompson （1994） 使用敘事來研究青少年,Kemper, Rash, Kynette, 及Norman （1990）與Koch （1990） 則應用於老年的研究。其他學者採用敘事研究來探究生命週期中的特定階段或轉換。例如Farrell, Rosenberg,及 Rosenberg （1993）研究父職階段的轉換;Riessman （1990）研究離婚;Murray （1992）,Ochberg （1994）與Wiersma （1988）對生涯或職業發展的研究;Lieblich （1993）對移民生活轉換所進行的研究等等。

在認知科學方面，敘事方法被應用於研究記憶、語言發展，以及訊息處理歷程（Hartley & Jensen, 1991; Neisser & Fivush, 1994）。

在應用工作上，臨床心理學採用敘事於心理治療情境中。藉由心理治療，生命故事得以修復或發展，被視為是療癒過程的核心（Epston, White, & Murray, 1992; Omer & Alon, 1997; Rotenberg, 1987; Schafer, 1983; Spence, 1986等）。

上述這些研究在在顯示敘事方法可以同時運用在基礎與應用性研究上。由於研究方法的選擇首重與研究問題的契合，當研究者被各類社會機制要求探討真實生活的問題，或被期許對公眾議題或決定提供專家意見時，研究者如能以開放的態度趨近與這些議題具有密切關聯的人們，探索他們與這些議題有關的主觀的內在經驗，不啻是最佳的選擇。敘事研究方法可謂是探討「真實生活問題」（real-life problems）的「真實世界評量工具」（real-world measures）（Bickman & Rog, 1998）。

◎ 以敘事作為研究之對象

此一類別涉及到敘事的本身，而不是以敘事作為研究其他問題的工具。這類研究常見於文學理論、大眾傳播和語言學，以及探討故事的不同層面、特性、結構或品質等（Frye, 1957; Rimmon-Keenan, 1989）。這些研究大多聚焦於敘事的正式層面，例如故事的結構、劇情的發展或是敘事的語言學層面等，而不是敘事的內容。（參閱Gergen & Gergen, 1988; Labov & Walwtzky, 1967）

✑ 探討質性研究及敘事研究的哲學與方法論之研究

　　這一類別中多數論文的書寫重心在於敘事研究的哲學觀點，而不是其方法論，儘管這些課題彼此關聯著。其中最重要的哲學貢獻是Bruner （1986,1990,1996）提出敘事是人類兩種認知模式之一；M. Gergen （1992）, K. Gergen （1994a）及Giddens （1991）對於後現代主義、身分認定以及敘事的探討，以及Alasuutari （1977）, Fisher-Rosenthal （1995）, Howard （1991）, Mitchell （1981）, Polkinghorn （1988）, Runyan （1984）, Sarbin （1986）, Widdershoven （1993）等所提出的多元哲學議題。

　　對於敘事方法論主體的強調，是此類論文最主要的關切點，然而相當罕見的是其提供閱讀或分析敘事的綜合模式或對於方法進行分類整理。有些論文是以較為廣泛的質性研究方法為書寫重點 （Denzin, 1978, 1989; Dezin & Lincoln, 1994; Riessman, 1993）。研究者提出特定工具用以聚焦於故事的特定層面，或以整體觀點來閱讀故事，如Gilligan和她的協同工作者（Brow et al., 1988）、Linde （1993）及Rosenthal （1993）等人都有相當的貢獻。然而，我們的文獻探討幾乎找不到任何模式可以系統性地整理現存各類閱讀敘事的方法。

　　最近出本的兩篇論文則廣泛探討了敘事研究的各個面向。Ochs和Capps （1996）引用了超過240篇論文，對於敘事與自我 （the self） 的相關議題進行廣泛的探討。Mishler （1995）依據研究所探討的核心議題，提出一個分類敘事研究的類型模式，包括三個敘事類別或觀點：**參照與時間順序** （reference and temporal order） 係指事件在真實時間所發生的順序，及其被敘說的順序，二者之間的關係；**文本連貫性與結構** （textual coherence and structure） 探討建構一個故事時所採用

的語言學或敘事策略；**敘事功能** （narrative functions） 則關注故事所置身之廣泛的社會與文化脈絡。我們所提出的的模式，則以系統化的閱讀、分析和詮釋敘事研究爲目標，在我們介紹基本理論觀點後會呈現給大家。

我們的理論觀點

　　爲什麼要進行敘事研究？或者換個問法，在當代心理學中，關於自身的敘事（自我敘事）或生命故事的定位何在？

　　人們天生就是說故事的能手。故事爲吾人的經驗提供了一致性和連貫性，在我們與他人的溝通中扮演重要的角色。基於前述的文獻探討，我們主張心理學不僅關注人類和動物的**行爲** （behavior），或其目標是**預測** （predict）與**控制** （control），心理學的宗旨任務更是要**探索** （explore）與**瞭解** （understand）人們的內在世界 （inner world）。而了解內在世界最爲清晰的管道，則是透過敘說者對其生活和所經驗過的現實進行口語描述和故事敘說。換句話說，敘事使得我們得以了解人們的身分認定與人格。許多理論家係以相同的方式，尤其是Freud從對女性與男性進行心理治療的「個案研究」，來形成其對於人們精神生活、人格及其發展的觀點。研究者的興趣在於透過研究訪談中所蒐集到的自我敘事，來了解個人身分認定是如何被建構出來 （McAdams, 1990）。

　　當代心理學與社會學關注的重心，Bruner （1991, 1996），Fisher-Rosenthal （1995），Gergen （1994b），Gergen and Gergen （1986），Hermans, Rijks, Harry and Kempen （1993），McAdams （1993），Polkinghorne （1991），及 Rosenthal （1997）等均倡導以個人敘事，包含內容 （content） 與形式

（form） 兩個層面，作爲人們的身分認定。據此，故事仿製了生活，並將內在現實呈現於外在世界；同時，故事亦形塑且建構了敘說者的人格和現實。因此，故事即是個人之身分認定（the story is one's identity），在吾人生活之中，故事不斷地被創造、敘說、修正、及再敘說。藉由我們所敘說的故事，我們知道或發現了我們自己，並向他人揭露我們自己。

　　然而，並非每個人都支持這個觀點。Denzin和Lincoln（1994） 在其《質性研究手冊》（Handbook of Qualitative Research）這本傑作的第一章裡指出：「質性研究領域充滿了一連串的緊張、衝突及遲疑」（p.15）。緊張的難題是由「真實」（truth）、「知識」（knowledge）及「研究」（research）等交織而成，這些既深且廣的課題並非本書所要論述的。不同於上述的後現代觀點，我們仍然可以發現，現有的學術、現實主義、唯實主義或歷史視角仍足以檢視故事或其他口語論述，以作爲內在或外在現實的（或許較好或較壞）的表徵。在這個相互抗衡的範疇中，我們採取中間的立場，不主張以完全的相對主義將所有的敘事視爲虛構的文本。另一方面，我們亦不會只採信敘事的表面價值，將敘事視爲完全且精確的現實表徵（representation of reality）。我們相信，故事通常是以事實或生活事件作爲核心所建構出來，然而也允許個人以其自由度和創造性對於這些「回憶的事實」（remembered facts）做出選擇、增補、強調和詮釋。

　　在心理學對於生命故事的研究中，故事與現實之間連結的較爲寬廣的議題，可以被轉譯爲「自我敘事」（self-narrative）與「個人身分認定」（personal identity）的關係，此關係乃隱身於內在現實的範疇中。生命故事具有其主體性，如同一個人的自我或身分認定，包含「敘事的真實」（narrative truth）（Spence,1982,1986），可能與「歷史的真

實」（historical truth）緊密連結、部分相似、或者大相逕庭。所以，我們認為當適切地運用生命故事時，生命故事可提供研究者發現和瞭解身分認定的鎖鑰—無論是其「真實的」或「歷史的」核心，或作為敘事建構。

　　由訪談（或其他任何特定場域）所提供的生命故事，僅是生命故事的一個面向，是假設性的建構，很難在研究中完整地觸及。這有兩個原因，其一是當一個特別的故事被記錄和謄寫下來時，生命故事也隨著時間而發展和改變中，我們所獲得的「文本」，僅是這個動態變化身分認定的一個單一的、被凍結的、靜止的影像罷了。我們以文本來閱讀這個故事，並以靜態的產物來加以詮釋，彷彿它反映了「內在的」既存的身分認定，而實際上此一身分認定卻不斷變化之中。而且，每一個被蒐集而來的故事，都受到它所被敘說時的情境脈絡、訪談的目的（例如找工作或參與研究）、「聽眾」的性質、以及聽者和說者之間關係（例如個人背景是否相似？）、敘說者的情緒等等的影響。因此，每一個特別的生命故事都只是多元可能性建構或人們多元化的自我及其生活表徵的其中一個面向，取決於特定時空環境的影響。

　　儘管這些關於敘事之事實根基、訊息價值或與個人身分認定連結等的論辯眾說紛紜，生命故事仍然建構且傳遞著個人和文化的意義。人類是創造意義的有機體，從其日常文化和個人生活經驗中擷取建造其身分認定和自我敘事。由K. Gergen（1991）和 Van-Langenhove & Harre（1993）等人所倡導的建構取向（constructivist approaches）主張人們係在特定的人際情境脈絡及互動中建構出自我意象（self-image）。我們與上述學者具有相同的信念，藉由研究和詮釋自我敘事，研究者不僅得以理解個人身分認定及其意義系統，亦得以窺見敘說者所處文化和社會世界之堂奧。

進行敘事研究的基本特徵

敘事方法論的使用可以獲得獨特而豐富的資料，這些是無法藉由實驗、問卷或觀察法而得的。我們會在他處帶領讀者探索如何提出研究問題、如何建立研究工具和資料蒐集等議題（註3）。這個敘事研究的優點也會帶來主要的困境，包括累積了大量的資料和如何詮釋的問題。

儘管大部分敘事研究處理的是較小的人類群體，而非傳統研究的樣本規模，但透過生命故事所蒐集到的資料量仍是相當龐大的。一個單一個案研究就可能來自於數小時的訪談，且要花更多小時來聆聽錄音帶以及謄寫成逐字稿的文本。一場訪談所謄寫的逐字稿通常有上百頁之多。即使當研究者限制其訪談的問題廣度，或訪談時間，或運用文字敘事，這些研究中所蒐集的資料量仍是令人驚奇的。此外，沒有兩個訪談內容會是相同的，敘事的特色就在於其異常豐富的資料。訪談的整體結構或組織可能有助於提供研究者一個初步的訪談次序或方向，然而敘事資料仍然可從數以萬計的向度來分析，例如內容、結構、敘說風格、情感特性，以及敘說者的動機、態度和信念，或是其認知層次等。而且，如上所述，訪談資料還會受到訪談者與受訪者間的互動及其他情境脈絡因素所影響。這些向度和影響通常很難在初次閱讀時覺察到，謹慎且敏銳的閱讀或聆聽可增加對於研究問題的了解。即使研究者已有長期進行敘事研究的經驗，每一個新的文本都還是像謎一般，充滿神秘色彩，交織著興奮、冒險與恍然大悟。

敘事研究的另一特色，關乎「假設」（hypothesis）在此一研究中的位置。研究者通常有一個研究問題或基本方向，引導其決定如何選擇受訪者或敘說者，以及蒐集故事的程序。然而，在敘事研究中，通常並沒有預先的假設。研究的明確方向

通常是從閱讀所蒐集到的文本中浮現出來，而假設也可能隨之而出（Glaser & Strauss, 1967）。而且，敘事研究是詮釋性的，對於故事的詮釋是相當個人的、偏頗的與動態的。因此，敘事研究比較適合能夠容忍模糊曖昧的學者。隨著對於資料的更深入閱讀，他們所做出的詮釋性結論，可能必須隨之改變和再次改變。

處理敘事資料需要對三種聲音（至少）進行對話性聆聽：**敘說者的聲音**，如錄音帶或文本所示；**理論架構**，提供詮釋的概念和方法；以及**對閱讀與詮釋的行動進行反思**，也就是，對從資料導出結論的決定過程進行自我覺察。在如此的研究過程中，生命故事的聆聽者或閱讀者進入與敘事的互動歷程，能敏銳覺察敘說者的聲音與意義。當閱讀和分析敘事資料時，假設與理論隨之產生。如Glaser和Strauss（1967）的「紮根理論」（grounded theory）概念所提及的循環運作，在循環性的理解中，豐富閱讀的廣度，並精練理論性的陳述。因此，一方面藉由自傳故事來建構身分認定，二方面也透過實徵研究來建立理論，二者同時並進。

在常見的敘事研究中，研究者並不需要將研究結果的複製作為評價的基準（註4）。因此讀者需要更加仰賴研究者個人的智慧、技巧與真誠。然而，詮釋並非意味著對研究者擁有絕對自由的推測和直覺，相反地，直覺歷程必須奠基於綜合性的瞭解，這有賴對於敘事資料進行反覆不斷的檢視。詮釋的決定絕不是草莽輕率的，而需要足以證立的理由。當傳統研究方法，通常奠基於統計，提供研究者系統性的推理過程，敘事研究工作則有賴研究者以自我覺察和自我規訓來持續檢視文本和其詮釋。這些特性意味著敘事研究是非常耗時費事的工作。

如何學習從事敘事研究？

　　學術研究與經驗之間的平衡，對於所有的學習都是必須的。敘事研究，正如心理治療一樣，可以藉由經驗與督導獲得最佳的學習成果。參加從事敘事研究的研究團隊，或參加探討敘事之運用的研究研討會，都為學習者提供機會以從其他從事類似工作的研究者處獲得經驗、互動、諮詢和回饋。例如在美國，Gilligan與她的同事和學生一起進行敘事研究工作，強調聆聽文本裡的多重聲音，並將研究專案彙整成閱讀訪談素材的工作手冊（Brown等，1988）。在歐洲，Rosenthal和Fisher-Rosenthal為學者與學生舉辦訓練工作坊，教導研究者運用自傳式素材來研究個人的身分認定。隨著人們對於敘事研究愈來愈感到興趣且廣泛運用，更多大學課程、訓練工作坊和其他機會，將提供學習者操作敘事素材的環境和經驗。

　　然而，並非所有人都能獲得瞭解敘事研究的直接學習經驗，這也是我們撰寫這本書的原因。我們的目的在於描述敘事研究的內容與特性。這本書並不能處理敘事研究過程中所有的一切，而是聚焦於閱讀與分析敘事素材的過程—為此任務建構工具，並將之應用於敘事中。我們試著與你分享我們對於處理敘事過程的想法，在選擇方法時的考慮與質疑，以及我們對自身詮釋工作的評論。為此，兩個生命故事訪談幾乎是以逐字稿方式呈現（在第三章），提供很多實例，以使你可以瞭解此一歷程，並對此一推理歷程做出評論。

　　這本書是由三位作者之間不斷對話所產生的結果（註5）。作為如此「生動」會談的參與者，我們交換了許多意見，檢視我們不同的想法，並比較我們對於同一個文本的不同觀點，我們都獲益良多。然而，「對話」（dialogues）並不僅限於學者之間實際的會談，更是存在於書籍、期刊，以及作者

與讀者之間。我們將與你分享我們的經驗，希望這本書成為對於敘事研究的豐碩對話中一個被聽到的聲音。

敘事分析類型的分類與組織模式

　　當思考如何閱讀、詮釋和分析生命故事及其他敘事素材的多種可能性時，我們發現了兩個獨立的向度—分別是（a）**整體**（holistic）vs. **類別**（categorical）取向，以及（b）**內容**（content）vs. **形式**（form）取向。雖然各自向度的兩個極端點可以被明確區分開來，但是閱讀文本的多種可能性多座落於這些向度的中道。

　　第一種向度指涉分析的單元（the unit of analysis），無論是從完整文本所抽取出來的段落，或整體敘事本身。這個區分有點類似Allport對於研究的「個殊性」（idiographic）與「普同性」（nomothetic）類型所做出的經典比較（1962），並且也類似於Maxwell（1996）等人所提出的「類別」（categorization）相對於「脈絡」（contextualization）的差異。從類別取向來進行分析工作，一如傳統的「內容分析」（content analysis），原始故事被加以拆解開來，從整個故事中或從幾位敘說者的數個文本中所蒐集到的段落或單一字詞，被歸類到已界定的類別中。相反地，從整體取向來分析，則一個人的生命故事被視為一個整體，文本的段落必須在整個敘事的情境脈絡中來加以詮釋。當研究者的主要興趣在於一個由一群人所共有的難題或現象時，即可選用類別取向；當個人被視為一個整體，他如何發展成現在的樣貌即是研究所欲探索之目的時，整體取向就是優先考量。

　　第二向度，亦即故事內容與形式之間的區分，取自於對文

本進行文學性閱讀的傳統二分法。某些閱讀係集中於論述的外顯內容，包括發生何事，為什麼發生，有誰參與了該事件等等，完全從敘說者的觀點出發。另一些內容導向的閱讀策略，旨在藉由詢問故事或其特定段落的意義，來傳達個人所要表達的特質或動機，或者敘說者所使用的特定意象所隱含的象徵意義等。在光譜的另一端，有些閱讀忽略了生命故事的內容，而鍾情於形式：劇情結構、事件發生的時間序、與時間軸的關係、故事的複雜性與連貫性、故事所喚起的情感、敘事風格、所選用的字彙或隱喻（例如：被動對主動語式）等。儘管內容經常是顯而易見且可立即被攫取，研究者可能還是會有興趣探索生命故事的形式，因為這似乎可顯現較深層的敘說者的身分認同。換句話說，雖然故事的形式通常較其內容更難以掌握時，但對某些研究目的而言，形式分析仍是有益的。

我們可以預見這兩個向度是交錯，包括四個方格的矩陣，反映閱讀敘事的四個模式，如下所示：

整體--內容	整體--形式
類別--內容	類別--形式

整體--內容的閱讀模式，係以一個人完整的生命故事所呈現的內容為焦點。當使用這個故事的個別段落時，諸如敘事的開展句或結束句，研究者仍是根據從敘事其餘部分所顯示的內容或故事的整體脈絡，來分析這個部分的意義。此種閱讀方式，類似於臨床的「個案研究」（case studies）。

整體--形式為基礎的分析模式，是藉由省視整個生命故事的劇情或結構，來發現其最為清晰的表達方式。例如，敘事的發展是喜劇或悲劇？故事的發展在敘說者的生命中是漸入佳境，或者是每況愈下呢？研究者可能要在故事的整體進展中，

找到其高峰或轉捩點。

　　類別--內容取向較為近似「內容分析」（content analysis）。研究主題的類別已被明確定義，文本中分離的段落則被抽離出來、分類，再聚集到這些類別/群聚之中。在此模式裡，常可見到對於敘事進行量化的處理。類別可能非常狹隘，例如：所有敘說者所提及的發生於生命歷程中的特定政治事件，或所有指涉政治事件的段落，都會被從文本中抽取出來分析。

　　類別--形式的分析模式則聚焦於每個獨立敘事單元的敘事風格或語言學特徵。例如：敘說者所使用的是何種隱喻？他使用被動或主動語式有多麼頻繁？界定此一特性的實例，從一個文本或數個文本中聚集而得，並可加以計數，如同類別—內容的閱讀模式一般。

　　這四種分析模式都與特定的研究問題類型有關，需要不同種類的文本，更需要適當的樣本數。

　　讀者應該要謹記在心的是，這些精細的區分在進行敘事研究和詮釋的現實情境中，並非總是可以明確劃分的。故事的形式並非總是能輕易地從故事的內容中分離出來。事實上，「想法」（idea）這個字本身，在古典希臘語系即同時指涉內容與形式兩者。有些人可能視故事之形式乃蘊含於其內容之中，是一種傳遞訊息的微妙方式，與故事中所使用的象徵（無論是意識或潛意識）並無太大差異。因此，我們可以明白，上述所謂獨立分離的類別，諸如敘說者使用了被動語式來說明其生活事件，對於瞭解一整個個人是相當重要的。然而，我們所指用類別模式來閱讀故事的分類方式，係聚焦於故事的個別段落，而不是將故事視為一個整體。這些精細的區分將在後續的章節中再加以釐清（第四至七章），並提供我們自己的研究中所運用的閱讀和分析故事類型的實例，而本書最後一章（第八章）將

有對此一模式的詳細討論，包括其價值和限制等。

先前研究所顯示的四種閱讀類型

　　接下來的段落中，我們試圖從我們先前所進行的敘事研究中，擷取一些實例，來顯示這四種閱讀故事的模式。雖然我們所提出的模式為敘事研究領域提供了一個嶄新的系統化，但由於我們先前並不知道這些分類方式，我們也並未依據這些向度來進行研究設計。為了呈現適當的實例，我們企圖選擇最能分別彰顯四個分類的典型樣版。然而，敘事研究大多從幾個不同的視角來分析敘事素材，將幾個分類方式結合起來運用，我們將在第八章進一步討論這個主題。

整體−內容的閱讀

　　這個閱讀故事的類型，關注的是一個完整的故事，並聚焦於其內容上。因此Lieblich（1993）曾在其書中呈現Natasha的生命故事，一個年輕猶太女性，從蘇俄移民至以色列。在和作者進行數次會談之後，Natasha敘說有關其生命的故事，以及她在以色列的生活適應情形。研究者對於故事的分析集中於一個主題：改變，顯見於Natasha生命中的許多領域─她的外表和衣著方式、她的語言、她的舉止、她對家庭成員的態度、她與父母的關係、她與平輩的友朋關係（無論是和她一樣的移民或世居以色列人）、她的職業選擇，以及她對於性別與平等的

觀點。因移民所導致的文化改變，加諸於Natasha青少年期的議題之上，創造了一個獨特個體徘徊在人生十字路口的豐富圖像。

　　當Lieblich致力於單一個案的研究時，Bateson（1989）則敘述五個女人的故事，包括她自己，這五位美國女性皆從事藝術創造的工作。她的專書不能單純被視為「研究」，她的目標也不在於從其主角的生命故事描繪出系統性的結論。這個令人讚嘆的文學作品結合了故事、對話和作者本身對她所聆聽的女性生命異同處之發現。故事的焦點是女性化、夥伴關係、關懷照顧、自我實現、投入踐諾等等。Bateson的主要訊息在於女性生命是由許多零散片段和不同的身分認定所組成，亦是一個不斷要將這些碎片組合起來的持續的創造性歷程。她的專書讓我們見識到從整體視角來工作，並不需要侷限在單一個案研究中。

　　這也是Josselson（1987，1996b）以20年期間持續對一個女性團體進行追蹤研究的本質。奠基於整體--內容的視角，且應用Marcias（1966）對於成年轉換期「認定狀態」（identity statues）的分類，Josselson將其受訪者描繪為「達成認定」、「早閉型」、「未定型」或「迷失型」等四個類型。在接下來的幾年裡，她連續進行訪談，追蹤這些女性生命發展的型態，並檢視其發展的軌跡。即使她發現這些依據先前認定狀態所分類的女性群體，並無法看出其生命故事有何明顯的差異，她的研究工作仍可被視為是整體--內容取向的一個實例。

整體--形式的閱讀

　　這一類的閱讀同樣關注完整的生命故事，但聚焦於其形式

面向,而非內容。根據Gergen和Gergen（1988）的說法,每個故事,不論口述的或書寫的,都可依其劇情的進展來指認其特徵,這亦可被視為「劇情分析」（plot analysis）。有三種基本的型態或圖示,乃進化（progression）、退化（regression）和穩定（stable）,一個人的故事通常是三種型態的組合。在他們的一個研究中,從隸屬於兩個不同年齡世代的人蒐集到他們的生命故事,並指出其生命中的高峰和低谷。然後對這些故事進行劇情分析,並將每個人的圖示結合起來,為每一個世代繪製一個代表其世代的圖示。於是作者宣稱較年長世代的故事呈現出一個倒U形弧線,也就是說,從逐步上升至高峰狀態,接續的是一個平原,然後是緩步下降。另一方面,年輕人世代的故事則呈現一個「浪漫劇」（romance）的形式,亦即,一個U形弧線。

整體--形式的閱讀視角,可進一步由心理治療的敘事取向獲得驗證。White和Epston（1990）發展一種方法,運用個人生命故事作為改變其心理現實的工具。在他們《從敘事到心理治療》（Narrative Means to Therapeutic Ends）（中譯為《故事、知識、權力》心靈工坊出版）一書中對於敘事在心理治療中的運用提出其理論論述。他們所提供用以改變一個人生命故事的方法,主要是針對其形式,而非其特定內容。例如:使敘說者成為其故事中的英雄,而非環境的受害者,或者將問題外化為敘說者所要對抗的「敵人」。

Omer（1994）相信,心理治療是由治療者與案主共同對於生命故事進行創造的結果。他對於如何區辨「不良的」和「良好的」生命故事,提供結構性規準,指涉在最初的故事中是否存在著一些鴻溝或隙縫—「補釘的敘事」（the patchy narrative）—相對於脈絡連貫性,將生活事件的時間序列納入考量,包括事件的開頭和結尾,抑或是一個「封閉的」或「開

放的」故事。

◎ 類別--內容的閱讀

這種閱讀類型，傳統上稱爲「內容分析」，關注敘事各個部分所顯現的內容，而不在意整體故事的情境脈絡。Feldman、Bruner和Kalmer（1993）的研究即使用一個狹隘的類別，亦即特定字詞（specific words）。研究者對三個年齡群體的研究對象呈現了一些故事，並詢問他們一系列有關故事內容的詮釋性問題（例如，我所說的故事中，最重要的事是什麼？）。研究對象的回答被謄寫成逐字稿，成爲研究所蒐集的資料。奠基於對特定字詞所出現的頻率加以計數和進行跨年齡群體比較的量化分析結果，他們的主要研究結論顯示這三個年齡群體的「詮釋型態」（interpretive patterns）。

當Feldman等人的研究使用了特定字詞來計數，Schulman、Castellon和Seligman（1989）則提出更廣的類別或單元，亦即「事件說明單元」（event-explanation units），是敘說者用以對其生命中所經歷之諸多事件所做的歸因。他們依據Seligman所提出的歸因風格模式的三個分量表—「內在性」、「穩定性」和「全球性」來分析這些單元。此一方法的運用，係奠基於多采多姿的敘事素材，包括引用政治演說、心理治療的逐字稿、日記和個人信件等，對個人歸因風格進行探究分析。

Mcadams、Hoffman、Mansfield和Day（1996）的研究亦從類別--內容視角來處理較大量且寬廣的類別。始於Bakan（1996）有關人類身分認定的兩個基本模式—「主導」（agency）和「溝通」（communication）—Mcadams

（1996）等人發展了不同的工具來評估這兩個寬廣的類別。他們為「溝通」界定了四個內容類別，包括愛/友朋關係、對話、關懷/幫助、以及社群；而「主導」的四個內容類別則是自主、地位、成就/責任，和增展權能。在其論文中，Mcadams等人提供了從自傳式文本中發現和彙整這些類別的詳細程序。

✎ 類別--形式的閱讀

閱讀敘事的最後這個模式，關注生命故事的不同段落或類別所顯示的形式面向。Farrell等人的研究（1993）就應用了此一取向。猶如Gergen和Gergen（1988）的研究一般，他們也對敘事素材進行劇情分析，但僅關照文本的某些部分，乃敘說者生命故事中對於父職轉換階段的描述。近似於Gergen和Gergen（1988），Farrell等人的研究區分出三種典型圖示來表徵此一轉換階段。

另一種屬於類別--形式類型的研究係由Tetlock和Suedfeld（1998）所執行，奠基於他們對於形式的論辯，而不是內容，發展出用以評估個人的「統整複雜度」（integrative complexity）之發展的工具。他們的評量方式包括兩個向度：「分化性」（differentiation）（在評估或詮釋事件時，據以考量某一難題之面向數量），以及「統整性」（integration）（在分化性特徵之間的複雜性連結）。Tetlock和Suedfeld聲稱這個方法可以適用於分析從不同來源取得的多樣化口語行為上，例如：外交溝通辭令、演說、訪談、雜誌社論等等。

Linde（1993）也分析了生命故事的形式面向，亦即，使故事具有連貫性的方法。Linde針對13個有關職業選擇議題

的訪談來進行分析，檢視其所用以建立連貫性的方法，包括時間序、因果關係、以及連續性。在她的工作中，Linde聚焦於文本的語態構詞與表述層次，更勝於故事之整體與內容。

　　除上述我們所提供的模式分類之外，本章節所引述的許多研究工作，彰顯了以「敘事研究」為名的廣泛研究對象和議題。再者，他們也分別代表著相當不同的學術領域和方法論取向，從Tetlock和Suedfeld（1988）的量化取向，到Omer的臨床取向，到Bateson的文學作品。

關於此書

　　在接下來的各章裡，第二章將呈現我們各自的敘事研究專案，為四種閱讀和分析文本的模式提供完整的例證。第三章將呈現我們受訪者其中的兩位的生命故事，一位男性和一位女性。他們的敘事會在接下來的章節中被運用來佐證我們的分析。他們的故事會被完整的呈現，以使讀者可以和我們對於文本的詮釋做比較，並積極地嘗試自行去分析他們的故事。

　　第四到七章將分別從我們所提出的四種模式來閱讀、詮釋、分析我們的敘事資料。每一章都包含兩個例子。雖然他們代表了同一個閱讀模式，但對於實際應用研究工具的啟示則有所不同。每一個例子都將與讀者分享研究者工作的歷程，包括每位作者個人或相互之間的對話所顯現的各種不同考量、懷疑、和自我批判等。本書所呈現的某些分析段落，其實就是整個研究報告的一部份，其他段落則是特別為了說明我們的模式所提供的例子。有鑑於此，本書最後一章將回到某些與敘事研究有關的理論性議題，進一步討論這個模式及其限制。

　　本書是三位作者的共同著述，是長期在研究中協同合作和

對話的結果。然而，在這個過程中，我們也試圖保有各自獨立的視角，如本書這一章中所示。即使本書的一般性策略來自我們的合作成果，我們每一個人仍發展出個人特有的閱讀和分析工具。僅有第五章的第二個段落，是由我們三人共同發展和執行的分析實例。Tamer Zilber著重在類別--形式的分析。她發展出一種用於評估敘事之認知功能和文本中之情緒表達的工具。Rivka Tuval-Mashiach熱衷於視故事為一整體，以進行情節結構分析。她也為了解受訪者的家庭動力提供了一種內容分析方法。Michael Nachmias是我們研究團隊裡的資深研究助理，對於早期記憶的整體內容閱讀做出不小貢獻。最後，Amia Lieblich寫了兩個敘事個案研究，呈現在第三章，作為整體--內容閱讀的實例，也對參與者生命故事中高中階段的記憶做出內容分析。這些章節和分析，是由每位作者獨立撰寫完成，對同樣的敘事素材提供多種閱讀的視角。我們也邀請身為讀者的你，試著去比較和統整這些不同的段落，並嘗試去發展出你的分析技巧，豐富敘事研究領域的多樣性。

備註

1. The Journal of Narrative and Life History自1991年以季刊形式出版（由Lawrence Erlbaum）。而Narrative Study of Lifes則自1993以年刊方式出版。參見Josselson和Lieblich（1993,1995）。Josselson和Lieblich（1994）、Josselson（1996a）、Lieblich和Josselson（1997）。

2. 生命（life）、生命故事（life story）與身分認定（identity）這三者的間關聯的議題，具有高度複雜性，不是我們在此可充分論述的。延伸閱讀，可參見McAdams（1990）、 Rosenwald & Ochberg（1992）、 Widdershoven（1993）、 Alsuutari（1997）。

3. 計劃從事敘事研究者，請進一步參酌Glaser和Strauss（1967）、Yin（1984）、Denzin和Lincoln（1994），以及Maxwell（1996）的著作。想閱讀有關訪談法在敘事研究情境中的多種不同取向，請進一步參酌Denzin（1978）、Spradled（1979）、Kuale（1983）、Mishler（1986a）、McCracken（1988）、LaRossa（1989），以及Chambon（1995）。關於謄錄和編輯訪談素材的議題，可見Mishler（1986b）和Blauner（1987）。對訪談法進行廣泛的文獻回顧則可參酌Fontana和Frey（1994）。

4. 有關判別敘事研究和分析的規準，以及其原理，將在第八章探討。

5. 特定領域研究者之間的會談，近來也成為書寫研究的一種形式。請參閱Conversation as Method（Josselson, Lieblich, Sharabany, &Wiseman, 1997）這本專書。

Chaper 2

我們所研究的敘事

　　本書藉由一個於1992年至1995年之間於以色列所進行的一項大型應用性研究中所蒐集到的生命故事資料，來說明閱讀、分析和詮釋敘事素材的多種程序。如同我們先前所論述的，生命故事總是與其產生的情境背景有所關聯，本章的目的在於對本研究提供一個簡要的回顧，並說明其目的、樣本和研究程序，以作爲敘事素材和分析的背景。換句話說，我們的目的並不在於對研究進行綜合性的論述，亦不意圖呈現詳細的理論基礎和研究結果，而是強調一些與本書書寫目的有關的重點面向。

研究背景

　　在以色列於1948年成爲獨立國家後的第一年，大量的猶太移民蜂擁而來，其中許多移民來自於開發中國家。Carl Frankenstein（1970a, 1970b）爲了因應大量移民潮所帶來的文化及教育上的鴻溝，發展了一個名爲「復健教學」（rehabilitative teaching）理論的獨特取向（註1）。具體地說，由於移民子女在學校成績、學術動機和行爲表現上的明顯差異，使得「弱勢」（underprivileged）的問題愈加令人關注。這些來自低社經地位和低教育程度家庭（通常是文盲）的兒童，大部分是從中東和北非國家移民而來。

　　受到世界其他先進國家教育經驗所影響的教師、行政人員和學者專家們，針對此一學校體系上所出現的教育鴻溝，提出了各式各樣的分析和補救策略（例如Amir, Sharan, & Ben Ari, 1984; Eshel & Klein & Eshel, 1980）。以色列公立學校教學最常採用的政策就是整合，以爲所有學生提供均等的教育機會。然而，一位著名的教育學家Frankenstein 則提倡一項獨創且極

具爭議性的教育計劃，也就是將弱勢學生區隔開來，安置在獨立的班級中。根據他的理論概念，教育鴻溝無疑是由移民貧窮的家庭環境、低社經地位家庭背景所導致的一種「次級遲緩」症候群。依據Frankenstein所言，為了修復學生的「受損傷的智力」，教師必須提供「復健教學」。因此，他為所有學科發展了一種綜合性的教學方法，在獨立的班級中教導12至18歲的目標群體學生（註2）。實施方案時，參與該項方案的學生從不同的城市聚集而來，從正規的高中學校班級被分離出來，由接受特別訓練的教師給予額外的協助和照顧，以引導學生逐漸恢復其智力功能。學術上，復健教學似乎對弱勢學生具有潛在的助益，然而，實質上所要付出的代價包括學生的的社會烙印，及與一般平輩群體的孤立隔離，則是不可否認的事實。實際上，原始方案的計劃是要讓弱勢學生在兩年的隔離學習之後，能有機會整合回歸到正規班級中。然而，由於許多無法預料的困難，這項計畫在執行的前後幾年都未能將其教材系統地編擬出來。此處要附加說明的是，Frankenstein是在1950年代和1960年代之間發展其理論和方法，而且他所面臨的是以色列學校體系必須吸收龐大移民學生的巨大壓力，當時的社會氛圍截然不同於我們所處的當代社會。

　　本書並不意圖對該項方法及其理論基礎進行評估，這並非本書關注之焦點，但由於Frankenstein的方案明顯抵觸支持民族鎔爐的意識型態，其方案並未被廣泛採納或實施。然而，有一個的特例則是以色列一所菁英高級中學曾自1966年起，在兩個班級進行此項教育實驗，並伴隨著對於方案的評估研究 （Frankenstein, 1970a），顯示了這兩個班級在學術上是成功的。然而，對整個高中階段的兩個獨立班級進行研究所涉及的社會及個人面向，並未在其研究中進行評估。在這項實驗之後，直到現在，這所菁英高中每一年仍然特別選出一至兩個班

級學生接受這項復健教學方案，而這項政策常成爲公眾論辯和批判的話題。

我們的研究取向及樣本

這所菁英高中不斷地試圖要去證明這個備受爭議的政策具有其正當性，於是1991年菁英高中的行政主管與Amia Lieblich接洽，請她對其參與復健教學方案的畢業生進行追蹤研究。Rivka Tuval-Mashiach則受Lieblich之邀，前來幫忙設計和執行這項研究計畫。

我們在探討一些相關的文獻之後，接著多次與學校教師和行政人員召開會議，決定要運用質性取向（Greene，1994）來進行這項研究，它可深入探索學生參與復健教學方案的正面和負面效果。然而，我們計劃在研究中涵蓋對學生生活現狀的人口學測量，以及運用幾個有關人格特質和價值觀的客觀化測量工具（註3）。根據Frankenstein（1970a）的主張，由此一教育介入方式所導致的改變歷程，應該是長期持續性的，可能稍後才會出現在其生命中，所以我們決定邀請1970年（第一批實驗班級）和1982年畢業的這兩個年齡世代的成人也參與這項研究。在進行訪談的期間（1992-1993年），我們受訪者的平均年齡爲41至42歲，大約畢業了22年之久，我們稱爲「中年期」；以及28至29歲，大約畢業了10年，我們稱之爲「青年期」。

爲了加深研究範圍並方便做比較，來自同一城市具有相似背景卻畢業於不同學校的同齡者，也被邀請參與研究。學校原本要求設置「控制組」-- 具有相似發展潛能但在整合性班級學習的弱勢學生（相對於菁英高中所採行的隔離政策）－並對這

兩個畢業學群進行一連串的比較和評估。然而，「控制組」的概念，如同前章所示，與敘事研究模式大相逕庭（註4）；而且，在實務上，很難精確衡量兩組年輕人的教育潛能究竟有多麼相似或相異，我們便不予採用。

我們的研究對象選取自菁英高中參與隔離班級的畢業生，以及同一城市中兩個整合型高中的畢業生。然而，由於人口流動，以及已婚婦女改變了姓氏或名字，找出所選擇班級畢業生當時的確切地址則是個很大的難題。我們使用了畢業生最初留給學校的電話號碼來聯繫他們，告知「這是一項為了撰寫一本專書，而進行有關這個年齡群體者生命故事的研究」，以徵得他們同意參與這項計畫。這是個相當一般的目的，以避免一開始就強調其高中學校經驗，並在探索其綜合性的自我敘事中，讓高中階段自發地呈現出來。在電話訪談中，我們告知研究參與者會有兩次分別約一個半小時的面對面訪談，可以約在他們方便的時間和地點進行。我們向參與者確保其隱私權（電話中，或者在稍後的訪談中），如果他們故事會放在未來要出版的專書中，我們會先給他們看過、提供評論和修正，而且他們有權決定是否要被引用出來。如果這個倫理議題並未在這個階段就被提出來，我們通常會請訪談者在會談結束之前告知受訪者有關的訊息（註5）。一般而言，我們透過電話所聯繫的人中，僅有40%的人會同意接受訪談。其餘60%拒絕的人通常是因為缺乏時間或不感興趣。

一共有74位參與研究，並被分為四個研究群體，兩個年齡世代，分別來自於兩所高中場域—我們稱為「隔離的」（segregative）相對於「整合的」（integrative）場域。如下所述：

中年期，隔離的－19人（7位女性，12位男性）

中年期，整合的－17人（7位女性，10位男性）

青年期，隔離的－18人（10位女性，8位男性）

青年期，整合的－20人（10位女性，10位男性）

生命故事訪談

　　研究程序將只針對與本書目的有關的部分來做陳述，著重於生命故事訪談。

　　我們安排每位受訪者接受第一次訪談的時間，分別由五位訓練有素的女性訪談者中的一位來進行（本書的三位作者與兩位志工（註6）），大多是在受訪者自己的家中。少數受訪者要求安排在工作地點碰面，認為比在家裡安靜而且較為隱密。大部分的情況，生命故事訪談會用掉第一次會談的時間，而第二次（很少有第三次）則是為了完成整個訪談內容。當我們蒐集到完整的生命故事之後，我們即施予一些問卷（見註3）。一位訪談者需負責同一位受訪者的所有電話聯繫和訪談。所有的對話皆被錄音下來。訪談者對於訪談場域和受訪者的印象，也必須寫成札記。

　　由於本研究中涵蓋了大量的參與者，我們所選擇蒐集生命故事的方法，必須在獲得自由而豐富的自我敘事資料和有限的時間之間做出妥協，如同接下來章節所示，此種訪談方法有助於資料的分析，但也限制了其他方面的深度。在Scarf（1981）和McAdams（1985，1993）等人的書寫中亦可見到類似的生命故事訪談法。

　　在訪談一開始，訪談者要簡介這個「階段大綱」（stage outline）的任務，如下所述：

　　每個人的一生可被寫成一本書。我希望你仔細想想你現在的人生，就像你要寫成一本書一般。首先，想想這本書的章節。我這兒有一張白紙可幫助你完成這項任務。我們從零開始，請你在這張白紙的第一行寫下你出生的那一天的年代。這個第一階段要到何時結束呢？請寫在這裡。然後繼續寫下一個章節，在每一章的開頭和結尾寫下你當時的年齡。如此反覆進行，直到你現在的年齡為止。你可以使用許多章節或階段，以適當地陳述你的人生。

　　訪談者手中的第一頁格式，包括兩欄，左邊的欄位以年齡來描繪生命階段，右邊的欄位則要請受訪者寫下每一章節的標題。第二項任務的引導語是在受訪者已完成各章分段之後進行。說明如下：「現在，請你再想想看，你會如何來命名這些章節？要分別給這些章節什麼標題？請在右邊的欄位寫下來。」

　　當受訪者完成其階段大綱，訪談者將之放置於兩人可見之處，接著說：「我現在要針對你所提出的每個階段，詢問你幾個問題。」訪談者接著透過四個問題/方向，引導敘說者聚焦於每一個生命階段：

1.請告訴我你對這個階段的記憶，或是在這個階段中曾發生的重要事件。
2.在這個階段中，你是個一個怎樣的人？
3.在這個階段中，對你而言，誰是你的重要他人？為什麼？
4.你選擇要終止這個階段的理由是什麼？

　　儘管訪談者提供清楚明確的引導，大多數受訪者對於每一個生命階段都僅提供了相當一般性的陳述報告。對許多人而

言，敘事會從上述的幾個視角流瀉出來；對其他人而言，故事的敘說並不需要訪談者給予特定的方向。訪談者會加上探問和問題，以有助於釐清故事脈絡，或鼓勵敘說者繼續說故事。

當完成整個階段大綱之後，訪談者會提出三個最後的話題：（a） 補述闡述，協助那些未曾多說有關其高中階段學校經驗的受訪者，我們會在坦露這個研究的特定目的之一是追蹤這個城市不同高中畢業生之後，邀請受訪者補述其高中階段的記憶。（b） 緊接著探索參與者對於未來生活的期待。（c） 對於已為人父母的受訪者，詢問有關其對於子女未來發展的期待。

我們訓練訪談者熟悉這整個訪談程序，教導他們在態度上不要過於機械化或正式，而是對於敘說者的故事線要保持開放和彈性，以獲取最真實的生命故事。然後，將訪談者與敘說者進行配對組合，每一訪談組合所呈現的互動型態和訪談歷程仍有頗大的差異。有些組合讓受訪者盡興敘說，引出幾乎未被打斷的流暢敘事；其他則較為對話式，包含較多問題—回答的轉換（註7）。某些訪談者相當堅持要一一問完每一章的四個問題，然而其他訪談者則隨著敘說者的故事遊走。這些變異情形都是可以預期的，對於真實性的要求總是勝於嚴格正式的規定。

關注研究發現：團隊合作

當我們聯繫和訪談了更多人之後，我們從兩方面強化資料蒐集過程。在技術層面，每次訪談都要完整地謄寫出來。藉由口述錄音機與打字機的幫助，研究助理們將這些對話紀錄逐字謄寫打字。無法辨識的段落則尋求原訪談者的協助。我們

教導謄寫員要記錄下他們聽到的每一件事，包括反覆、非語言的、不完整的說詞、暫停和情緒表達（笑聲、嘆氣、哭泣等）。選擇和訓練謄寫員最重要的是要使他們能夠瞭解訪談的個別性，並禁止談論其內容。為確保謄寫的準確性，我們選出幾份已謄寫打字好的逐字稿，與其會談錄音帶相互對照。74個訪談逐字稿的總頁數超過4500頁。

　　當這項艱鉅的任務完成時，接下來則是每週舉行的訪談者團隊會議。在這兒，我們一起分享彼此關注的議題，提出問題，由資深人員對新進人員提供回饋，播種了分析與詮釋歷程的第一顆種子。這些會議對於剛與受訪者進行過一次訪談的訪談者特別重要，藉由討論最近的經驗，可以為之後的訪談提供新的視角。舉例來說，一項常在會議中被提及的議題，是如何處理那些非常不講話或總是寥寥數語的受訪者，或是（更為常見）滔滔不絕且經常離題的受訪者。每週會議的意見交換對於支持我們維繫研究興趣是非常重要的，增進我們的訪談技巧，鼓勵並增長了我們的見識。我們彼此觀點之間的一致性或其異性－來自於不同年齡層、生命經驗、研究專業和背景（臨床心理學家、社會心理學家、發展心理學家和教育工作者）的女性，奠定了本研究所需要的肥沃根基。對我們而言，如果獨自從事如此的研究，即使仍然可能完成，但一定是困難重重的。

　　這些討論和資料累積的過程，使我們得以提出研究報告（Lieblich，Tuval，& Zilber，1995），試圖評估兩個學校場域對於研究參與者所帶來的正面和負面長期效果。我們帶著這份研究報告，與菁英高中的行政人員針對有關復健教學方案之未來發展進行對話。雖然我們此處並不想擴大來討論這些議題，但某些對於此一議題的迴響仍會在後續章節中被提出來。一方面我們曾身歷其境經驗過敘事素材的豐富多樣，二方

面我們也發現有關閱讀和分析敘事素材的指引仍如鳳毛麟爪，我們決定寫成這本方法論的專書，以饗讀者。

備註

1. Frankenstein大部分的研究，並未被翻譯成英語。其主要著作都是希伯來文，包括Frankenstein（1970b，1972，1981）。另一些有關Frankenstein方法的著作，係由Eiger（1975）和Eiger以及Amir（1987）所出版。

2. 有趣的是，雖然大部分為弱勢學生所提出的介入或強化方案是以年幼孩童為對象（參見Head Start；Zigler & Valentine, 1979；Barnett, 1993，亦可參酌最近Bruner, 1996），Frankenstein的復健教學方案則以初中及高中學生為對象。

3. 客觀測驗所要測量的變項是「自我肯定」（self-esteem）（Spence, Helmreich, & Stapp, 1975）、「堅持力」（hardiness）（Kobasa, 1982）、「制控性」（locus of control）（Rotter, 1966），以及「價值體系」（value system）（Schwartz & Bilsky, 1987）。由於樣本數較小，這些測驗在資料分析時的實用性是受限的，因此測驗的結果不會在此呈現。

4. 有關此主題的延伸閱讀，參見Runyan（1984）和Crabtree和Miller（1982）。

5. 有關敘事研究倫理考量的議題，超越此書所欲涵蓋的範圍。詳見Josselson（1996a）。

6. 請見上述註3。

7. 訪談中對話本質的差異，應在資料分析中納入考慮，參見第七章關於認知功能的分析。

Chaper 3

真情流露的生命故事

　　本章所呈現的是從參與我們研究的中年期團體所獲得的兩個生命故事。這些故事在後續的章節會被用來作為閱讀與分析的文本。所有在本章乃至整本書裡所使用的姓名都已更改過，以保護敘說者的隱私權（註1）。

▌莎拉的故事

　　Sara今年42歲，接受Amia Lieblich的訪談。訪談共進行二次，地點在Sara位於市郊的家裡。訪談過程中，她的小孩一直圍繞著她跑來跑去。

　　以下的生命故事擷取自訪談逐字稿，分為三個部份：

　　A部份：Sara與訪談員間精確且完整的談話記錄，包括所有口述話語。

　　B部份：將Sara所說的話幾乎逐字的謄寫，但刪去了未完成及重複的語句。

　　A部份及B部份一起呈現了第一次訪談。Sara（一位教師）的口語表達非常清楚，她的說話風格使得A部份及B部份間並無顯著的差別。

　　C部份：Sara在第二次訪談的談話，但加以編輯並稍為簡短。

　　選擇使用完整的或編輯過的逐字稿，端視研究者打算如何使用文本、考量到讀者的需求（完整冗長的文本較難以閱讀），以及論文空間的限制等實際因素。倘若要進行正式的語言學分析，所有的口述話語資料都重要（參見Rosenthal, 1993

的實例）。一旦文本係被用來瞭解廣泛的特性，如生命事件發生的序列、心理動機、生命故事的主題時，編輯過的文本則比較有用。

茲說明出現在Sara的文本（以及David的生命故事）裡的幾個符號，如下：

- 中括弧【--】用以表示由作者所附加的一些遺漏的字或詞。
- 小括弧（--）用以表示由作者所附加的一些描述或解釋的字詞。
- 三個序列符號—…—表示談話流程的中斷。
- 中括弧中三個點【…】則表示作者從文本中刪除了一個語句、數個語句或段落等。通常是用於省略與先前所述重複的部份。
- 引述符號用以表示敘說者的對話內容。經常會出現於整個文本脈絡中。
- C部份中所出現的新的段落，則是我們對於會話流程的終止或主題改變的說明。

Sara的階段大綱如下所述：

第一階段		從出生到六歲，兒童早期
第二階段	6-12/13	國小時期
第三階段	13-18	中學時期
第四階段	18-20	軍事服務（註2）
第五階段	20-30	單身，及教書
第五階段	30-40	建立家庭

A 部份

I：那麼，你可以針對第一個階段說點什麼，像是家庭啦、父母什麼的。

S：嗯...我說一下我的基本資料。嗯...我的父親來自伊朗，母親來自土耳其，我們家有四個小孩，我是老大，妹妹小我兩歲，然後...嗯，我弟弟小我七歲，之後，我已經唸中學時，最小的妹妹出生，她今年26歲，是爸媽較晚才生下的孩子。一個很普通的童年、家庭，嗯...

I：你們住在哪裡？

S：我們住在 C（市名）的BG（地區的名稱），嗯...托兒所，就像平常一樣，我們四歲前都和媽媽待在家裡，媽媽很寵我們，然後是前幼稚園時期，當時是這麼叫的，然後在幼稚園念了兩年，那幼稚園以前叫做托兒所。嗯...對於幼稚園，我有很美好的記憶，我在那裡過得很快樂，所以我甚至還能清楚地記得老師的名字，那真的很棒。那時媽媽不上班，都在家照顧小孩，一直到我們大了點。所以我總是滿懷喜悅的回到家裡，媽媽已經煮好晚餐，在家等我們了，她總是在家歡迎我們回來。嗯...就是那樣。媽媽的手藝非常好，吃飯是件樂事。爸爸一直很努力工作。

I：他做什麼呢？

S：在我那個年齡，他還是個警察，之後同時擔任會計--警察工作，後來又換到不同的工作場所，從事會計工作。他經常要做兩份工作，而且工作到很晚，所以我們可以有較好的生活。這些是我還多少記得的部份。

I：你可以回想一個那個時期發生的令你印象深刻的特別事件嗎？

S：有些事非常，那是一件事，一個經驗，一個要放在引號裡
　　的經驗，非常不愉快。那時....我想我那時還在讀幼稚園
　　吧，對，我一個妹妹出生了，我不記得她是一歲還是大
　　一點時，她就夭折了。我不記得她去世的事了，只記得
　　那個服喪期（註3）。對我而言那是個很不愉快的回憶。
　　我記得的就是...混亂，在我們搬家到另一個公寓前，我們
　　住的是一個移民專案的小房子。我記得這個經驗，如果
　　這是所謂的「經驗」，再一次，我說的是，一個擠滿了
　　人的房子。

I：她已經一歲大了嗎？

S：她去世時大概是一歲，我想是十個月或滿一歲大吧。我
　　多數的記憶是從媽媽那裡知道的，她會去世是因為生了
　　重病，小孩生病可能併發一堆狀況，像是肝炎，如果我
　　沒記錯的話，但我實在不怎麼清楚。所以【我想起來】
　　許多人很喧鬧地躺在地板上，來來去去。我實在非常困
　　惑，於是我跑出去和鄰居玩耍，我甚至不明白發生了什
　　麼事。直到鄰居一個較年長的女孩來跟我說：「你知道
　　為什麼你家擠滿了人？因為你妹妹死了。」我呆掉了，
　　事實上，嗯...我問了幾個問題。對我而言，這個經驗是極
　　其印象深刻的。

I：可是她不是繼你之後出生的妹妹，她是第三個女孩…

S：（和我的問題同時）她是在我妹妹之後，是的，她是第三
　　個。

I：對。

S：她是第三個女孩，嗯...這實在是個蠻傷痛的經驗。就是
　　這樣。然後，大概是小學一年級時，我們搬到了一間新
　　的公寓。真的，我想，是剛上小學一年級時，我們搬家
　　的，這是個...嗯...非常愉快的經驗。我清楚地記得卡車

怎麼過來載著我們的家當，然後他們來學校找我。那時我還在（地區名，學校名）讀書，他們在學校上課中間來找我，告訴我，我們要搬家了。我還記得我妹妹，那托兒所嗯…就在我們房子旁邊，所以她還在那兒，她比我小兩歲，她那時才四歲。她在那兒待到最後一刻…直到上完所有家當。然後，我們後來回想起來才發現她受到很大的驚嚇，她看到整個房子的家當都打包運上卡車了，以為她會被丟在幼稚園，我們不帶她一起走（笑聲）。就是這樣。然後，我們搬到一間新的公寓，我班上同學很意外地在附近看到我就問我：你在這裡做什麼？你不屬於這裡。然後我還得去解釋我剛搬來。我記得這些，就像是昨天才剛發生一樣。

I：*所以你待在同一個學校，你沒有…？*

S：我待在…這段期間我一直待在同樣的學校。

I：*關於這段期間，我還有最後一個問題，因為我們要進到下一個…*

S：喔！下一個。

I：*你記得你周遭有那些人呢？重要的人，嗯，從0到6歲這個期間，你的第一個階段。*

S：那就是了，但我不知道他們只是屬於這個階段，還是也同時會出現在下一個階段—我所深深喜愛的人是我的外公和外婆。

I：*他們住得跟你很近嗎？*

S：他們住的地方離我們並不近，他們住在，他們住在MD（另一個鄰近地區），但我們的關係非常親近，而且…我記得我們老是去找他們，我們常常去，搭公車去，嗯…即使不怎麼好玩—我們並沒有被寵壞。真的非常快樂。他們也經常來看我們，在這個階段及下個階段都

是，直到我已經念國小的時候，真的和他們非常地親近。

I：爲什麼和他們在一起非常快樂呢？

S：（沉默）我不知道，我，也許，可能因爲我是第一個出生的孩子，我是個被寵愛的女兒…，也就是說（笑聲）我是這個家的女兒（註4），而且是個非常…嗯…，得到許多關注和許多的愛的女兒。還有，我想那時我還有一個姑姑，她那時還是單身，好幾次她甚至還搭計程車。喔！老天。我現在回想起來了，她都已經過世好幾年了，有三年了。他是我爸爸的妹妹，她星期五或星期六會帶我去她那兒。在路上，我們會在市中心停下來逛逛，她總是會買本書或一些玩具給我。甚至我記得我有一輛三輪車，我很喜歡那輛車，她也會讓我帶著那輛三輪車搭計程車，她給我的每樣東西都好有趣，也帶給她許多歡樂，真的很快樂，所以我是和她在一起的，她也不再孤單。就是那樣，我知道…

I：所以如果你要給這個第一個階段的自己一個顯著特徵，你會描述自己是個被鍾愛的孩子？

S：我是這麼想的，我想是的，每一年都是，真的是每一年。

I：是的。

S：在西班牙（註5），我們稱作Bechorika--被鍾愛的大女兒….我就是，我想我知道如何回報這份愛。我深深地愛我的家人，每個家人對我而言…我想，對我而言似乎都是最重要的，所有其他的事都相形失色。

I：是的，但無論如何在每個階段我都要問你怎麼看待你自己，也許它會有些改變。我只是有點疑惑的是，你說你是第一個出生－這跟性別有關係嗎？如果這第一個孩子是男生呢？

S：不，一點也不，在那個時候…。

I：不，如果你不是女生的話。

S：是的，在那個時候，即使是今天也一樣，媽媽告訴我在那個時候，我爸爸一直都認為他會生一個男孩，所以像是他去買的第一件衣服，他買了一件有鈕釦的襯衫，是男生穿的，那跟我是個女孩完全沒有關聯….

I：對。

S：上帝並不允許這樣，那不表示祂不關切每個人，每一個孩子都有屬於他的特別位置。但說實在的，因為我是老大，我總覺得我們的關係…就關係來說，嗯…其他地方也是，都比較偏愛我。我真的不知道該怎麼說，反正我總能享有最好的待遇。

I：好，所以就以6歲作為這個階段的結束，是因為你搬家或因為你上學？

S：不，因為我上小學，然後搬家，我剛告訴你【兩件事發生】就在我一年級時，我們搬家，也是在唸國小時，我記得那時最重要的事，說真的，我很喜歡我一年級到二年級的老師，我還記得她的名字。我記得我參與演出的一個話劇，甚至我所說的台詞，她總會安排我參加演出。她也…嗯…那時候，她看到了我爸媽，當他們搬到新家後。媽媽結婚時還非常年輕，就女人來說，她是個非常美麗的女人，那個時候她真的是個美女，她也代表了背景….我爸爸來自伊朗，膚色較黝黑，而她有著閃亮的碧藍眼眸，一頭金色的長髮，一個年輕的女人。嗯…媽媽說那時候老師看到她【就問她】「你在這兒做什麼呢？」換句話說，她們之間的接觸是直接的，甚至在我成為她的學生之前，就在她搬來新家之後。之後我成了她的學生（註6），這些事情真的是，嗯…我還記得

有一次和她一起到動物園去玩，她指定班上一個男孩當我的固定夥伴，和我一起參與遊戲。我記得，例如：我從沒有拼錯過字，但那時候，我一年級時，爸爸那時還是警察，我記得有次聽寫考試，我竟然把「警察」這個字給拼錯了。「這是怎麼回事，你會把『警察』這個字給拼錯？！你爸爸是個警察，你竟還把警察這個字給拼錯？」就是那樣，我仍然還記得這些話。我總是幫忙她佈置教室，幫忙她做教室裡的事。一二年級真是個很棒的經驗，真的。三四年級就很普通了，那時的老師，我也還嗯...記得他們，因為其中一位後來生了寶寶，我還去拜訪他，我們的關係很好。後來四年級時，四年級或五年級時，我家旁邊蓋了一間新的學校。這給我帶來一個難題，我必須轉學到新學校去，但是我爸媽…我很喜歡我們班，我有許多好朋友，我非常不想轉學。我記得我爸媽為了我去向學校爭取，他們贏了。之後我們收到一封信說我不必轉學到另一個學校，這真是太好了，那表示我可以待在我們班上，和朋友們在一起。然而，就在我以為我可以留下來之後，另一封信又來了：「不行，依照學區劃分法，無論如何你必須轉到新學校去，沒有其他例外。」那個時候，許多兒童都搬家和轉學。今天，如果我再回頭來看，我很高興我最後轉學了，因為我在第一個學校的社會生活，從我今天來看，或以後再回想起來，真是索然無味。今天，我想到它有了很大的改變，【在新的學校】也發現了少年運動，我很活躍，之後還成為諮商員，更在後來進入軍事服務（註7），我不會對那個時候的轉學感到遺憾，換句話說，這改變了我的社會生活和學校。

B 部份

【…】

新學校離我家真的很近，所以我也在班上非常活躍。我不認為我是個傑出的學生，我並不聰明，但我喜歡工作和學習。五年級時，我參加了少年運動，我在那裡變得非常活躍【…】。我從沒有錯過任何聚會。如果我們星期五晚上有聚會的話，因為我的父母並不是虔誠的教徒，也不傳統守舊，我會在做完家庭禮拜（Shabbat）之後，去參加少年運動的聚會。那志願參加一些不同的專案活動，即使我還是個小學生，像是刷油漆。我也參加郊遊活動，儘管我是老大，而且是這個家的女兒，我從未受到限制。我記得每一次的郊遊。第一次是我五年級的時候，我妹妹三年級，她那時還不是少年運動的成員。我們在山上待了三天，包著睡袋睡在戶外，我帶著妹妹一起去，他們還很高興讓我們一起去參加。星期六我們通常會去爬山，他們也讓我們去，他們從來不會限制我們。你看看，今天的環境就不同了。今天，我就不會允許我兒子獨自和他的朋友去參加一整天的登山活動。我們通常會跟隨這個組織的領導者去野外採水果、搭帳棚，我們真的很獨立。就像我是個非常戀家的女孩，我也非常獨立。一直以來這都是相互矛盾的，一個戀家的女孩，卻同時非常獨立自主，也非常活躍於少年運動中。

I ：你說你是這個家的女兒，那是什麼意思？

S ：非常戀家。例如，整個暑假我都很活躍，我跑去參加郊遊活動，參加不同的專案，像是把舊報紙賣給魚店來賺錢，我已不太記得目的是什麼。但我總是一早起床就在

家幫媽媽做家事。媽媽很年輕就結婚了，十六七歲吧，她十八歲就生下我了，所以我家非常…有很多朋友會來，媽媽會加入和我們玩在一起。爸爸曾經蓋了間茅草屋（Sukkah）（註9），所有鄰居的小孩都會帶著彩色紙來幫我們裝飾。我們做什麼都在一起，那是種我們是一體的感覺。換句話說，我極端地戀家，但也很活躍地參與社交活動。當我在七或八年級時，我成為一個諮商員，那是個少年領導者，我參加少年運動的經驗已足以寫成一個故事了，包括所有那些旅遊活動和營隊工作。

I：但這大概已經是中學時的事了吧。

S：是的，從八年級開始。今天我會問自己我是怎麼做到的。我是個少年領導者，帶領只我小兩歲的孩子們。我得去拜訪他們的父母，說服他們讓他們的孩子參加郊遊活動。我怎麼有辦法和較年長的諮商員挨家挨戶說服他們的父母，放心地讓孩子們和我們一起去郊遊？今天，如果我還是個八年級生，我可能不敢擔起這樣的責任。

I：這個階段中，誰是你最重要的人呢？

S：除了爸媽以外，就是那些男性和女性的諮商員了。

I：在那個時候，他們都是同一批人嗎？

S：不，他們經常變動。但其中一位一直到我加入軍隊時都還有聯絡。她是從集體農場（kibbutz）來的，我們一直保持聯絡，她會寫信給我，我也會寫給她。她會寄給我她的照片，我也寄我的照片給她。後來，她也曾經來找過我。我也和其中　位男性諮商員維持一段很長時間的聯絡。換句話說，我全心全意地投入少年運動，我也一直記得當中的種種。最後，他們倆個人結婚了，我們還是很好的朋友。當然，還有我的外婆與外公，他們還是我很重要的人。我會去拜訪他們，他們知道我喜歡一些甜

食，所以他們總是在廚房櫥櫃裡幫我準備了一些。我記得他們的房子—那是一棟老式的阿拉伯建築，有著很大的房間，以及那時候使用的鐵製鑰匙。廚房在屋外，是的，我還記得我坐在花園裡，和外公外婆一起聊天，幫忙外婆研磨一些杏仁豆。外公經常在巴士站等候我們，幫媽媽拿東西，然後我們一起跟他們回家去。

I：*他們是什麼時候遷來的，妳的母親是在以色列出生的嗎？*

S：不是，她是在土耳其出生。

【…】

我媽媽是最小的女兒，和她的父母親也最親近。我不認為她的姐妹們會像她那樣跟他們親近。媽媽非常愛她的父母，而爸爸的父母很早就過世了，我是指他的父親在他們移民前死了，他的母親不久後也跟著去世，我記不得是什麼時候。所以他稱呼外公外婆為爸爸媽媽，他們也叫他兒子。他們把我爸爸當成是他們親生的兒子，他也同樣地對待他們。他們去世的時候，他安排了所有喪禮的事情，而且他總是在他們的忌日舉辦紀念活動。之後，我九年級時，剛好是六日戰爭（註10），是外公負責照顧我們。他帶來米和馬鈴薯給我們，讓我們有東西可吃。他也喜歡電影，我們會一起去看電影。由於他沒辦法閱讀希伯來文，他會說：到我這兒來吧，教我看書寫字。我們經常坐在一起看書。

I：*你可以說什麼語言？*

S：希伯來語、一點西班牙語。外公的希伯來語比外婆好。他們跟我講話都用西班牙語，我會用希伯來語回答他們，他們都聽得懂。那真是很親近的關係。我中學的時候，外婆變得很重，很難到處走動。所以我總是到巴士站去等她，牽著她的手，扶著她爬上階梯。我很願意幫她，

他們也總是給我一些很棒的東西，一個微笑、一句好話或是一個溫暖的感覺。

I：那真好。

S：我妹妹念中學時，她比我還要倔強，也不太聽話。跟爸媽吵嘴過好幾次。所以當她很氣我爸媽時，你猜她會跑去找誰？我外公外婆。她想哭的時候，也是跑去找外公外婆。外婆會慈祥地聽她抱怨媽媽。我還記得當我弟弟出生時，是誰去買床單、毯子和所有可愛的東西—是外公囉。他那時已經退休，沒有工作，靠著微薄的退休金過活。不過，是誰買了第一輛腳踏車送我的？是他。那真是種非常緊密的關係。

I：好的，所以你說的這個階段一直持續到你12或13歲時…

S：是的，我們從國小畢業後，必須要選擇一所中學就讀。那時菁英中學決定要開始一個實驗班級，實施由Frankenstein教授所設計的方案，我就加入這個方案的第一班。他們從不同的學校挑選學生組成一個團體，來參加這個方案。我們做了一堆測驗，像是要進大學一樣。他們從幾百個孩子開始，挑選出我們這一班。之後幾年，我們接受相當不同的教學程序，他們從幾個特定的小學選出了一整個班學生來參加這個方案。我們這一班真是一個很棒的班。我到今天都可以看到我們每一個人都很有出息。在那個時候，他們稱班上的學生是「弱勢學生」--我不知道我的爸媽是否屬於這個類別，可能是我爸爸從未上過學。你知道的，弱勢學生的定義是奠基在雙親的教育程度，第二個標準是父母親的出身。我想，今天我無法認同這些的，因為我爸爸在數學計算有非常出色的表現，而且他對於事實和數字有驚人的記憶力。我可以問他任何事物，他都可以立刻回答我。我媽媽一

噢不，她接受過小學教育。她可以閱讀希伯來文，但可能在書寫時會有些拼字上的錯誤。她喜歡閱讀，可以連續看幾小時的書。無論如何，他們是從具有潛在弱勢可能性的家庭來選擇學生，那是他們稱呼的用語，然後看看我們可以有多大的進展。我班上有四個孩子被帶去接受測驗，兩男兩女，女孩們都入選了。所以我轉到中學是相當跳躍性的。

I：這個時期過得如何呢？

S：我要再次強調，我的學校對我而言真的很好。第一，我們班上非常有凝聚力，我該怎麼說呢，我們是在城裡最好的中學裡組成一個班級，一開始，特別是第一年的時候，他們經常會來偷看我們，好像我們是動物園裡的猴子。他們要來看看這些新來的小孩子是誰。後來，我發現有些小孩對這些感到很困擾，就像他們是奇怪的生物，但我並不這樣想。第一，我仍然是少年運動的領導者，有許多後來跟我一起加入軍隊的那些朋友作伴，其次，我認為這所中學真的投資了許多在我們身上，超過我們的預期。我們可以獲得許多協助，來完成我們的家庭作業。

I：在學校嗎？

S：是的，現在當我回頭去看這個團體，有一個女孩子，她的父親是一個重要的行政人員，真的，我們兩個和一些其他人也許不能被稱為弱勢學生，無論教授要怎麼稱呼。但其他人肯定是的，當我想到他們怎麼投入心力在他們身上，以及他們是從哪裡被帶來的，那真的令人難以置信。他們有些人來自難民營，父親是個酒鬼，來自這個社會的底層，來自城裡最糟糕的區域。非常非常貧窮的學生。他們真的投入非常大的心力，只要有人遇到任何

困難。例如，對我而言，要靠強記的歷史科考試是個夢魘，數學則是我那時的強項，但歷史就不行了。如果我覺得沒有做好準備，我根本沒法去考試。這是我在中學階段最弱的一科。今天想來，我認為沒有其他學校可以像他們一樣來處理這些問題。他們邀請父母一起討論，找出問題的癥結。他們請歷史老師組成一個學習團體。我曾經到老師家裡，我沒有額外付任何學費，然後他幫我補習準備考試，所以我害怕考試的障礙得以稍歇【不再發生】，因為這是我所使用的一種防衛【機制】：「我不知道，所以我不能參加考試。」後來，我的英文也有點問題，所以他們帶我和另一些孩子以起到老師家裡去學英文—和她一起努力是件很愉快的事。我的老師叫做N.M.，她最近剛去世了，你有聽過她嗎？

I：有。

S：她是我們的班導師。今天，我認為她是位模範老師，她志在教育。你看，今天可以用不同的眼光來看事情。因為那時我們有這樣一位老師，我們有個方案的領導者，和一位社工師。所以，例如我記得，有一次兩個女孩打架了，彼此拉扯對方的頭髮。其中一個罵另一個人是妓女。所以她們打得很厲害。那個女孩並不是妓女，上帝不允許的，但她很容易跟男孩熱絡，而且她來自一個非常貧窮的家庭。我記得犯規的人後來受到嚴厲的懲罰，沒有人再叫她的名字。事實上她是班上最窮困的學生之一，之後，她被寄養在另一個學生的家裡，那是個非常好的家庭—所以我會說，在那兒沒有一個人應該要被稱為弱勢學生。

I：作為她寄養家庭的是同一班同學的家嗎？

S：是的，同一班。他們有個很棒的房子，只有一個兒子和

一個女兒，所以他們就帶著她，給她一間屬於她自己的房間，給她溫暖和許多東西。他們提供給她非常好的照顧。後來，在軍隊裡她成為軍事社會助理，而現在她是一位社工師，幫助其他的人。這就是我剛所說的。大多數的人，除了一個人沒有成功，我聽過有關他非常糟的事。我們班上畢業的同學有電影導演、藝術家、和一個擁有碩士學位的職業治療師。有一個數學很棒的學生，成為一位老師，專門教導學習障礙的學生，她是個Ph.D或什麼的。換句話說，這一班30個的學生，除了一個人之外，都很有出息。有兩個學生中途輟學了，他們真的無藥可救。其中一個畢業生是律師，還有一個是頂尖的銀行經理，這真是令人難以置信。

I：*是呀。這個方案是從九年級開始實施嗎？*

S：是的。我們一起同班四年。有兩個學科主軸，人文和生物—我是在人文組，但我們全部時間都在同一班，同一個班裡有兩個學科主軸。

I：*你說你們很有凝聚力？*

S：是的，非常。我們還有晚會，剛開始雖然不太自然，他們會請諮商師來帶著我們進行。例如，有一位社工師剛從肯亞旅行回來，她給我們看她拍的幻燈片，你瞭解嗎？所以剛開始真的不太自然，但是慢慢地【關係】就建立起來了。體育課和一些生物實驗課是和學校所有的學生一起上課，所以我們當中的一些人，不是很多但有一些，和其他常態班級的學生也建立了關係。但我們是有凝聚力的【在我們自己班上】。我記得一些讓我感到溫馨的事。在十年級快結束的時候，有些學生已經可以昇級了，他們的成績很好，可以回歸到一般班級去上課。我們在班級集會中一起討論這件事，那是一個非常激烈

的討論。你瞧，某些學生因為沒有安全感而不想離開，我怎能立刻離開這個班呢？離開這個溫室，轉到一個新的班級，整併到那兒去呢？其他不想離開的學生，只是因為他們想到哪些不幸無法被整併到新的班級的人，他們該怎麼去面對這每一個人呢？因為這個情形，我們在充分討論之後，才轉到常態的班級去，然而一些沒辦法轉班人就留下來了【在這個特別班中】。如果我們所有的人在第一年都被當作是動物園，那接下來會發生什麼事呢？這是非常棘手的論辯，但是我們並不同意這樣。我們做了個表決，然後才做決定。

I：*決定仍然維持一個隔離的班級？*

S：如同你想的，那些可以晉升的都是相當傑出的學生，我們和其他班上同學並不想去創造一個…老實說，我們當中的一些人很害怕離開這個溫室後，要去因應、去面對一個不同的班級，在那裡你必須再一次的證明你自己。班上另一些人則有其他的擔憂—不要拆散我們這個班，不要去傷害那些無法晉升的同學。

I：*你是那些可以晉升的人之一嗎？*

S：我可以晉升，是的。

I：*所以這表示學習並不是非常困難？*

S：不是很困難。我跟你說，我有個難題是我無法忍受記憶性的測驗，一堆要記憶的材料會弄得我壓力很大。但某種程度上，我克服了。

I：*你在小學的程度，和你在中學的程度之間，並沒有很大的差距吧？*

S：沒有，我跟你說，只有第一年而已。人們會打開我們教室的門，盯著我們，看看這個特別班裡的人是誰。我不會隱藏這些事。這是事實，不是秘密。但很快的，我們

就有各自的發展，某些人建立了很好的關係，然而其他人並沒有。我不在乎這些，我最好的朋友在我們班上，這兒的社會生活和少年運動更適合我。在常態班級裡，參加少年運動的只是極少數人，多數人都跑去迪斯可舞廳，那不適合我。我確實和他們建立了良好的關係，某些人還真的是「上流社會」。在12年級，我偶而還會參加他們的派對。

I：*但你持續在少年運動裡擔任諮商員嗎？*

S：是的，我很關心，我非常關心這個。我們聚會所搬到其他地方，我們這些比較年長的孩子們做了所有的準備，並油漆我們的俱樂部會所，我還是很納悶我們怎麼辦到的，我們怎麼就自己完成了這些任務的。在老地方，我還負責圖書館，我管理圖書館，負責借書給其他成員。然後我們開始準備在集體農場從事軍事服務（註11）。我們還是去郊遊，我參加了每一次活動，以及所有的營地工作。我們很有組織地進行著。

I：*你不記得青少年期發生過任何特別的難題嗎？像是和你父母親間的問題？*

S：沒有。我真的認為這是一個人的個性。我幾乎沒有【衝突】，因為我天性還蠻順從的。我也不是那種跑出去就不見人影的類型。當我要去參加少年運動時，他們信任我，我從來不會做得太過火，一旦聚會的時間過頭了，我們不是一起散步，就是我自己回家去。他們信任我，我幾乎從未與爸媽有過爭執，我真的沒有。

I：*在這段期間，你的朋友是誰？*

S：中學時期，我有個非常親密的女性朋友，現在還保持聯繫。儘管她並沒有和我參加少年運動。她是一位相當安靜的女孩，和她在一起的感覺蠻好的。現在我們彼此見

面的機會少了，但我們常講電話或是一起慶祝一些事情。還有另一個朋友，她搬到鄉下去了，在我還單身的時候她就結婚也有了孩子，我還曾經到鄉下去拜訪過她。我們三個總是在一起。

I：你沒有男朋友嗎？

S：在11年級的時候曾經有過一個，他是我同班同學。現在想來，我們那時只是孩子。我們曾經寫信給對方（笑聲）。他也不是少年運動的成員，我們個性完成不同，他喜歡迪斯可。為了找到折衷方式，有時他會和我一起參加少年運動的聚會，有時我會參加他的迪斯可派對，我真的不喜歡。但那對他而言很重要。所以，這是我的男朋友。

I：交往多久呢？

S：我們大概在一起一年半左右就分手了。

I：你怎麼通過聯合會考呢（註12）？

S：壓力可大了。今天我其實對考試結果感到相當失望，因為，基於某些理由，我的期望蠻高的。我不知道到底怎麼了我怎麼會得到那樣的成績。我很失望。顯然地，那時我有考試焦慮。像是數學，那是我最強的科目，我總能得9或10分【總分是10分】，我在學校裡還能幫忙別人。然而，當考試一來，我就頭昏眼花了。我覺得很想站起來走出去，而且我可能真的這樣做了，但我的老師走過來說：「坐下，妳可以做到的，仔細看看題目，那一點也不難。」她真的給了我鼓勵和勇氣。我沒能得到好成績，但也沒有失敗。我考完了整個聯合會考，我不需要再重考一次，但是我的成績並不好。

I：嗯。

S：最重要的是，我們有學習的氣氛。我們非常認真地讀書，

班上多數的孩子都是如此。事實上，他們和我們一起反覆演練，他們投入了很大的心力，真的超過了我們的預期。你知道的，如果他們也對普通中學學生們投入這麼多心力，就不會有人中途輟學了。這些老師們的奉獻，真的令人難以置信。你看，今天我是個老師，而且當我還單身的時候比現在奉獻得更多，我真的關心，然而，那些老師的奉獻更大於此。這就是教育，男孩子不能留長髮或是戴耳環，女孩子不能穿迷你裙，這些事情表示你的關心。他們還投入許多心力在教材的編寫上，同樣令人讚嘆。有許多訪客來我們的中學參訪這個方案，結束前我們有個會談的機會，他們會詢問我們學到了什麼，結論都非常的正向。現在回想起來，多數學生都說他們準備再次參與這個方案。換句話說，他們不曾感到後悔，他們對這個實驗班有歸屬感，雖然後來也有些人感到羞於啓齒。他們只是少數否認這個事實的人，當他們被問到就讀哪裡時，他們只敢說出中學的名字。他們否認隸屬於我們這個方案，這真是很悲哀。他們想要忽略這個事實，而且不想再提起它，他們羞於告訴別人「我是從這個實驗班來的。」

I：*那你的反應呢？*

S：那一點都不會困擾我。【…】而且到最後，我們大多數的人都很有成就，我們都非常成功，每個人都建立了美滿的家庭和工作生涯。你可以看到，你知道的，每個人都有三、四個小孩，都建立了美滿家庭，而且擁有受人尊重的職業。無論如何，我們有些人真的做到了，即使不是全部的人。我自己從老師那兒得到的好處，是我的老師不斷鼓勵我，讓我看到我有能力獲得成功。如果我在常態的班級中，誰會注意到我呢？如果不是得更加努力

去展現我的能力，就是可能在某個階段就中途輟學了。有可能我並沒有足夠的能力去應付那些。來自問題家庭的孩子沒辦法應付那些難題。【…】我不會跟每個人都說我曾在實驗班讀書，可是如果有人特別問起的話，我也我不會否認。我不會覺得丟臉。

C 部份（第二次訪談）

I：請談談你的下一個階段吧，軍隊的部份

S：我是在少年運動的架構下去加入軍隊的，到以色列的Nahal（註13）。

I：嗯。

S：我們一群人一起去，有些人是我在少年運動一起共事多年的夥伴，有些是從其他城鎮來加入的，我們直到12年級時才認識他們。我們這些女孩們受過兩個月的基礎訓練，那是很困難的訓練，晚上行軍以及一連串的體能訓練。今天我會納悶女孩們怎麼有辦法通過那些那麼困難的訓練。然後，我們來到一個最美麗的時刻，我們荒蕪的沙漠邊緣地區找到了一個新的屯墾地，我們真的是第一個到達那裡的。那是一種訊號。我們有十個女孩，住在帳棚裡。我們吃飯的食堂和聚會所在另一個較大的帳棚，所有的事情都在帳棚裡進行。女孩們學著如何和每個人和睦相處，雖然有時那並不容易，因為某些女孩子比較少經驗….但是我們則經驗豐富。例如，這個地區有許多沙塵暴，所以當我們要吃飯的時候，我們得準備大水桶，在我們把食物擺上去前要先將盤子浸在水裡。我們也用水桶來清洗盤子，直到之後蓋好了廚房的洗滌槽。

I：那是那一年的事？

S：我在1970年被徵召，所以大概是在1971年的事。那是個非常美麗的時期。

I：看來你相當喜愛你的服務工作，且樂在其中。

S：是的，非常樂在其中。儘管我們必須離家，只有每個月或每六星期的一個星期六可以回家，就像男人一樣。如果某個人夠勇敢的話，她可以找個理由獲得一個特別的假期。但如果某些人像我一樣單純，就會一連六個禮拜沒有回家。那真是個好時光。離開屯墾區後，我們轉往集體農場，我在那兒的廚房工作。我非常自得其樂，雖然慢慢地每個人都離開了。男孩們參與更多軍事訓練，女孩被分派不同的任務，但都沒有我感興趣的。所以我就要求轉調到離家比較近的軍隊營區。事實上，從集體農場開始，我就常回去看媽媽。如果我不必在廚房值班的話，我星期五中午就會去搭便車回家，在家參加猶太安息日直到中午。然後我轉調營區後，在我家附近的一個販賣部擔任秘書，所以每天下午五點左右我就可以回家了，那真是太好了。

I：你可以對你從事軍事服務的那段時光給一個評價嗎？

S：我在軍隊的時光非常美好。第一，我一直和我的朋友在一起，這樣很好，我不必去到一個新的地方，每件事情都是熟悉。而在屯墾區的那個時期，也是很棒的經驗，因為都是全新的。例如，自從我們在帳棚裡有了自己的聚會所以後，我們一直非常緊密，男孩和女孩們都生活在一起，一起成長，至少是當中的某些人，我們有一體的感覺。

I：你個人從這個經驗中獲得些什麼？

S：我個人獲得些什麼？喔，我不知道除了強化那些原本就

有的經驗之外，這是否帶給我一些新鮮的東西。因為從我很年輕的時候，就已經非常活躍了，這只是持續這樣的情況罷了，而且事實上我一直都很有責任感。例如，我們女孩子主要在廚房和食堂工作，所以我們的任務是準備食物，發明新的菜色，來吸引男孩子們的興趣。男孩子們必須守衛這個地區，所以當他們回到屯墾區時，即使是半夜，我們都會為他們準備晚餐，這樣他們就可以....產生互相幫助的工作氣氛，大家同心協力的感覺。而且我喜歡在集體農場的生活，而且考慮過要在某個農場定下來，儘管不是這個集體農場，那裡並不是非常有趣。有來自南美洲的移民組成一個更大的團體，而且我看過許多依靠集體農場生活的人，也就是那些不用做許多工作就可以利用集體農場的人。吸引我的並不是集體農場這個地方。而是，後來在辦公室時，我真的很感激我的老闆賦予我許多的責任。我和他的關係很友好，我的爸媽也是。我爸媽會邀請他到家裡來參加家庭聚會。他有點像我的養父，對待我不像秘書，倒像是女兒。他會保護我，不讓我受到那些喜歡嬉鬧的士兵欺負。就是那樣。我在服務整整滿兩年以後才退役，之後我立刻參加師範學院的師資課程。

I：*你什麼時候決定要當老師？*

S：我想我一直都是，也就是說，從非常早的時候，我記得當我們必須要填寫各式各樣的問卷時，每當問到「你長大以後，你想要做什麼？」我都認為自己會當老師。我想那是因為我作為少年運動領導者角色的延續。所以我去參加入學考試...。

I：*等一下，在我們進到這個階段之前，你可以告訴我在軍事服務時期，對你最重要的人是誰呢？*

S：我想還是我的父母。但在軍隊時，我和朋友們相處非常愉快，其中有一個是我在屯墾區時的男朋友，雖然他後來離開了，加入了裝甲部隊。就沒有其他人了。和我的隊長們僅止於普通的關係，沒有什麼特別的。我有一個好朋友，一個在廚房和我一起工作的女孩，但她並沒有影響我什麼。

I：*你怎麼描述那段時期的自己？*

S：（思考中）如同我告訴過你的，我和我的家人很親近，但同時我也很獨立。換句話說，我得承擔許多責任。譬如在屯墾區的時候，如果得去組織某件事物，我就會去完成。在集體農場時，我大多和朋友待在廚房裡，集體農場沒有那麼吸引我，我退到我的團體的保護傘下，我們組織自己的社交生活。事實上，現在回想起在，我在集體農場的生活也是舒適的，因為我有家人在那兒，我爸爸的兩個堂妹也是集體農場的成員。所以我不必去適應一個新的家庭（註14）。噢，我還是要適應啦，因為之前我並不熟識他們，但那是舒服的，他們對待我就像是家人一樣，遠超過我的預期。我每天去他們的房間看他們。一些女孩不會常常去拜訪他們的【寄養】家人，然而對我而言，拜訪他們、聊天、聽音樂是件蠻有趣的事。他們有和我年紀相仿的孩子，我們也建立了蠻好的關係。有一位姑姑非常開朗且健談，不過她的丈夫比較保守。另一位姑姑的先生很有幽默感，總是充滿歡笑聲。我爸媽知道我和家人在一起，他們也覺得很好，所以我不是個陌生人。就是這樣。

I：*好的。所以我們現在到了一個較長的階段，從20到30歲，教書及單身。*

S：（笑聲）這個階段開始於師範學院，我在那兒念了三年，

準備成為一位合格教師。當然，所有的學生都是女孩。我特別關注幼兒期，而且我在那兒有非常非常要好的朋友，我們心靈上非常親近，你可以這麼說。

I：你那時住在哪呢？

S：我住在家裡，住我爸媽家裡。在這所師範學院裡，某些學生才剛從中學畢業，將他們的軍事服務往後延，我看得出來他們非常幼稚，而我們這些從軍事服務退役的，就比較嚴肅認真，真的想好好學習，成為教師。我不知道我是否喜歡讀書，我比較喜歡的是實務上的訓練。我有機會和好老師們進行我的教學實習，我從他們每個人身上學到許多。最重要的部份，最令我驚喜的是，在第三年，我被挑選出來在這所師範學院的附屬實驗小學擔任實習教師。

I：那是很大的肯定。

S：我想也是，一直以來這就是學院裡最重要的專案之一。我真的很害怕我要被放在放大鏡底下一一檢視，然而來自學院教師提供我密集的督導，所以我想，這一年讓我獲益良多，不僅是擔任教師的自信心以及教導學生的工作本身。當我教二年級的學生時，他們班導師必須住院開刀，就由我代課六周。我有一個助理，但那一樣是個鉅大的挑戰。順帶一提的是，那個時候小團體教學方法正在我們這所附屬實驗小學發展中。我們必須為其他學校前來觀摩的老師們進行示範教學。我想，我在那裡真的學到很多。

　　我記得那時曾發生一個特別的事件。在我的畢業典禮上，所有的老師和家長都來了，我非常驚喜的收到了兩束花，是兩個我在實驗小學教過的孩子獻花給我。其他的畢業生都沒人收到花束，我模糊地記得之後曾出過

小小的爭執，只有我收到花公平嗎？我並沒有多說些什麼。就是那樣。

　　然後我必須要做個決定。我爸爸那邊有個親戚是教育部的資深官員。爸媽建議我和他談談，他可以幫我找到一個離家較近的好學校去工作。眾所皆知的是，單身的新任老師多被安排到離城較偏遠的學校去，而爸媽非常希望我可以離家近一點。我決定無論如何不向任何人求助。我相信無論到那都是最好的。今天我不止是高興而已，我真的很欣喜我沒有拉著這條線。因為如果我今天是個很有自信、有方向而且有很好團隊工作能力的教師，因為我一直在團隊中工作，這都要感謝我在GG（註16）的工作經驗。我被分派到GG教了三年的書。第一個好處是我們都是年輕的新手，所以我不必跟資深教師們一起工作，他們可能會讓我感到自卑或缺乏信心，因為他們顯然比我知道更多也更有經驗。第二個好處是GG是個偏遠的學校，他們投資很多教育經費在那兒，也派出最好的督導和我們一起工作。我們每個星期都有一個學習日，前往城裡最頂尖的學校觀摩，並且就我們所觀察的部份進行指導和討論。我們全程都有專家陪同，並且在學校裡進行很棒的專案計劃。這帶給我另一項好處，今天我想，這對一位開始教書的單身女性是加分的，因為我有多到難以置信的時間可以奉獻，我可以工作到晚上12點或是1點。我動員全家人，甚至我的小妹妹，來幫我製作快閃卡、遊戲和專案，我全都還記得。我們有許多經費可以購買材料，學校校長從未對我提出的需求說過NO。【…】這個校長曾是集體農場的成員，而且她強調讓家長參與我們的工作，這變得像是一個社區的專案計劃。為了完成計劃，我們常要在學校待到很晚，甚

至有時還得在教師室裡沖個澡。我注意到其中一位已婚且有女兒的老師，對他而言，和我們一起工作就困難多了。在這裡，老師們也建立了很好的關係。我仍然和他們某些人保持聯繫。這是我們長時間工作和長徒旅行的結果，每天都有專車搭載我們往返於市中心到GG之間。

所以事實上是這個學校提供許多讓我成為老師的工具，而且我還有非常好的督導。然而，三年後，我覺得交通往返真的非常累人，我提出申請轉調學校。因為我所見到的人都只是老師們（註17），而且有些人在那時結婚了，我的社會世界被侷限在小框框裡。我都沒有出門，晚上幾乎都在家，把自己完全奉獻給工作。所以我想要做個改變。

那時我的妹妹在南部一個集體農場工作，我也喜愛集體農場，所以我申請了集體農場的一個教學工作。我想找一個鄰近妹妹的集體農場，所以即使我可能離家很遠，我還能接近她。我找到了，在南部一個集體農場當老師，前後有一年的時間。從教師的觀點來看，這是蠻理想的工作，我的班有15個小朋友，有最好的工作環境。我真的可以依照每一個學生的程度，個別指導他們。那真是太好了。而且我和妹妹的關係也很好，我常常去看她，她也常來探望我。

【⋯】

我教一年級，而且我蠻幸運的─我想，我總是能找到在生活上真正幫助我的人。這所學校的校長M，她是那個時候以色列總統的妹妹，一個擁有良好人格的人。這個學校只雇用了兩位教師。我們兩個成為非常要好的朋友，M校長把我們都當成她的女兒。她如此地照顧我們，

真是令人難以置信。她知道我會想念家人。剛開始的時候，我被告知只能一個月回家一趟。我說這很困難，她能瞭解而且允許我每三星期甚至二星期就回家一趟。這意味著，我沒辦法準時在星期天回來教書，而她從未扣我的薪水。她知道我工作到很晚，所以她從未計算我在學校的教學時數。她讓我感覺到我是這個集體農場的一份子，這真是太棒了。直到最近，我還不時會打電話給她，我還打算去看她剛出生的孫子。我也認識她的媳婦。這真的是很好的關係。

I：你只待一年嗎？

S：一年以後我就離開了，因為集體農場裡沒有和我年紀相仿的人了。我已經25歲，而且我看，如果我待在那兒，我可能會一直單身。所以我決定離開集體農場，回家了。但我並沒有跟爸媽住在一起，我自己租了間公寓。爸媽幫我在家附近找了間公寓，在獨自生活了一年之後，要在家裡找個地方擺我全部的家當，其實蠻難的，爸媽甚至沒辦法給我一間房間。剛開始我自己一個人住，我想要自己住，也擔心我沒辦法和室友共用一個公寓。我在媽媽家吃飯，我在從小讀書的那所小學教書，我租的公寓很靠近爸媽家和學校。但是，那時M的媳婦來城裡念書，要求分租我的公寓。結果蠻好的，她是一個很好的女孩。她搬走以後，我和另一個女生住，一個也曾和我一起在軍事服務的兒時玩伴。不必再去找新室友還蠻好的。我們大概一起住了兩年，直到我30歲遇到我先生然後結婚為止。

I：你是怎麼遇到他的？

S：那是個有趣的故事。我們兩個從小就住在同一區，我們都在那裡長大，都是30歲。我是在附近他阿姨開的麵包

店裡遇到他的。他晚上在研讀印刷技術，白天就在麵包店工作。我去拜訪一個也在麵包店工作的媽媽的朋友時，遇到了D。三個月以後，我們決定結婚。我們倆都30歲了，覺得時間到了，所以在六個月之後，我們完成婚禮。我笑我們彼此在同一個地區繞圈圈，以前卻從未看過他。這開始了一個嶄新的時期。

I：你們住在哪兒？

S：喔！我稍早之前就買了間新公寓，因為和付貸款比起來，付房租真是浪費。那是一棟新的建築，位於市郊新開發的一個區域，而且剛好我結婚那時會完工。婚後一個月，我們拿到公寓的鑰匙，所以我們就以夫妻的身份搬進去了。我很高興，因為這個地方都是年輕的夫妻和小孩，假如我還單身的話，真不知道我可以怎麼辦。這兒有個單身女性，住了兩年後也搬走了。

　　所以，那之後他們也在這裡新設了一所學校，我的區域督學問我有沒有意願轉調到那裡教書。我一時不太確定，因為我喜歡我先前的學校，那裡的人口比較多。但是我搭車通勤到爸媽那裡還蠻困難的，而且我討厭最後一刻才到達工作場所的壓力。所以我決定接受建議轉調到這裡工作。

　　我懷孕後的那一年，正好我輪到可以休假一年。我們去拜訪我先生在美國的姐姐，順道去長途旅行。回來以後，我回到這個學校工作，從那時一直工作到現在，一切都很好。

I：你的家庭呢？

S：喔！那是最棒的部份，你看到他們了。

I：那告訴我有關他們的事吧！

S：好，我們大兒子A現在八歲半了。他很正常地出生，很

輕鬆的，帶給我們很大的喜悅。接著，我們家女兒B也出生了，比哥哥小一歲半。剛開始的時候很辛苦，房子裡掛滿兩個寶寶的尿布，不過第一年過去以後，就很有趣了。他們的關係很好，像是朋友一般玩樂在一起。現在，當B四歲的時候，我最小的兒子C也出生。有些時期實在是不輕鬆。在A還是嬰兒時，曾經罹患了嚴重的呼吸道問題，讓我們非常地驚嚇，我不希望這發生在任何一個女人身上，即使是我的敵人（註19）。我們好多時間都和他待在醫院裡。但總的來說他是一個非常好的孩子。我常常會害怕不想把他託給別人照顧者，所以我都帶著他到班上一整天和我在一起。在兩個大孩子還小時，一旦感冒或是有事情時，也會跟著我到學校。他們會在班上安靜地玩耍，或是參與班上的活動。我的學生都認識他們，他們都不會干擾我們。他們是學校的孩子（註20），每個人都認識他們。但這最小的兒子，我就不敢冒險了，他是個小麻煩（笑聲）─他太好動了，會干擾班上的秩序。

I：*這幾年你都持續工作嗎？*

S：或多或少。有一年我請了休假，而且每一次孩子出生我可以照例請三個月的產假。然後我會幫孩子找個褓姆，才回到學校教書。

I：*你先生他會幫忙家事嗎？*

S：妳知道的，他整天都在外面工作。他曾經會幫我上菜市場買東西，但之後他幾乎不會再做任何事情。當我們必須去看醫生時，他會回來開車載我們去，就是這樣。

I：*你不會開車嗎？*

S：不，還不會。但上帝給了我一個很棒的天賦─速度，這是我的幸運，我希望可以維持這個步調。我的朋友開我

玩笑說我需要的是轉動的風扇。一整天我都有一堆事要
做，帶小孩來來回回參加他們的活動，讓他們不需要單
獨橫越馬路。後來，事情就簡單多了。

I：你媽媽可以幫忙你嗎？

S：你知道的，她住得很遠，但是每次孩子出生時，她都會來
陪我到醫院，在分娩的期間給我支持，然後和我一起回
家，幫忙我煮飯和料理家務等，她每天都搭公車到我這
來幫忙我。幾年前我開刀住院住了幾星期，她從頭到尾
都在醫院照顧我。我先生則在家照顧小孩和房子，他做
得還不錯。

I：你好像蠻投入於當老師和當媽媽。

S：我真的非常喜歡教小朋友，很單純。這是很棒的經驗，
我和學校孩子們的關係很融洽。我曾經幫一個在中學教
青少年的老師代課，弄得我不是很愉快，我就告訴自己
說那是第一次也是最後一次了。我愛一年級和二年級學
生的純真自然，不論好或壞。有時他們可能會說出一些
聽起來不太舒服的話，但你知道當他們很愉快的時候，
他們會讚美你，告訴你他們有多麼快樂。那是我和他們
在一起的關係形態。如果他們覺得很快樂，他們會說：
「我們一起玩好棒喔！莎拉，我好愛今天的課，我們一
起畫的畫好美。」他們會對我的樣子有意見，如果我穿
了新衣服或是比平常多上了點妝，他們會說：「發生什
麼事了？今天放學以後妳要去哪裡？」換句話說，我們
的關係很密切。如果他們不喜歡某些事情，他們也會立
刻發出抱怨，而我也會接受，因為那是實話。我自己的
孩子也帶給我許多歡樂，只要他們健健康康的。他們是
好孩子，功課很好，對許多事都有興趣。老么有些時候
有點野蠻，那可能是他的個性，或者因為是最小的一

個，我們比較溺愛他。我們可能想要再有一個孩子，但誰知道呢，我們已經不年輕囉。

I：嗯。

S：現在，你可能想聽聽我的宗教生活（註21）。（笑聲）

I：是的，你先生有宗教信仰嗎？

S：沒有，他和他的家庭都沒有宗教信仰。但幾年前，我不記得多久以前，他的妹妹那時16歲出車禍去世了。所以他的爸媽和兄弟開始為對她禱告，漸漸地他們每個人都回歸到猶太教徒的生活方式。其中一個還信仰正統猶太教派，他一直在正統猶太學校讀書（註22）。所以我先生大概五年前也開始養成某些宗教習慣。他每天早上開始禱告，剛開始是上班前在家個別進行，然後他說「如果我已經開始禱告，為何不去猶太教會。」事情就是這樣慢慢發展的。

　　我剛開始還蠻難接受這個事實，因為我們以前每個禮拜日都會回到爸媽家和他們一起吃飯，但作為信仰正統教派的家庭，不能在星期六開車，我們就再也不能這樣做了。我試著邀請爸媽假日到我這兒來，但我家裡實在太擁擠了，而且對他們也太辛苦。這個部份對我來說一直是個困難的問題。然而其他的方面，漸漸地…我也不會感覺到遺憾了。譬如，孩子在正統猶太小學可以接受更好的教育。

I：但你還是像以前一樣在非教會學校教書嗎？

S：是的。我看到現在學生的行為常規愈來愈糟，我自己是一個保守的人，我很高興我的孩子能去不同類型的學校就讀。在我辛苦工作一整個星期以後，我也很享受家庭禮拜的休息時刻。星期六是我的休息日。我先生一向比我嚴守分際，他一天要禱告兩次，也參加猶太教的每日課

程。我不會界定我自己是個「教徒」，但我在家會做必要做的事。實際上我爸媽在生活習慣上也是很傳統的。他們有周五晚間的祈福酒，在假日總是到要參加教會的禮拜。漸漸地，我瞭解到作為家裡的一份子，我會做我該做的事，但對我個人的要求則是由我自己決定。

I：所以朝這個方向去走，並不會讓你有壓力感？

S：不會。我先生的改變也是逐漸發生的，花了很長的時間。沒有改變可以在一瞬間就發生。我會供給他們的需求，我非常關心家庭的和諧。只有一件事我會抱怨，就是剛開始的時候我沒辦法在家庭禮拜日去探望我爸媽和家人。但我想，對孩子來說是件好事，孩子們對我來說是非常重要的。

I：好的，那你對未來的計劃是什麼呢？

S：這是第一年我開始感覺到作為一位教師真是一件不容易的事，我的意思是我看不到自己在其他方面的專業，只是一成不變，但教師工作變得愈來愈困難。今天的孩子不太守規矩，即使是很小的年紀，他們有一堆問題，他們成天只是在班上搗蛋而已，漸漸地，我發現自己對教學愈來愈沒有耐性了。總而言之，在這個專業上堅持了19年真是好久哩。如果我有另一個孩子的話，我可能會請一年休假了，我想我會喜歡那樣。另一方面，我不知道我是否有辦法整天待在家裡。但我相信我已經準備好要休息了。

David的故事

David今年42歲,是Tamar Zilber訪談的對象。訪談分為兩次,在他所工作的飯店的辦公室內進行。

David的階段大綱大致如下:

第一個階段:出生到18歲─童年與青少年時期─求學

在訪談的過程中,他提議將這章分為三個節:小學之前、小學時期與中學時期。

第二個階段:18歲到22歲　　　　軍隊服役(註23)
第三個階段:22歲到26歲　　　　大學時期
第四個階段:26歲到32歲　　　　在以色列工作
第五個階段:33歲到36歲　　　　在非洲工作
第六個階段:36歲至今(42)　　在以色列工作

接下來的故事是擷取自原始的訪談逐字稿,刪掉部分重複與未完成的句子,稍加編輯而成。為了節省空間,我們省略了一些關於David生活經驗的冗長敘述,尤其是關於第三和第四階段。

D:我記得我的童年很平凡。就像普通小孩一樣,生長在一個良好的家庭裡。

I:你父母是做什麼的?

D:我爸爸是……我媽媽主要是個家庭主婦,她幾乎從未外頭工作。她曾經在軍中教過法文,但是沒啥特別的。我爸爸在一家旅行社工作。但那真是一段無憂無慮的日子,我不知道耶,我們常到海邊去,採野生葡萄,跟其他小孩玩耍,沒什麼特別的。

I：*你有兄弟姊妹嗎？*

D：我有一個姊姊，一個妹妹。她出生的時候我五歲。但至少在我的生活裡，我不記得這是件不愉快的事情。

I：*你是哪種小孩？頑皮嗎？*

D：噢，不。我很害羞，我想，我相當敏感，我是個愛哭鬼，就是，很容易被弄哭，非常…。沒別的了。

I：*那在這段期間中，你記得有哪些人？*

D：大部分是家庭成員，一些叔叔伯伯，一些朋友。我記得的不多。我記得的是，當我八歲的時候，我們搬到另一個城市，這很有趣。突然之間我的整個生活都改變了。我記得我的班級、新小朋友們、學校的建築，這些跟我原來的生活不同。氣候也很不一樣。我常常生病，是的。那是在二年級，而且是學期中的時候。我花了一兩個月才適應新的學校，我想，但是我接著便適應的非常好，並且在班上相當受到歡迎。我有一些好朋友，我到哪都會被選上班代表，我不知道怎麼回事。

I：*你們為什麼搬家呢？*

D：我們跟著爸爸，他換工作，轉到另一家旅行社，他是那裡的合夥人。

I：*那你喜歡學校嗎？*

D：我不是個優秀的學生。我大概是中等以上程度的學生，但是我還蠻喜歡學校的。我順從，是個乖小孩，一定會寫家庭作業，但是不會太努力。我的老師總是給我這樣的評語：「只要再努力些，他會更有成就」。但是他們從來就沒法說服我，我從沒有付出更多的努力。我很平凡，就是如此。我們班非常團結，我們老師教我們真正的價值觀：像是誠實、考試不作弊、友誼，和互相幫助。我在這方面表現得不錯，老師會派我教兩三個成績

較差的學生完成家庭作業。對幫助別人這件事我非常認真，而且真的能夠幫得上忙。我記得我很受歡迎，而且大部分時間都很快樂。但，也有時候會感覺比較內向，比較……現在，我有自己的小孩，我覺得這一切都很正常，是每個小孩都會遇到的難關。然而，我記得這些心情，我想它對我現在和我的小孩們相處有些幫助。

I：它們是跟特別的事件有關嗎？或者只是一晃即逝的心情？

D：不，跟事情無關……或許是第一次戀愛、人際關係……跟讀書無關。在這方面，我一直十分穩定，不需要我特別努力。但是，會有那麼幾次，當一個小孩比較受歡迎，那對我比較好；當你沒那麼受歡迎了，然後…【那蠻糟的】。我們的家庭關係很溫暖、很好，但不是很開放。換句話說，當我有問題的時候，我情願自己處理，而不會跟家裡面的人分享，這並不會減低家庭在我心目中的溫暖。但有時候它就是……我記不得特別的事件了。我就是有這些心情，我會說「好吧，其他人對我有比較大的期待，所以我就去找朋友吧」，但僅此而已。

I：在小學畢業之後，你去了哪裡？

D：我去上BD中學，我還是維持同樣的生活型態，那就是，我不是班上最頂尖的學生之一，所以，我不能去上最好的中學。事實上，我甚至連試都沒試，因為我知道那對我而言會非常困難，我可能不會成功。所以我去上BD，一所普通的中學，很合理，我就留在那兒，而且，就如同預期的，我過得很好，而且畢業了。在社交活動上，那很容易，我還是很受歡迎，是學校委員會的委員之一等等。

　　我現在記得在這個時期，我去參加一些志願工作。我志願去協助小兒麻痺症的兒童，我真的變得很投入。

我每天都去兒童醫院服務，很少缺勤，就像上了癮一樣。譬如，如果有某個小孩要回家過週末，而他的家人因某種理由不能來接他，我會推著輪椅，帶那個孩子坐巴士回家。我會在他家和他一起過週末，然後再帶他坐巴士回來。我自己還是個孩子，但我自己做所有這些工作，那真的讓我感到愉快。後來，我也利用所有這些Via Dolorosa（註24）的公共運輸系統，帶這些有身心障礙的孩子們去戲院看戲。我可以有免費的票。那都是同一個時期的事。

我記得那時醫院中有一個女孩子必須要去廣播電台接受一個青少年節目的訪談，沒有人可以帶她去，所以我就去了。我們一起坐巴士去，到了電台，在他們訪談完她之後，還有些時間，所以他們請我做一些事，我就做了。從此之後，我就愛上了這個節目，我曾經擔任他們的青少年記者，幾乎是…我想，大概是一個星期兩次吧。我曾經去訪談一些人，準備節目內容，我不記得詳細的情形，但我意外地在電台中做了一些事。每一次我都會發現一些像這樣的事，在沒有忽略我的其他活動的情況下，【我就十分投入】直到事情開始發生衝突了，才會慢慢減少。換句話說，事情一開始總是相當密集，然後其他事情進來了，愈來愈密集了，然後我只好放掉【第一件事情】。也不盡然是這樣，因為我還會維持一些接觸【與我先前的活動】，但已經不再那麼熱衷了。

在中學時，我們還組織了一個廣播系統。我們每個班級都安裝擴音器，讓校長可以對全校廣播。所以我們就利用這個，每天在午餐休息時對全校進行一個廣播節目。我記得我們曾經對於是否該使用披頭四的音樂作為節目開場，有過許多爭論，因為那可能與學校的價值觀

相衝突。不過最後我們贏了。我們曾經有過像這樣的戰役，就是這樣。

I：*這段時間中，有哪些對你而言是重要的人呢？*

D：事實上我並不擅長和人們維持良好的關係，所以我已經都沒有和那個階段的任何人聯絡了。但我還記得許多人，許多朋友。最近，我們才開過一次班級同學會，即使我們小學同學會都開過幾次了，中學同學會還蠻不尋常的。我並不是組織同學會的人，但我很愉快地去參加。我真的很難【回答你的問題】…。你瞧，有一些老師我還是記得的，但他們對我的人生而言，並不那麼重要。只有我的小學老師是重要的人，她給了我一些重要的價值觀，即使到現在，我發現我都很難放棄。對我而言，誠實是非常非常重要的，可能我在意這一項價值觀勝過其他。我想，它是從小學老師那兒來的。其他重要的人？我從來不會憎恨人。我有許多女朋友。那是從八年級開始的，我和每個女朋友都維持一段長時間的交往，從來不會只是一或兩個星期就結束關係。我總是有要好的女朋友，那很好，對我很有幫助。換句話說，那是「就像這樣」，但也是相當嚴肅的事。我曾經去到她們的家，她們也來過我家，就像我們都是一家人一樣。

I：*那時你是一個怎樣的人？*

D：我可以怎麼說呢？敏感的、自動自發的（註25）。也不盡然。我唯一可以給的定義是，我是個很平常的孩子，比其他人還敏感一點。我很受歡迎，所以那表示我是個好人，我想。我不能給自己加上任何標籤，我當然不會是街頭的小霸王，但我也不是個畏縮怯懦的人。如果用一把從1到10的量尺，我大概是7到9之間，一直都相當不錯。

　　然後，我必須決定有關軍隊服役的事。我決定不跟我的少年運動團一起去，而是一個人去。我去參加傘兵部隊，後來發現實在太難了，所以我又加入步兵，還是很難。但我已經沒有別的選擇了。

　　我想，我很榮耀地完成了軍事訓練。我會想向有個人在我眼前進行操演，然後我會一直告訴我自己，「如果他可以做這件事，我也可以」。

　　後來，我想要成為一位軍官，但測驗的結果不是太好。所以我說「好呀，沒什麼值得哭泣的，我並不要找一個軍中工作。我現在這樣就很好。」不過，後來因為他們需要更多人從事軍官工作，所以我還是被找去了。一開始，我說「噢不，當我想去的時候，你們拒絕了我。」但他們說「來吧，都是一樣的。」而我同意了，所以我就去了。後來，我很成功的畢業了，還被留下來擔任那個課程的訓練軍官。比起我之前在步兵隊的經驗，那真是太好了。

　　就在那時後，**贖日罪戰爭**（Yom Kippur）發生了（註26）。那是一個很令人傷感的事件，但並沒有影響我太多。我想說的是，在那場戰爭中，我失去了一個叔叔。我記得我們在葬禮中為他禱告，在十月戰爭之後，我們一起到Golan Heights去找那個他被殺的戰場。至於我，由於我是軍官學校的工作人員，我們並沒有被送到戰區去，但參與了幾次小型的攻擊行動，然後…我的一個朋友在其中一次攻擊行動中受了傷。那是一個故事。我們被要求運送補給品給一個軍事行動基地，他們需要組成兩個軍團。【當他們組成軍團之後】，我記得是我和那位朋友其中的一個必須要加入，所以我們就擲骰子看看該誰去，結果他贏了。他去了戰場，腦部中彈受了

傷。所以，我告訴自己，這真是命運啊！如果是我去了戰場，我也會受傷嗎？無論如何，我沒有，而且我順利完成了軍隊服役。

I：在那個時候，有哪些人對你而言是重要的呢？

D：我現在想到的是一個我小學就認識的朋友，在那個時候去世了。他有白血病。我記得這個，是因為那個冬天，我正在步兵隊受訓。我們一起在同一個北方基地…我記得那影響我很深，我想去找他說話，我去他住房找他，但他們告訴我他不在那兒，所以我問他什麼時候會回來，他們卻告訴我他再也不會回來了。這是我所記得的。我們並沒有上同一所中學，但我們的關係一直很好。後來，我也曾經去拜訪他的父母，維持這樣的聯繫，對我來說很重要。他是他們唯一的孩子。除了他之外，我還有很多朋友，但都沒什麼特別的交情。就是這個人我每年都會去找他，我仍然認為他是我的好朋友。

I：那時你是一個怎樣的人呢？

D：我總是不要有太好的表現，不要太突出。我故意這樣做，我絕不會站在隊伍的最前面，這樣我就不要被叫到。我只想平靜的過日子，中等就好。換句話說，我想要夠好就好，不要太卓越。也許因為前一個階段，我的志願服務工作做得過頭了，不知道何處可以停下來。所以這一回我就告訴自己，「不要吧，讀書對我來說太辛苦了，我只要堅守中等水準就好。很重要的是，我最好擠身在成績好的那一群人中，但不要名列前茅。」

所以在退役之後，我在旅行社找了一份還不錯的工作。我得去餐廳吃飯，去住飯店，然後針對其服務品質提出報告。同時，我也申請進入大學就讀，但被法學院拒絕了，所以我去了第二個選擇，商學系。我同時做全

職工作，又全職讀書，然後順利畢業了。但是，我並不想繼續唸書。學士學位對我來說就夠了，我只是要一個學位而已。

　　我記得這是很有壓力且密集的工作時期。像往常一樣，我有女朋友，在我23歲的時候，我遇到一個女孩，交往一年後我們就結婚了。她是我在工作時拜訪過的飯店接待員。我們一起住在我的公寓裡。

I：那是在哪裡呢？

D：在L.（地區名）。

I：那麼，在這個階段中，誰是對你而言重要的人呢？你太太對你重要嗎？

D：她是的，毫無疑問。她在我讀書時，幫我許多忙。她讓我在晚上有個可以回家休息的溫暖小窩，我不必再到外面去找樂子，當我忙著工作和讀書時，【這對我很好】。這是一個我為自己設定的任務，我做到了。再一次，我獲得了中等成績。我還記得那時我總是要計算我最少要繳交多少份家庭作業，好讓那一科可以及格。我只要能過關所需要的最少積分就好，那就是我對自己的期待。

　　首先，我太太和我決定先不要有小孩。她在一家航空公司工作，她到現在都做這行，這讓我們可以很自由地到國外去玩。我們利用這個特權到歐洲去度週末—羅馬、瑞士等。這是抒解壓力很棒的方法。關於這個階段，還有什麼是我可以告訴你的呢？我在工作上獲得很好的升遷，從最簡單的文書工作做起，到成為我這個部門的副主管，負責處理客戶的抱怨。我從來沒有過學生的社交生活，我沒有時間坐在咖啡廳聊天。我就是沒有時間。我買了一部車，在每個地方跑來跑去。在工作上，就像我先前所說的，我被升職了，而且…我獲得高

度的評價，我想，這是我應得的。毫無疑問是的。

　　沒有多久，我就明白我沒辦法在這個工作上獲得太大的成就，我並不希望一直都這樣。所以，在我畢業一年後，我開始找其他工作。我想要找一個工作，為自己帶來很大的不同，不是像那個我所服務的大公司。我如何往前走呢？我的生涯是什麼呢？

　　我找到一家飯店的工作，向辦公室辭職。就在我遞出辭呈時，主任又幫我升了職，我不知道該怎麼辦，就去徵詢我爸爸的意見，我總是會想要去徵詢他的意見。我也詢問其他人，我該怎麼辦？結果，沒多久以後，我說，「真是的，我要走自己的路。」於是，我去飯店工作。

　　對我來說，這是個很大的改變，一個充滿企圖心的改變，那是…一件我一直想做的事。我在這家飯店中獲得了一個管理工作，即使我除了曾經是客人之外，我並不知道什麼飯店的事。而那是一個還蠻重要的管理工作。好吧，我是大學商學系畢業生，但那個訓練可以做什麼呢？在這兒，我得負責許多財務管理工作。我發現我爸爸認識的幾個朋友和另一個親戚曾經有飯店管理的經驗，所以在三個星期內，我利用傍晚下班後去拜訪他們，向他們學習所有關於這份新工作的知能。這讓我想起我16歲時，我曾經宣稱我知道怎麼駕駛曳引機，然後我們就上路了，在半天中，我教會自己怎麼去做。

　　無論如何，那是個不容易的工作，但我做得很好，受到高度讚許。三年後，我又開始覺得這規模對我來說太小了，我需要學會更多有關飯店的事，這是個很大的世界，而且一直發展出許多新的方法。就在那個時候，一個美國連鎖企業要在這個城市開一家小型的新飯店，

我想這是一個新的開始，所以我申請了那家飯店。他們給了我一個機會，讓我從幾個職位中選擇一個，我選了一個非常小的職位，比起我以前的職位真是微不足道。我記得我所有的朋友都問我「你說說看，你怎麼會從你先前那個飯店的第三把交椅，突然間去做這個最簡單的職員工作呢？」我告訴他們「我並不害怕，我相信我自己，我準備要好好學習。」我相信我一定會被發現，不會被埋沒在這個小職位中。

　　無論如何，他們剛開這家飯店，有許多事要做。他們要求我留在飯店過夜，我同意了，但要求我太太也要一起來。我想，我們可以住在那裡兩個星期。我辛勤地工作，這工作非常好，非常有趣，我受到高度的肯定，在這一年底榮獲這家飯店的第一個卓越獎。很自然地，就像我所做過的其他事一樣，我全力以赴在這個事業上。後來，我成為這裡主要的經理之一。

　　然而，我必須在這兒停下來了。我們好幾次試著想要生個寶寶，但都無法如願。我太太去做過各式各樣的治療，非常非常不容易。然後，我們做了一個艱難的決定，我們要領養個孩子，愈快愈好。問題是要承認自己有問題。要承認這個事實對我來說是容易的，但對我太太卻很難。然後，為了領養一個小孩，我們等了很長一段時間，大概是三年吧，真是令人非常焦慮。在我們領養這個嬰兒三個星期之後，Lebanon戰爭又發生了（註27），我被徵召入伍。我說「如果我…我現在該如何做呢？」就像所有的世界都被我在肩上一般。當然，我服從了，去「保護我的國家」，我並沒有做出任何愚蠢的事，但我記得我當時的感受。這對我太太和爸媽來說，也真的很難接受，太可怕了。大約有三個星期的時間，

我甚至無法從軍中打一通電話回家。我一直擔心，萬一我發生了什麼事，他們會不會決定將小孩從我太太身邊帶走，誰知道呢？幸好，我平安返家了。

這個時候，在工作上也是個相當動盪不安的時期，因為公司發生很大的財務困難，但我一直堅守崗位，秉持誠實的信念，各方面表現都備受讚許。我那時已經在那兒工作五年了，聽到另一家飯店連鎖企業在非洲有一個職位空缺。但我覺得我應該對這家公司忠誠，所以我去拜訪了我的老闆，告訴他們我有這個機會。他們問我「你真的準備要去非洲嗎？」我說「是的。」他們就說「不要擔心，我們會找人代替你的職務，然後，我們會幫你找一個好位置。」這很適合我，我不是個將爛泥巴丟在後頭不管的人。

所以我們就去了非洲。我太太有她的疑惑，但我告訴她那兒有一家像這樣的飯店，一定不會是叢林荒地。這是我想的，雖然我也不知道細節。這是我的個性，我傾向於不要去擔憂，準備好就去。她接受了挑戰，跟我一起去。到達那裡，我們真的不知身在何處，帶著一個三歲的兒子，突然必須要講法語，我雖然懂一點，但還是一樣（並不容易）。

我可以寫一本有關這個時期在非洲兩年生活經驗書了。我每天都在學新的東西。第三世界完全不同於我們所知道或所想像的。即使我可以告訴你，但我實在無法用言語形容那兩年的經驗有多麼深刻。對我而言，像我這麼誠實的人，一開始看到那些腐敗貪污事，真是令人震驚。那是個獨裁政權，任何住在民主國家的人很難看透這個。整個說來，這是個美妙經驗。

舉例來說，有些當地的督察人員會來到飯店，開門

見山的說「我們想要些錢。」我說「不，我不能給你任何金錢，但我們有些飯店的襯衫」，他們拿走襯衫，但會說「我們不能靠這個吃飯。」所以，我只好去準備飯盒給他們。就像這類的互動我從來不給他們金錢，所以不能算是賄賂，但對我個人來說，這些小禮物也是賄賂了，雖然不是真的。是爲了和這個現實環境做了一些妥協。

（此處，David給了更多有關他在非洲經驗的詳細例子。）

I：你看起來從那兒學到了很多。

D：噢，當然囉。你瞧，從我個人觀點來看，這個時期真的改變我好大。還不完全，但那真的讓我更加成熟。這個時期教會我要說：「不，但不是」因爲你要面對的是這些令人無法置信的災難，例如，我飯店的員工來要借貸一筆錢。你會借給他一筆錢，從飯店的現金，不是從自己個人的錢拿出來。雖然，我偶而出於同情心會這麼做。然後，這個人沒辦法還借貸的錢，卻又來要借貸另一筆錢。你覺得你有必要教育這個人，必須要說不。但是，你怎麼說呢？我可能沒辦法只靠這麼一點錢過活，他們也沒辦法呀！他們一家有10或15個小孩要養。但我還是要學習說不，即使有時候對我個人來說非常困難，因爲我認同這些人，很能理解他們困難的處境。我學習到這另一個世界，與我們截然不同的世界。

另一個問題是健康，你知道的，如果發生任何事的話，可能都會致命的。在那兒，盲腸切除都會有90%的致命危險。化學毒物、傳染病、AIDS等，每一件事都會發生。謀殺也是常見的事，人們自由地談論這件事，每個人都知道，一個殺人犯即使被關在監牢裡，只要他賄賂

監所管理員，兩天後就會被釋放出來。以及所有黑人和白人的問題。我的黑人助理因為和白人一我一工作而被責難，所以他們就找了一個理由逮捕他。我必須去警察局保他出來，但我是誰呀，只是一個小小公民，沒有任何權力。你可能會因為任何事被責難，然後你就得去證明你的清白。我對自己的生命並不感到害怕，但當然會害怕會傷害這個事業，還有我家人的安全。關於AIDS，那個救生員，我兒子，他那時在那兒，我們常一起去游泳池。我兒子會去幫他將椅子拉出來，像這樣的事，我兒子那時才三四歲吧。有一年我們離開那兒去過暑假，然後我們回來後，他（這個救生員）就不在那兒了。我問起他在哪兒，他們說「他死了」「他怎麼死的？」「他死於AIDS」突然間我明白了，哇，我的孩子還曾和他牽過手哩，而他早就得了AIDS。那是，突然間你會問自己「為什麼我要來做這些事呢？為什麼？我在做什麼？為什麼我要這樣做？為什麼我要讓我的家庭處在風險之中？為了那些事，我要甘冒這麼大的風險呢？」所以，我帶兒子去做檢查，還好他沒有帶原，他很好，但我還是…我有許多令人吃驚的故事，像這些事，數以千百計的故事。你有興趣聽嗎？

I：*我已經多多少少瞭解了這個階段的事了。我還有一個問題。在那個時候，有誰是你認為對你有意義的人呢？*

D：我得說在非洲的每個人，所有幫助我的員工，都教會我許多事。他們教會我，如果我給他們一些，他們會回報我更多。這些人真的，我可以真誠的說，他們影響我形成我的人格，不管我的年紀有多大。這也包括一個白人經理，我們關係很密切。我們一起住在飯店的一個部分，就像集體農場一樣。我跟他們在一起，但職位在他們之

上，所以我得小心保持距離，不要涉入人際間的糾紛爭執或閒言閒語。我做得很好，我太太也和我處得很好。我們自己有獲益良多。你可能會說，不要要求回報，這個態度讓我們在那兒更有力量去完成使命。你可能會加上這個城市裡的猶太教會社區，那裡的教牧人員，那是個很特別的人。一般而言，我認爲這個時期非常多采多姿。很多困難，但是我很高興我做了，那大大的擴展了我的生活視野，我學到許多，對於我自己、社會、關係、小型社區和一個截然不同的世界。如果不走這一遭，我永遠不會明白。

I：那麼，這個階段持續了兩年或一年半左右？

D：是的，我獲得極佳的聲譽和第二個卓越獎，我被選爲這家飯店連鎖企業在非洲和南亞的年度風雲人物。我真的將這家飯店整個翻轉過來，業績蒸蒸日上。他們當然很希望我繼續留在那裡，但我拒絕了。我想要回到以色列去。一個這麼熱愛國家的人怎麼能夠一直待在別的國家呢？所以我堅持我不能再繼續待在那裡了。那對我的家庭也是不容易的。這家連鎖企業想要爲我在以色列尋找一個好的工作職位，但一時找不到。那時我等候了一段很長時間。他們願意提供我全世界各地的各種職位，但我想到了一個他們一定要接受的故事，那就是，我們已在排隊等候領養我們的第二個小孩，所以我們一定得要回到以色列。最後，我同意接受一個比我當時管理階層還低的職位，讓我可以順利回到以色列。

那理應只是短時間的安排，但持續了一段比我預期更長更久的時間，事實上，我也喜歡這樣，我負擔的責任較輕，工作很輕鬆，是我很熟悉的，我有足夠的時間用我在非洲賺來的錢，蓋了一棟新房子。結果還不錯，

還蠻適合我的。我不在意是否還能在事業上獲得升職，我也拒絕了其他的可能選擇。

最後，有一個人來找我，他在南部蓋了一家飯店，但經營得並不理想。那時候已經關門了。他希望能夠重新開張，他試著說服我接受他的提議，我有點躍躍欲試。我去看這家飯店，然後就被扯進來了，不是那種想要全心投入的熱情。事實上，這家連鎖飯店一直對我很好，只是突然間不在像以前那麼好了。一但我拒絕了他們提供到世界各地去工作的機會，一切就結束了。我請求將我的工作減量成部分時間工作，也說服他們同意了，然後我開始一個星期三天通勤到這家位於南部的飯店。我非常努力工作，長時間工作，爲我的生活帶來許多的挑戰，但也給我額外的收入。就是這樣，所以，我幫忙這家飯店重新開張了。這是一個經驗，從無生有，開創一個新的機構，讓它可以順利地運作。你必須要了解飯店是怎麼經營的，那是一個依賴時間和金錢來運作的系統。你絕不能將事情拖延到明天再做，因爲顧客今天就要獲得一定品質的服務，他們明天就不在那兒了。他現在就要得到他想要的，你得精準地給他所要求的東西。那不像其他的工作，那是個很大的挑戰。而且，一定是團隊工作。所以這是那一年我所做的事。

大約在這時候，我們領養了女兒。這是非常有趣的事，我們等候一段時間，然後去接她回來。我們帶著兒子一起去。然後，我們得面對如何因應的難題，這本身就是痛苦的經驗。我試著將我的時間區分爲幾塊，分給原有的飯店、新開的飯店，以及我女兒，所有這些。直到我終於明白我真的不能將我自己切割成這樣。就在那時，我聽到另一家飯店的資深經理被解聘了，我毛遂自

薦，立刻得到那份工作。從那以後，我就一直在這兒服務。我認為，我為這裡帶來許多改變，將這家飯店帶到一個過去從未達到過的高水準。我不能獨攬風騷，但我真的認為我所引進的方法、我對於市場情況的分析，都相成功。我幾乎在這裡四年了。在我之前，沒有人可以在這個位置上待了像我這麼久的時間。主要的挑戰是要和公司裡所有在我之上和與我同位階的主導者們去應對，不過這是我擅長的，所以我可以在這個工作上應付裕如，先前我所服務過的飯店也是。簡單來說，這就是我的人生。

I：*那麼，最後這段時間有哪些人對你而言是相當重要的呢？*

D：你瞧，這很難說…我每天要一起工作的這些人都對我很重要，但是…我並沒有可以遵循的典範楷模，沒有任何人…

I：*不一定要像那樣，從我的觀點來看，那也可能是你的太太或小孩呀！*

D：你瞧，我太太和小孩始終都是對我最重要的人，在我自己之上。也就是說，只有我太太同意要跟我一起行動時，我才會採取特定的行動。每一件我所做的事，都會先徵詢我太太的意見，現在小孩對我也是最重要的事情之一。換句話說，如果一個小孩生病了，我就不會去工作。我不會有什麼損失，我可以在晚上工作，飯店是個24小時都要經營的地方。也許，我也時會在白天工作較長時間，但我深愛我的小孩，他們也很愛我。我們喜歡一起玩耍。我帶他們去國外旅行，享受每分每秒的相聚時光。當我太太去探訪她的姊妹，待上兩個星期，我也不覺得有什麼難題。孩子們去上學，我隨時會接電話，我會幫他們煮飯，餵他們吃飯，陪他們一起玩。我和孩

子們的關係，對我而言，是非常非常重要的。我的家庭就是對我最重要的事了。時常有一些很吸引人的職位在向我招手，但我都沒有接受，就是因為對我家人來說太不方便了。你看到了，今天我很清楚我可以選擇我要去的地方。我知道我在專業上有很好的表現，我很清楚這個工作，我有很豐富的經驗。

我認為…我生活中另一項重要的事是電腦。不要笑。雖然我直到年紀稍長才學會使用電腦，但我掌握得很好，我很喜歡它，它也喜歡我。我們有很密切的關係。我了解它的語言，而且我學習到，這已是全世界最重要的語言了。

💡 備註

1. 在撰寫這本書時，Sara 和David完整的生命故事被送去給他們檢閱，並獲得他們同意出版。

2. 研究主題都是有關以色列的故事。在以色列，軍事服務（軍隊服役）是所有公民的義務。女性須服役兩年（18-20歲），男性需服役三年（18-21歲 ）。

3. Shiva意指七，指涉以色列的傳統習俗在家人死後要服喪七天。在這一個星期中，親戚和朋友都會拜訪這個服喪的家庭。如果他們是正統猶太教派，會在家中一起禱告。

4. 「這個家的女兒」（daughter of the home）或「這個家的女孩」（girl of the home）並不是希伯來語中的俗諺。Sara用這種特別的說法，是早期幾個拉丁語系猶太教國家民間的說法。

5. 拉丁語詞，見註4。

6. 讀者可能會注意到在教師和Sara母親會談之間，以及Sara進入小學的

時間序有些不一致的地方。類似這些細微的不一致，也會出現在故事的其他部分。

7. Gar-in意指一群參加少年運動後畢業的人，他們會一起到軍中去服役，通常會在集體農場中。詳見註11。

8. 以色列的猶太教在他們所遵循的猶太教禮拜儀式上有或多或少的差異。「傳統」經常意味著嚴謹地遵循禮拜儀式。在故事的結尾，Sara會告訴我們他自己的家庭也逐漸轉向更為嚴守禮儀，也就是更為傾向正統猶太教會的生活方式。

9. 茅草屋有稻草和樹葉做成的屋頂，依據猶太傳統，那是在家庭禮拜日時一起用餐和休息的地方。

10. 在以色列和其鄰國阿拉伯之間的戰爭，發生於1967年六月。有些戰場就在Sara成長的地方。

11. 係指在集體農場所進行的軍事服務。詳見註13。

12. 聯合會考是在中學畢業以前所參加的一場全國性測驗。通常以色列所有中學學生在十二年級結束之前，都必須參加考試。

13. 在以色列國防部隊中，軍隊集體農場是由青年先鋒軍所組成，涵蓋少年運動畢業的青少年，組成小團體，一起加入軍事服務。服役時期會被分派到幾個軍事訓練場共同生活。

14. 來到集體農場的單身青年，通常會被分派到「養護家庭」，在集體農場社區和新加入成員之間，建立一個緊密的連結。

15. 希伯來語的男性和女性有不同的名詞和動詞形式。在Sara敘述其求學和教書經驗中，她總是會提到班上同學和教師，稍後也會提到和她一起在學校教書的教師，都是用女性的語詞形式。很顯然的，她所敘述的是一個完全都是女性的經驗。

16. GG是一個發展中的小城市，從Sara所居住的大城市，大約要開車30分鐘左右。

17. 這也是以女性語詞形式來敘述的。詳見註15。

18. 這句話在語法上很不尋常，這在Sara流利的口語表達脈絡中，顯得特

別突出。其重要性會在整體--內容分析中詳加說明。詳見第四章。

19.以女性語詞形式敘說，詳見註15。

20.這個詞彙相當類似於先前Sara用來描述其在家庭中位置的「這個家的女孩」。

21.Sara指出她的房子的特徵、子女的穿著和行為舉止，均彰顯其猶太教的生活方式，而她自己本身則沒有那麼嚴守教規。訪談者在第一次訪談結束前曾詢問她有關的問題，她承諾在她故事結束之前會回到這個點上再做說明。以色列人民可初步區分為正統猶太教和非教會團體，二者之間的移動是很平常的。

22.正統猶太教會所設立的學校。

23.研究主題都是有關以色列的故事。在以色列，軍事服務（軍隊服役）是所有公民的義務。女性須服役兩年（18-20歲），男性需服役三年（18-21歲）。當男性軍人志願接受軍官訓練，那表示他願意多付出一年投身於軍事服務工作，是有薪給的。這就是David的情形。

24.意指「受難之路」，是藉喻自耶穌最後的行動。

25.這是一個很有名的電視作媒節目，在訪談之時正在上演。

26.以色列受到來自埃及和敘利亞的攻擊，發生於1973年十月。

27.在以色列和其鄰國—利比納和敘利亞—之間的戰爭，發生於1982年六月。

Chaper 4

整體－內容觀點

本章介紹生命故事的整體--內容取向，分為二個段落：
（1）從整體--內容觀點來閱讀生命故事，以及（2）以早期記
憶作為整體--內容取向的線索。

從整體－內容觀點來閱讀生命故事：
Amia Lieblich

在我們閱讀整個故事（第三章）時，我們嘗試去形成對於
Sara及David故事本身所呈現的整體--內容圖像。我們將完整地
呈現對於Sara的故事所形成的圖像，並簡要的呈現David的故
事圖像。

以整體的方式對內容進行閱讀的過程，可以摘述如下：

1、將整個材料閱讀數次以上，直到一個型態（pattern）浮現
　　為止，通常是以整個故事為焦點的形式出現。仔細的、
　　同理的且以開放的心去閱讀或聆聽。相信你有能力發現
　　文本的意涵，它會對你「敘說」。在這個步驟中，並沒
　　有明確的指導方針。你可能會想多加留意生命故事的一
　　些面向，像是故事的開端、對於故事的部分段落做出評
　　估（如，這個很好），但是它們的重要意義取決於整體
　　的故事及其內容。

2、將你對個案的初步的及整體印象（global impression）寫
　　下來。記下與你一般印象有出入的例外情況，以及故事
　　中不尋常的特徵，例如相互矛盾或未完成的描述。一些
　　困擾著敘說者的情節（episodes）或議題（issues），或是
　　與其故事不協調或不一致的地方，可能比那些較清楚顯

露的內容更有助益。

3、決定這個故事中從頭到尾所顯露的一些特定內容焦點或主題（theme）。一個特定的焦點經常會被重複敘說、敘說者提供更多相關的細節，使其在文本中特別突顯出來，而可以歸諸於某個主題。然而在故事敘說中省略了某些面向，或輕描淡寫地帶過某一個主體，有時可能也被詮釋為該話題具有某種重要意義，我們將隨後說明。

4、使用有顏色的標記筆（應用Brown等人，1988的方法），標記出故事中的各項主題，分別地及重複地對每一個標記主題加以仔細閱讀。

5、以幾個方式來記錄你的結果：跟隨著貫穿整個故事的每一個主題，記錄下你的結論。注意這個主題第一次和最後一次出現的位置、主題之間的轉換、每一個主題轉換的脈絡、在文本中特別凸顯的地方。再則，依據敘說的內容、敘說者的心情或評估等，特別留意那些與主題相抵觸或矛盾的情節（episodes）。

　　與其他讀者一起討論這個個案，將會有更多體會和學習，但因為這是一個詮釋的工作，讀者不需期待獲得「評估者間一致性信度」（inter－judge reliability）。

Sara：整體印象

　　Sara的生命故事本身很容易讓讀者形成一個整體印象，因為她從兒童早期到長大成年的故事，都有很強的連貫性。作為讀者，我對於Sara的生命發展過程，從不會感到驚訝，唯一的例外，也許就是後來她轉向正統猶太教會生活方式（註1）。

Sara建構其生命故事的一致性態度，從其正向的、樂觀的世界觀及其對於人際關係範疇而非個人內在範疇的關注，可見一斑。是其故事的重要特徵表現。

從Sara敘事的最後一個特徵說起，Sara的故事是一個關係的故事（註2），經常會提及其他人，包括在描述她與他們之間關係的脈絡中，以及她似乎總在他們身邊，無論是她的父母，或是中學班上的同學等。依據初略的估計，有關人際關係的敘述，在她的敘述文本中，佔有一半以上到四分之三篇幅之多。在Sara世界中的「他人」，大多是女人及小孩，至於家人以外的男性則很少被提及。在敘說「我」，罕見其將「我」作為獨立分離的個體，而經常是「我所記憶中的自己」─是「我」，Sara這個成人正在觀看和回顧這些過去的事件。例如「我仍然記得這句話」或「今天，如果我還是個八年級生，我可能不敢擔起這樣的責任」。其他談論到「我」的少數例子，是當她提及自己在某些方面相較於其同儕或姊妹，比較不尋常時，例如「因為我是老大，我總覺得我們的關係...就關係來說，嗯…其他地方也是，都比較偏愛我。」然而，這類說法實際上仍是考量到其他人的存在，因為他們形成某些可比較的標準。最後，我們也很少看到Sara以個別化的陳述句來描述她的個人特質，僅有如：積極主動、有責任感，或者「並不聰明」。

除了顯著的關係本質外，Sara的故事是相當正向的，在她對其本身、她周遭的人物及對世界等的看法等，都是正向的。負向的感受及事件極少。據她的描述，在其生命中所遇到的人，無論有無親戚關係、個人或團體，都對她很好，且相當具有啓發性。在第二次訪談時，Sara自己可能也覺察到她故事的型態，她評論道：「我想，我總是能找到在生活上真正幫助我的人」，而且將之定義為「我蠻幸運的」。從現在的這個觀點

來看，Sara的過去生活事件總是被描述為對她很有幫助，即使當它們發生時，它們的正向性質可能是有待質疑的。例如，當她被迫轉學到另一所小學，違背她和爸媽所努力想要爭取的，她說「我不會對那個時候的轉學感到遺憾」，她將生命故事中的負向時刻，翻轉了過來，讓它們仍可以顯現正向的意義。這也可以從她將中學時在特別班級的經驗描述為一個機會，獲得明證。或者關於她的考試焦慮一事，在她的敘事的脈絡中，Sara讚揚其學校老師給予她特別的關注與協助：「今天想來，我認為沒有其他學校可以像他們一樣來處理這些問題。」最後，甚至在談論她現在的生活，一肩挑起作為三個小孩媽媽的極其困難任務（其中最小的孩子並不完全健康），而且本身還是個全職教師，從其丈夫或父母處得到幫助相當有限─她從不抱怨，她說：「上帝給了我一個很棒的天賦─速度，這是我的幸運，我希望可以維持這個步調。」

　　有二個例外情形格外引人注目，且實際上增強了Sara建構其生命故事的仁慈本質。第一是她對其妹妹死亡的早期記憶（這個情節在本書中將以幾個角度來詮釋）。其次是她對於中學畢業前的考試成績感到失望：「今天我其實對考試結果感到相當失望，因為，基於某些理由，我的期望蠻高的。我不知道到底怎麼了我怎麼會得到那樣的成績。」

　　最後，對於Sara故事的整體印象是兩個面向的結合─它的正向性和關係本質，「良好的關係」（good relationship）以其強烈而直接的表達貫串其生命故事。記住這一點，我們現在要轉向檢視Sara敘事的核心焦點，某些焦點會進一步闡述上述的整體印象。

❧ 重要主題

　　Sara生命故事中在不同階段重覆顯現了四個重要主題（major themes）。這些主題呈現其生命故事的獨特性，可以被視為以整體取向來閱讀這個故事的四個不同視角：

1.隸屬和分離（Belonging and Separateness）

　　當Sara在訪談一開始陳述她自己時，她談論有關她父母、兄弟姐妹，及她在家中的位置：「我的父親來自伊朗…我弟弟小我七歲」等，她一開始就告訴訪談員：我是一個戀家的人，我對我的社會單元（social units）有很強的隸屬感。然而在第一個句子中，她附加「我是老大」，這形成她既分離且獨特的地位根基，隨後將進一步探討。因此，故事的第一個視角，在Sara自我介紹中已很清楚地表達出來。

　　當在敘述她的兒童期時--她稱為「一個很普通的童年」--Sara時常以複數型態說話，例如：「我們四歲前都和媽媽待在家裡」，或是「我們可以有較好的生活」，這個談論的基本單位是她的家庭，具有明顯的撫育和溫暖的特徵。在Sara的案例中，家庭也包括祖父母，Sara很詳細地介紹他們，其他的家庭成員（例如姑姑）也被附加到這個關懷照顧的網絡中，支持且給她充分的安全感。在Sara的生命故事中，Sara傾向將其他接觸過的社會單元看作為（或建構為）類似於她的家庭，也是以這個視角來觀看。附屬於這個家庭的非親戚，或非家庭單元，在故事中總是被覺知、被記憶或被呈現為像家人一般。

　　例如，Sara的敘事中，藉由強調她母親與一位她所喜愛的一年級老師的接觸，也將這位老師加到這個家庭中來—「她們之間的接觸是直接的，甚至在我成為她的學生之前」。在小學，Sara談到她的朋友時，也像是她們與她家人有某種特殊關

係，她年輕的媽媽會參與小孩們的遊戲：「有很多朋友會來，媽媽會加入和我們玩在一起」。當她父親準備家庭禮拜節目時，「所有鄰居的小孩都會帶著彩色紙來幫我們裝飾」，並加入她家的節日準備，因此Sara總結指出：「那是種我們是一體的感覺」。一種對於家庭的強烈依附感，似乎也是她母親和原生家庭關係的特徵之一。於此同時，家庭的界限似乎是相當彈性的，Sara的父親被母系祖父母視為他們的兒子，而「收養」的概念也在後續的生命階段中多次出現。

　　相似的情感連結被持續帶到少年運動（youth movement）中，在其中，男性或女性領導者被視為部分父母、部分兄長的角色：「最後，他們倆個人結婚了，我們還是很好的朋友」。在家庭與外在社會領域之間的界限逐漸融合在一起，可見於她談論到如何帶著妹妹一起去參加少年運動的郊遊，這個行動在那個年齡區分嚴密的組織中是相當罕見的。後期階段，她談論到非常具有凝聚力的班級關係（因此，如同在家庭中，學生優先對其班級展現忠誠和隸屬感，勝過於個人的成就表現）；有關她到中學老師家中接受免費個別指導的部分；有關軍中的朋友們像家人一般的社會單元（此處，她又再次使用到如同她描述兒童期時相同的說法：「我們有一體的感覺」）；有關她在集體農場從事軍事服務時才突然發現且收養她的遠房親戚；有關她在軍中的指揮官「他有點像我的養父」，像女兒一樣對待她，且曾在喜慶場合拜訪Sara的家人；以及，當她成為老師後，有關一群教師形成親密的團體關係；以及有關她在一所集體農場學校教書時的校長，同樣對待她和另一位教師像是女兒一般，「她如此地照顧我們，真是令人難以置信」。集體農場對於Sara的吸引力，也在她生命故事的幾個階段中表露無遺，這可能也是她將社會世界視為像是家庭一樣的另一個明證。因此她將陌生人整合到家庭的網絡中來，或者形成一個類似家人

的關係，這一切都爲她締造了一個環繞著她的溫暖、安全、關係的世界。

　　而Sara本身則選擇且形成了這個環繞著她的單元或網絡，雖然故事中有關她的這部分通常是無聲的。她傾向於將自己的角色貶低爲一個好伙伴。她說「我蠻幸運的—我想，我總是能找到在生活上真正幫助我的人」。有一次，在談到關於其祖父母的故事時，她指出關係的互惠本質，她說「我知道如何回報這份愛」，但她所使用的是「回報」（return）這個字眼，而不是反映個人主動力（agency）的語詞。最後，她也說明她曾經如何幫助他們、教他們希伯來語等。然而如此主動的互惠行爲，在她表徵其自我時是相當少見的。

　　在她簡短的提及自己的家庭時，Sara也從同樣的視角來描述她的小孩，意即那一個溫暖的、正向聯繫的單元，而不是描述孩子們不同的特質，她說，「他們的關係很好，像是朋友一般玩樂在一起」，而她作爲教師時的工作處所，也被視爲具有某些家庭般的特色，她時常將她的小孩帶去工作，並稱「他們是學校的孩子」。同時她與媽媽仍維持相當密切的關係，當她的三個小孩分娩時，她媽去協助她；當她開刀住院時，她媽去照料她。總之，她說「我深深地愛我的家人，每個家人對我而言⋯我想，對我而言似乎都是最重要的，其他的都相形失色。」

　　即使在此，支持網絡之內，所強調的重點都在於「隸屬」（belonging），但Sara本身仍是一個獨立且獨特的個體。如前所述，她說「我是老大」，且最後指出自己是「Bechorika」， 這個字從其母語來說，意指（以她自己的說法）「被鍾愛的大女兒」或是「是個非常⋯嗯⋯，得到許多關注和許多的愛的女兒」。相當一致地，她傳達了她是一個上帝特別挑選出的幸運兒，但同時，她也對這個並不謙遜的觀點感

到抱歉：「上帝並不允許這樣，那不表示祂不關切每個人，每一個孩子都有屬於他的特別位置」，但Sara「總能享有最好的待遇」，被祖父母、姑姑所偏愛，她所處的位置讓她得到更多（甜食、玩具、「一句好話或是一個溫暖的感覺」），但她也給予其他人更多。她描述她如何不同於其他姐妹，特別是在她之後出生的妹妹，這是她自我界定的方式：「她比我還要倔強，也不太聽話」，這個特質在她呈現為其獨特性的核心時，她說是很**主動**（active）（這個詞出現在很多她描述自己特質的脈絡中）、**迅速**（fast）（她將這特質視為成年期生活的重要幸運符）、**努力工作**（hardworking），以及**有責任感**（responsible）。這些特質使她成為少年運動的領導者。此外，Sara也以負面方式，如說她不是一個喜愛學校功課的聰明學生，來進一步界定其獨特性。

　　在敘說其人生時，Sara時常將發生在她身上的經驗視為一種獨特的發展，她不但在家庭或在許多經驗中都是「第一個」。同樣地，她傳達出一種她是「被挑選出來」（chosen）的感覺。Sara在學校的表演中被賦予領導的角色，她與另外三人在班上被挑選出去一所菁英中學的入學考試，而且她被學校接受入學，成為實驗方案的第一個班級的學生。Sara所隸屬的這個班級本身就是一個獨特的單元，而且其教育成果「真是令人難以置信」。在這個班級中，Sara視其自己為「傑出的學生」之一，附帶一提，這可能是她對於最後聯合會考成績感到失望的原因。在軍隊中，她也有領先群倫的經驗，「我們在荒蕪的沙漠邊緣地區找到了一個新的屯墾地，我們真的是第一個到達那裡的」。在師範學院當學生時，她再次被挑選出來在實驗學校教學，而且唯一在畢業典禮接受獻花的畢業生。她與先生住在「一棟新的建築，位於市郊新開發的一個區域」，而且立即在鄰近新設立的學校獲得一個新教職。她的獨特性與獨立

性有時會有模糊地帶，在她結婚之後，產生某些本質上的改變。現在是一個三個小孩的媽、一個家庭主婦、且爲一位全職教師，她告訴訪談員，她擁有了更多很實際的特質：「上帝給了我一個很棒的天賦--速度，這是我的幸運」。

在「隸屬與分離」的這個主題上，一個例外情形是Sara爲自己和家人據理力爭的「弱勢學生」的頭銜，關於此點，Sara覺察到受到特別的待遇並非總是令人期待的。在她敘說關於中學的故事中，Sara表達出她對於被視爲較低階層的學生的矛盾感受，這當然抵觸了她自己是「被挑選」的感覺，或可詮釋爲她是因著錯誤的理由而被挑選出來。她認爲她的家庭並不應得到如此侮辱的頭銜，但與此同時，她又很感謝由於參與了這項特別加強方案而獲得的個別注意。受到特別待遇似乎成爲一種羞辱感的來源，這並不是對她，她說，而是對其他參與這個「實驗班」的學生而言，正如她所描述來自一般常態班級的學生「經常會來偷看我們，好像我們是動物園裡的猴子」。然而在Sara的案例中，她的個人價值感仍是相當穩固的，以至於此一情節迥異於她的故事中所要強調的獨特、特別及被挑選等議題。。

2、親近、疏遠和移動的經驗（closeness, remoteness, and the experience of moving）：

座落處所（location）和移動（movement）的概念，特別是接近或遠離某一個特定地方，通常是她家人所居住的地方，在Sara的生命故事中處處可見。它幾乎可以被視爲是一個有關引力的故事，在三十歲以前，父母的家是吸引她移動的因素，而在最後十年，她子女成長的地方--她自己的家，則成爲引力的重心。從另一個層次來說，家，及對家的親近感，是Sara對於其女性化面向的敘述方式。雖然Sara一直是一個職業婦女，

但她描述她的男人則是離家較遠、開車外出、每天都有好幾個小時滯留在外。

　　大致上來說，Sara的生命故事的階段沿著一個相似的型態：她住得很接近其母親（或其他養育之人），且從這個安全的家庭作為基礎，展開其向外的冒險行動。她所處的親密環境並未造成任何限制，相反地，她所接受到的關懷、愛與安全感都使她有能力向外移動，至少在一段有限的期間之內。在稍後的階段，這種型態由非家人的其他人、朋友及軍中的指揮官、學校的長官及同事們所扮演，她偏好維持在相似的環境中，但也時常採取冒險的行動向外移動，她結婚後又在她的新居重新建造了相似的環境。

　　這個視角的提出也有其自相矛盾之處：一個一直和媽媽及年幼妹妹待在充滿溫暖與愛的家裡的孩子，去到一個陌生環境的幼稚園，會感覺到快樂嗎？很顯著是的。Sara發展的動力，與Mahler、Pine及 Bergman （1975）所提出的「燃料補給」（refueling）概念若合符節：一個被愛的孩子，會更安心地與媽媽分離。因此Sara告訴我們，當她與媽媽在家裡待到四歲以後，她很快樂地到幼稚園去上學，而且「我總是滿懷喜悅的回到家裡，媽媽已經煮好晚餐，在家等我們了，她總是在家歡迎我們回來」。

　　外面的世界是陌生的，Sara提及好幾次她喜歡舊識，並不期待遇到新朋友。然而她與家人搬到新公寓的經驗，卻被以正向的情節來回憶。為了表達Sara對搬家的脆弱安全感（或其自身的害怕），她拿妹妹來與她的經驗作比較：「（她）以為她會被丟在幼稚園，我們不帶她一起走」。這發生在一個更大距離的分離經驗之後，也就是她最小妹妹的猝逝，一種形成性的經驗（formative experience）可能促成了後來Sara總是需要接近她所愛的人身邊。當她來到新的鄰里，Sara對於成為新來者

的經驗感到害怕，但隨即在她看到同一所學校同學後而消失。遷移（搬家）是一種挑戰，需要克服相當大的艱困時刻和害怕感受，但都有很好的結局，就像她對小學經驗的回憶：「我不會對那個時候的轉學感到遺憾」。

當Sara還是孩子時，她的生活是在一個小範圍中推衍，她的學校及家庭在距離上是很近的。少年運動團隊也是，讓Sara可以參加家庭禮拜後再去參加其團隊聚會。這在她後來的生活中也不斷重演，當她還是單身教師時，她住在距離學校和家裡都很近的城市中，或是訪談當時她也在新住所附近學校教書。

然而，從兒童期以來，由於家人的愛與寬容，Sara可以安心地向更遠處去冒險。她愉快地回憶起參加少年運動的郊遊活動時，也反映了這個明顯的矛盾之處：「儘管我是老大，而且是這個家的女兒，我從未受到限制」。稍後她又重述：「就像我是個非常戀家的女孩，我也非常獨立。」必須要注意的是「這個家的女孩（或女兒）」這個說法在希伯來語中並不常見，它是Sara創造來自我展現（self－presentation）的用語。當訪談員要求Sara去解釋這個語詞時，她將之定義爲「非常戀家」，然而她的故事隱含著她是情感上依附於家，但實際上她仍是高度自主的。她勇於獨自遠行，勇於去爲較年輕的孩子承擔責任，就像是她的家庭環境使她有能力如此作爲。允許她充分發揮其自主性的信賴，與其天性服從和負責任的行爲，是相互滋長的：「我天性還蠻順從的。我也不是那種跑出去就不見人影的類型。當我要去參加少年運動時，他們信任我，我從來不會做得太過火【像是爲了貪玩而逗留在外】」。

Sara是在其少年運動的架構上前往軍中服役，亦即她是和認識多年的朋友們一塊去，她和熟識的朋友們一起去到一個全新的地方。返家探視的事，在她談到軍中服務時期的故事，以及事實上在她成年期的整個故事中，都是非常重要的。例如在

軍中，她必須遠離她的家人，而且每六個星期才能回家探視一次，這對於在以色列軍隊服役的年輕女性而言並不常見，她們通常會常有休假可以回家。但在一些時間以後，家的拉力勝過了她對自主的需求，她提出轉調單位的要求，好讓她「所以每天下午五點左右我就可以回家了，那真是太好了」。在她成為一位新老師，她再次很愉快地在一個遠方的學校工作，且列舉了這個距離有很多的優點（儘管事實上她父母希望她的工作能離家近一些），但她仍然通勤往返，並繼續與父母住在家中。

Sara最敢於移動出其父母的管轄區域，是當她在一個南部的集體農場找到教職時（這是一次自願的移動，而軍隊服役是強制的）。然而，她所去的集體農場很鄰近妹妹的工作地點，而她也再次地在集體農場中為自己建造了一個類似家庭的所在。返家探視的事又再次在其故事中被清楚地表達出來。那年歲末，她回到自己的家鄉，且在自己以前就讀的小學找到一個教職，Sara描述了關於住在自己公寓的一些衝突，她最後選擇了一個同時鄰近其父母家與學校的居所，這是她在搬到自己的永久住處且成為人妻、人母之前，最後的居所。

簡短的說明她與先生的相遇之後，她又呈現了一個地圖，一個關於座落處所的故事：「我們兩個從小就住在同一區，我們都在那裡長大…我是在附近他姑姑開的麵包店裡遇到他的…我們彼此在同一個地區繞圈圈，以前卻從未看過他。」在她結婚之後，當一個成年人終於到達了人生中最想獲得的安全天堂，Sara在他先生的伴隨之下，展開遠超出其生活範圍的長程旅行：「我們去拜訪我先生在美國的姐姐，順道去長途旅行」。所以在她整體生命中，鄰近其家庭、工作及家人的處所，提供Sara所需求的安全感，基於此使她能夠經常地旅行和移動。

在這個視角中，也有一個特別的情節並未遵循這個型態，

那是一個負面情況，關於她小妹妹猝逝的故事。如果遠行本身對於Sara的人生是一種威脅及挑戰，死亡當然是最大的「遠行」。我們很難斷定，安全感在Sara的生命中一直是核心議題，是否因為受到這個早期的情節所影響，或者這個失去的記憶如此突顯，使得她以此為基礎一致地重新建構其生命故事。

3、教學的意義或教學即是關懷（the meaning of teaching, or teaching as care）

Sara生命故事的大部分，也許是最大的部分，都在描述她學生時期的記憶，以及當老師的各種經驗。老師及同學在她整個生命故事中無疑具有相當顯著的地位，且時常被描繪為她家庭的延伸。在Sara的故事中，教學與學習均以其養護關係作為呈現的主軸，而不是在其學術或成就導向的世界。

如同Sara在故事中所證實的，她對於從學校的生活每一個階段都保有相當清晰且正向的記憶。從最早時期開始，她就說：「對於幼稚園，我有很美好的記憶，我在那裡過得很快樂」。當她談及一、二年級時，她再次重述：「我很喜歡我一年級到二年級的老師，我還記得她的名字。我記得我參與演出的一個話劇，甚至我所說的台詞，她總會安排我參加演出。」Sara談及轉學到一所新的小學，她將這個轉換視為從一個美好的經驗到另一個更好的經驗。甚至她的中學經驗，那經驗對她的部分同儕可能是創傷的，她的記憶仍然充滿了許多關愛她的老師和行政人員。

然而，當她追溯她學生時期的成長記憶時，Sara反省道，「我不認為我是個傑出的學生，我並不聰明，但我喜歡工作和學習」。所以即使她被挑選出參加這所中學的實驗方案是基於她的潛能，且後來這所中學也提供她一個轉班到更高程度班級的機會，她似乎不認為這是由於她在學業上的優秀表現，反而

以其負責任、主動及努力工作等來展現自我，爲一個喜歡去幫助她的老師及爲朋友組織許多不同活動的人。她也未以老師們在教學上的天份來描述他們，而是認爲他們能提供學生個別關注和協助，例如他們在家中爲學生提供免費的課外指導，或在她參加聯合會考時鼓勵她，她說：「我認爲這所中學真的投資了許多在我們身上，超過我們的預期」。而在其他脈絡中，她說「這就是教育，男孩子不能留長髮或是戴耳環，女孩子不能穿迷你裙，這些事情表示你的關心」。

　　無論Sara是學生時，或是老師時，她都將學業成績的優秀和競爭取向看得較不重要，可見於她的故事中關於放棄從實驗班晉升到更好班級的機會，純係從社會角度來考量。當她談到自己作爲老師時，以及談到關於她自己子女在學校的經驗，同樣的動機一再重現。

　　同樣地，我們在此又發現了一個例外情況，偏離其一般規範的基本型態。在中學結束時，關於她的聯合會考，Sara說，「我其實對考試結果感到相當失望…我的期望變高的」。顯著地，這段坦言是爲了回答訪談員的直接問題而引發的，因爲在她描述很長一段的中學經驗中並未包括此點。以她自發的說法，她是以「我的學校對我而言真的很好」來描述其整個中學經驗。她重述了好幾次她的觀點，認爲這個方案畢業生的正向發展結果，應該歸功於老師們投入與付出。而她對於這些畢業生的成就或成功的定義，不只是在專業上或學術成就上，而且是在家庭方面（在她提到他們的成就時，她總會先談到這個部分）：

　　而且到最後，我們大多數的人都很有成就，我們都非常成功，每個人都建立了美滿的家庭和工作生涯。你可以看到，你知道的，每個人都有三、四個小孩，都建立了美滿家庭，而且擁有

受人尊重的職業。

　　成為一位老師，Sara致力於提供她的學生如她所接受自其老師一般的個別關注和照顧。她說她很早就決定要成為一位教師，是她在少年運動時作為少年領導者角色的延續。儘管她清楚地說明家庭是她人生中最為重要的事，但她成年期的生命故事提到其專業生活的部分，仍多於其他經驗面向。她也提到投入了大量的時間和心力在其專業上，特別是當她還是單身教師時。她描述自己作為教師時，是一位「很有自信、有方向而且有很好團隊工作能力的教師」，喜歡在小型班級中教學，在集體農場學校工作，在那兒，她可以對每個學生給予個別的注意，且她總是提到「與老師們有很好的關係」。最後她說，她真的很喜歡教導年幼的孩子，也能與他們發展出十分「個人的」和「真實的」關係。

　　總結Sara的故事，她在作為學生和作為老師的經驗和角色認定上，放了最大的的篇幅，而她將這兩個角色都描述為聚焦於個人關注的給予和收受，在某種程度上是將其家庭關係擴大和類推到職業範疇中。

4、男人，及單身的威脅（Men, and the Threat of Remaining Single）

　　在閱讀生命故事的意義，特別凸顯的主題經常見諸於文本中高度的出現頻率、所佔篇幅比例的長度，或其生動鮮明的描述。然而，生命故事的意義內涵，有時有藉由「沈默」（silence）來自我彰顯，也就是在敘事中並未充分說明的部分。在故事中的缺漏、像是逃避些什麼，或是其重要性驟然現身且一閃即逝（註3），常隱含某種特別的力量。這個現象可見諸於Sara敘事的最後（且失蹤的）焦點。

　　男人在Sara生命故事中只扮演一個小角色，其角色推衍完全圍繞著女人及小孩。比起她對母親的描述，她在故事中給予父親較少的空間；她唯一的弟弟甚至完全未被提及；她的男友及先生一直是謎樣的人物。似乎男人都由於離家工作而從家中缺席了，也從Sara對其生命的敘述中失蹤了。關於其父親，她說「爸爸一直很努力工作⋯他經常要做兩份工作」。相較於她經常缺席的父親、弟弟和先生，Sara的祖父則在其兒童期敘述中以其作為照顧者的角色而有較高度的凸顯性，在Sara對其生命及世界的建構中，當一個老男人從職場退休，他才會重新在女人的世界及其故事中佔有一定的空間。雖然Sara本身即為專業人員，但她的工作仍被標記為本質上是養護的，而處所上則接近家庭。在男人世界與女人空間之間的鴻溝，最具有顯著意義的事實是，Sara並不開車，而家中的車子僅由其先生所使用。

　　在此相同的脈絡下，Sara 只在回應訪談員直接的提問時，才談及其中學時期的男朋友，且大多是不屑這個幼稚的關係，此與Sara珍惜其他所有的關係相較之下特別引人注目。她在軍隊屯墾區時的第二個男朋友，則只有驚鴻一瞥地帶過。至於她的先生，除了將她從單身的身分拯救出來，這個主題我們將稍後再行討論，這個故事只賦予他一個相對而言稍具重要性的角色，那就是，他開始採取正統猶太教的生活方式。在選擇成為正統猶太教徒時，他同時改變了自己和家人的生活方式，以使其生活不要成為這個家和Sara生活空間的局外人，而是成為這個家的生活中心，而這個改變影響了他們全家人。無論如何，以Sara良好的本性，她接受了這個改變，她總是將自己描述為一個「順從」的人。對於Sara而言，家庭和諧的重要性，顯然勝過於其他可能會使家庭造成分裂的習慣或行為。典型上，她將孩子們能接受更好的教育視為這個改變的有益結果。

在這兒，我們再次看到Sara依賴關係而活的核心特質，她對於先生宗教要求的服從，與她自己的靈性或宗教性都無關。因此，「我不會界定我自己是個『教徒』，但我在家會做必要做的事。…但對我個人的要求則是由我自己決定。」

雖然在Sara 的敘述中，男人似乎扮演著相當邊緣化的角色，但對於一個具有強烈家庭導向的女性而言，未婚的威脅逐漸浮現為一個重要的主題。她的故事指出這世界被區分為單身的人及已婚的人，她在有關兒童期記憶中即出現過關於「單身的」姑姑這個說法（這個形容詞在後續的句子中被提及二次），她曾帶Sara 坐計程車去她家過週末，「帶給她許多歡樂，真的很快樂，所以我是和她在一起的，她也不再孤單」。一個單身女人在週末獨處，被清楚地描述為負向的生活情況，而Sara自己在相對較長的年紀結婚，則是這個兒童期記憶的擴大，更在她將其20至30歲生命階段命名為「教書及單身」時一覽無遺。

但一時的單身並非全是壞處：Sara在幾個地方提及在其教書生涯開始時，未結婚的好處，她說：「當我還是單身時，我有比今天更多的時間投入教職」，或者「今天我想，這對一位開始教書的單身女性是加分的，因為我有多到難以置信的時間可以奉獻」這裡所說的「今天我想」可能指涉這是現在對於先前經驗的重新建構和評估，但同樣的感覺在其敘說中俯拾即是，例如當她在作比較時，她說：「我注意到其中一位已婚且有女兒的老師，對他而言，和我們一起工作就困難多了」。

當她談及關於20歲以後的生活，Sara 坦言她對於為了結婚的目的而遇到男性的關心，對Sara 而言，最重要的轉換是在單身生活及建立家庭之間，擁有愛、吸引力的夫妻關係等則並未出現在她的敘述中。這是否導因於她對於異性關係的羞於啟齒或羞怯態度，則很難斷言。她告訴訪談員由於她職業的性

質，亦即師範學院的學生都是女性、且她所教書學校的年輕老師也都是女性，這使她很難達到目標。因此，置身於這樣的環境三年之後，她說：

因為我所見到的人都只是老師們，而且有些人在那時結婚了，我的社會世界被侷限在小框框裡。我都沒有出門，晚上幾乎都在家，把自己完全奉獻給工作。所以我想要做個改變。

Sara很主動地去尋覓，甚至讓她到一個遙遠的集體農場待上一年，而後又回到城市，「因為集體農場裡沒有和我年紀相仿的人了。我已經25歲，而且我看，如果我待在那兒，我可能會一直單身」。

當她在一個從小長大的鄰近地區遇見她的先生時，她已經30歲了。很快地，他們結婚且安頓下來，她在此一行動上以及擺脫不幸命運的成就感，由她最後在提到新公寓時對於單身的評論而一覽無遺：

婚後一個月，我們拿到公寓的鑰匙，所以我們就以夫妻的身分【很奇怪的用語】搬進去了。我很高興，因為這個地方都是年輕的夫妻和小孩，假如我還單身的話，真不知道我可以怎麼辦。這兒有個單身女性，住了兩年後也搬走了。

最後，Sara的命運是不同的，且在她家與訪談員談話時，她的孩子們圍繞著她跑來跑去，她對於生命中的幸運結局表達出她的感恩。

結論

Sara故事的**整體--內容**，描繪出一個在訪談過程中愈來愈清晰的自我，是在關係中的，且是正向的。以上所述的四個重要焦點，爲這個故事提供了綜合性的表徵。這些主題並不容易彼此區隔，尤其是前面兩個主題，彼此在某個端點上是相互連結的：成爲家庭成員而非成爲一個獨特的人，是第一個視角所要檢視的；而第二個視角則不能遠離家裡。一般而言，第一個視角處理的是在人群中的Sara，而第二個視角則是Sara在幾個不同處所之間的移動。對這兩個視角的兩端點而言，「親近」（closeness）一詞都是常用的。在第一個視角中，它指涉了關係中的親密感（intimacy）或溫暖感（warmth）；而在第二個視角中，「接近」（close）則意指物理空間上的靠近。故事中的第三個視角，是關於Sara作爲學生和作爲教師的經驗。而最後一個視角則是男人在其世界中的位置，以及她害怕無法達成她視爲重要的人生任務，建立一個自己的家庭，這使得這個故事回到其第一個主題，構成一個完整的循環。

在這個點上，我們要提出「詮釋層次」（interpretive level）這個重要概念，這使得Sara故事的前三個焦點，不同於第四個焦點。閱讀和詮釋生命故事可能會有程度上的差異，這是由於理論理解（theoretical understanding）在詮釋上扮演了一個重要的角色。一個極端是現象學的立場（phenomenological stand），採納敘說者文本的表現價值，作爲其生活和世界之展現，而閱讀者和聆聽者則純然地尊重這個外顯的敘事，接受其如其所是。另一個極端則可以運用許多理論假定（當然不爲受訪者所知）來瞭解一個故事。此類閱讀質疑敘說者的展現，探尋其沈默、鴻溝、抵觸矛盾、象徵符號、及其他可以探求受訪者所隱諱之內容的線索。此類閱讀在臨床

心理學家，尤其是運用心理分析架構的工作上是很常見的。詮釋的不同層次，則座落於這兩個極端之間的各個點上。研究者在這個向度上所立足的位置，也同時反映在其所詢問的問題，以及其在訪談中所做的評論中。

雖然許多生命故事的研究者提倡相對上較為純然、不作判斷的閱讀，且貶抑廣泛的理論性詮釋，每一位讀者不可避免地會將其文化、語言、經驗和期待等，帶進與其他人或與文本本身的互動中。例如，我盡力嘗試著要做一位「純然的聆聽者」（naïve listener），尊重我的受訪者的主體性，然而我的女性主義和存在主義等價值觀仍會滲透進我對於Sara故事的閱讀，以及我在訪談中對她的態度。從這個一般性的位置上來看，以外顯敘述作為分析基礎的前三個焦點，確實截然不同於以內隱層次來閱讀的第四個焦點。

由於每一個人的人格和生命故事都是獨特的，以上所呈現的分析實例，僅舉證了我們可以從**整體--內容**觀點來閱讀一份敘事。我們並不意圖將此視為「正確的」閱讀，而只是奠基於上述推論過程的一種可能性。本章一開始所簡介的分析程序，在Sara故事的分析中並未一一派上用場。我們邀請讀者自行來嘗試將這個方法應用到Sara和David生命故事的閱讀中。

David生命故事的整體印象及主要焦點

不像我們描述Sara故事那麼詳述，我們僅概要地說明David故事的某些核心面向。在閱讀這個段落之前，讀者可以先停下來，試著寫下自己對於David 故事的印象。之後當閱讀下列描述時，讀者就可以尋找訪談中的引述，以支持我們的宣稱或去檢視它們的缺失。由於空間不足及提供讀者練習的機會，我們將不會在下列的摘要中引述David的說法。

David是一個努力工作的男人，自從兒童期，他就時常要做好幾份工作或同時從事幾項活動，但他將之描述為一種挑戰。他的生命故事幾乎就是一個有關職涯的故事（a story of a career），在他攀爬上管理階層的階梯時，他在不同的地方擁有許多不同的職位。其工作生涯的不同階段，很清楚的被描述為「前進的」（progression）或「後退的」（regressive）。雖然成功和自我評估或來自他人的評估，是這個故事的重要主題；但David在描述其工作時仍充滿了情感，強調他個人的參與投入及專心致力，甚至以「上癮」（addictions）來形容他的活動。而且，衡量其前進和成功的規準，同樣適用於組織機構一他所工作的飯店。

從兒童期開展，David以價值感的量尺來衡量及評估他自己，且相當關注他在這個量尺上的位置。在他青少年時，他經常稱自己是「中等的」（mediocre），他的目標不在於發揮自我、不在於卓越、也不在於傑出。這個傾向在他長大且找到其職業領域後才有所改變，在職場上，他發現，而且向訪談員透露他的抱負和心力投入。他故事的風格也發生改變，從一開始輕描淡寫和有所保留的說話態度，他更清楚地說了很多有關他所從事的專案和他的成就。然而，David的故事仍一致性地強調一個持續評估的歷程，他用以評估其人生中的每一次移動。當他並未在工作上獲致獨占鰲頭的進展，他以其在生活中其他領域的參與投入來將之合理化，而且似乎傳達了這不是出於他自己的選擇的訊息。換句話說，他是其人生的掌控者。

很顯然，David的敘事是一個個體、一個男人、或者一個獨行俠和一個組織機構的故事。他的故事為他自己作為一個獨立的個體描繪出一幅深廣的圖像。換句話說，他的「我」在故事中佔據了相當大的篇幅。與此一視角平行的，則是一個文化的故事，飯店和飯店連鎖企業這個組織機構的故事，提及它的

某些特徵和兩難困境。只有在故事的這兩個重要內涵之後，我們才會發現其他人以其輔助性角色現身。David傳達了一種感覺，其他人，尤其是他的太太和小孩（以及在某個時間點上是他的父親），對他是非常重要的，他很愛他們。但是，視是他們的存在為理所當然，他們提供了背景，讓他的圖像可以從個人化中突顯出來。

　　David承認他並不擅長維持關係，這點可見諸於其他人在其生命故事中僅佔據很小的篇幅。其他人大部分都僅出現於他在回應訪談員的直接提問時。即使如此，我們也不曾聽到有關其父親和母親的事，而且很少談到父親，而他父親所從事的工作很類似於David自己的職涯。一個例外的型態出現在其生命故事的兩個時點上，David自己告訴訪談員有關他領養第一個孩子和第二個孩子的過程。然而，在這兩處，他仍然很快地回到故事的主軸，亦即他的職涯，即使沒有孩子是非常個人和傷痛的事情，David仍以其對於問題、決定、解決和成就的一貫表述型態來呈現故事。與此類似地，他將女朋友們描述為「資源」（resources），她們以許多不同的方式來協助他。即使我們聽到有關他志願參與協助身心障礙兒童的優越表現，其利他性動機完全未被提及，而這個情節卻以「上癮」（addiction）來呈現其故事。同樣地，當我們聽到他投入於與非洲員工的互動，這個情節仍以對其誠實的考驗和一個教育行動來呈現。

　　另一方面，當回應訪談員的直接提問時，David將自己形容為一個敏感的人，而非他用以自我評估的其他部分。如果我們認真地看待David的這個宣稱，我們可能會得到一個結論：其他人在David生命故事中的微小和疏離的角色，以及「我」和其組織機構的重要位置，均在於彰顯其對公眾開放的聲音，是他選擇用以敘說其故事的方式，也許是為了符應他感覺到周遭所充斥的男性化社會規範。這是可能的，作為一個敏感

的男人，他會將較爲親密的和個人化的事保留給自己。在結束他的故事時，他半開玩笑地提到電腦是他的「重要他人」（significant other），而且認爲「語言」（language）是人生中最重要的事，David可能是要告訴我們，他運用了語言去做事、評估和成就，但缺乏可以談論其感受和關係的語言。

早期記憶爲整體－內容取向的關鍵
Michal Nachmias

　　早期記憶（early memories）的課題，在心理學上受到很多理論上及實徵研究上的注意。在以下的段落，我們將呈現我們對於兩位受訪者（Sara和Jacob，兩人都是42歲）早期記憶的詳細詮釋，並證示早期記憶在整體故事脈絡中的重要性。

　　Alfred Adler關於早期記憶的想法是其心理學理論的核心（Adler, 1929a, 1929b, 1931, 1956）。Freud在其作品中亦討論到早期記憶，但在他的心理分析理論中，並未賦予它們獨特的重要意義（Freud, 1899/1950, 1901/1960）。根據Adler的觀點，記憶總是具有情緒上的意義，即使它們似乎不那麼重要。記憶是個人的創作（personal creations），它們包含對過去事件做出選擇、扭曲和創造，以有益於個人目前的目標、興趣或心情。「並沒有『偶然的記憶』，出自於個人所遭遇到的不可估量的印象，他只選擇記憶那些他感覺到與他的情況有所關連的，無論多麼模糊。所以他的記憶即表徵了其『我的生命故事』」（Adler，1931，p73）。

　　根據Adler觀點，記憶即是用以推論個人人格和生活風格

的有用方法。特別是早年兒童期的記憶，尤其是第一個記憶，就Adler而言更是具有獨特的重要意義。它們展現了個人對於其人生的基本觀點，因此可用來作為評估人格的有效工具。

許多實徵性研究受到Adler理論的啟發，雖然當時大部分研究係在臨床場域中執行，或分別地蒐集早期記憶（參閱Bishop, 1993; Bruhn, 1985; Mosak, 1958; Watkins, 1992），而不像現在這個研究是在一個生命故事研究的架構上來執行。將Adler的想法應用於從生命故事中所擷取的早期記憶，需要幾項詮釋性的決定。主要的困境是如何在文本脈絡中找出「第一個記憶」（first memory）。那是在一個年表時序面向（chronological dimension）上最早年的記憶嗎？或是在訪談中所敘說的第一個記憶呢？這個困境涉及對於生命故事是一個文本的瞭解，正如任何文本一樣，係由開頭（beginning）、中段（middle）和結尾（end）所組成，傳達特定的重要意義。換句話說，生命故事並不僅是一個從文本中所擷取出的序列事件的年表，甚且是一種由敘事者選擇來敘說其人生的特定組織方式。更進一步地說，敘事者「所敘說的」（narrated）第一個記憶，可能不同於敘事者「所記得的」（remembered）第一個記憶，但前者是他所選擇要被涵蓋在其生命故事的第一個記憶，依據Adler的說法，那是「與他情況有所關連」的第一個記憶，因此對於瞭解其「情況」而言，可能更具有重要意義。

然而某些生命故事並不包括特定的早期情節，只是敘事者對於兒童期的一般印象。這些可以被用作為「早期記憶」嗎？或者研究者應該要持續尋找文本中顯著的早期記憶呢？這樣的問題並沒有單一的解決方案，而是有賴研究者的詮釋策略。

在這個研究中，我們用來蒐集生命故事的方法確實有助於尋找早期記憶，因為受訪者被要求將生命故事區分為不同的階段，且要指出每一個階段中的典型事件或經驗，我就可聚焦於

文本的第一個階段。然而，幾位受訪者並不能回憶任何顯著的早期記憶，而只是以一般性的說法來報告有關早年兒童期的印象。例如，在David的訪談中，訪談員即使一再嘗試，但仍無法蒐集到任何一個早期記憶（註4）。他還是提供了一個一般性的報告：「我記得我的童年很平凡。就像普通小孩一樣，生長在一個良好的家庭裡。」或者「但那真是一段無憂無慮的日子。」換句話說，敘事者將許多早期的情節都關連在一起了，所以我必須要決定究竟要選擇哪一個來作分析。

　　我最後決定要尋找第一個在文本中出現顯著記憶。藉著「顯著記憶」（distinct memory），我所指涉的是作為一個獨立的情節（discrete episode）而突顯出來的記憶，而不是一個一般化的印象。儘管我偏好獨立的情節，我覺得對於兒童期的一般性印象也同時提供了對於整體故事的深入洞察。因此，當David在其敘事中一再堅稱他是普通的、中等的、並非傑出的人，他也會用同樣的一般化說詞來形容其兒童期，則是相當合理的，就像「我記得我的童年很平凡」。

　　這個關於年表式（chronological）或文本式（textual）早期記憶的決定，則交由文本本身來處理；訪談的組織帶領敘事者建構了一個具有年表式時序的故事，大部分個案所敘事的第一個記憶就是時間軸線上的第一個。對於違反時間面向的不尋常個案，如同我稍後會提及的Jacob的故事，我們則對第一個被敘說的記憶給予特別的詮釋。當訪談的組織結構允許受訪者自由地建構其生命故事時，此類案例可能會更為常見。

Sara：早期記憶及其對生命故事的意義

在Sara（註5）的生命故事中，第一個顯著的記憶係關於她剛出生妹妹的猝逝，當時Sara還是一個幼稚園的小孩子。當被問及其第一個生命階段的特殊記憶時，她立即地敘說這個經驗。依據Adler 的理論，我認為其重要意義在於這是她銘記在心的第一個記憶，同時也是她第一個敘說的記憶。事實上，她說的並不是妹妹的死亡，而是其服喪（註6）的經驗。「我不太記得她去世的事了，只記得那個服喪期。」Sara使用了「經驗」（experience）一詞來形容這個記憶，而且由於這個詞在希伯來語具有正向的意涵，她很快地道歉：「我記得這個經驗，如果這是所謂的『經驗』」，她自行修正了她的說法，表示這並不是個愉快的記憶。

妹妹的死將這個無法理解的現象帶進Sara的家，突然間這個房子充滿了喧囂，陌生人來來去去，坐在地板上，這對一個小孩而言，不啻是個具有威脅性的經驗，而且並沒有人向她解釋什麼。這個熟悉的家失去其安全感，成為一個對陌生人開放的地方。家庭日常活動被打亂了，但大人們並沒有對Sara提出解釋，她只能在外遊蕩，尋找答案。她的敘事描繪了這個在自己的家中迷失的孩子的經驗，是一種無助感，她說：「我甚至不明白發生了什麼事」。

不需要任何的提示，Sara在第一個早期記憶之後，立即接著說出第二個早期記憶，這兩個記憶在其內心中似乎是相關連。「這實在是個蠻傷痛的經驗。就是這樣。然後，大概是小學一年級時，我們搬到了一間新的公寓。」第二個記憶則被Sara定義為非常愉快的，但說到此，她停頓了一下：「這是個...嗯...非常愉快的經驗」，似乎她並不確定她的感覺是否適當。在這個事件中，同樣的，一個小女孩面對家中遽然發生的

改變，而不了解發生什麼事及為什麼如此。然而此時，這個女孩是Sara的小妹，而不是她本身，當時Sara已經是知道事情經過的人了，所以她可以用幽默的方式來回憶這個經驗（當說到此時她笑了）。她妹妹當時四歲，大概就是剛出生的妹妹死時Sara的年紀，「她看到整個房子的家當都打包運上卡車了，以為她會被丟在幼稚園，我們不帶她一起走」，這個妹妹經歷了與Sara本身在服喪期間所經歷的類似經驗，一種失落、缺乏了解和無助感的經驗。這個家所有家當都打包好上車了，她的父母似乎要離她而去，沒有任何解釋。

這兩個情節的相似處是，可用來解釋陌生或奇怪情況的理由其實是存在的，不是針對死亡，而是針對服喪的習俗，但並沒有人告訴這兩個小女孩，所以她們仍然是無助的。在這兩個故事中，小女孩是孤單的、被忙於生活瑣事的父母所遺忘或遺棄。一個是小妹妹猝逝，另一個要被留在幼稚園中，而Sara自己則迷失在傳統猶太教服喪習俗的混亂中。

Sara的第一個記憶在其整體故事脈絡中，最令人感到興趣的是其完整性（entirety）。我們可以從兩個視角來檢視這個記憶：Sara是立足於現在（at present）來描述其人生，及其故事的核心主題。

我將Sara的第一個記憶視為表徵其現在生命之本質，而且將試著以下列論述來證立此一宣稱。在其整個敘事中，Sara訴說了一個以色列非教徒女性的典型故事，宗教僅在其生命中扮演一個微小的角色。她在少年運動中相當活躍，去從軍，研讀教師專業，以一個單身女性離開父母獨居等等。然而，我們也從其訪談中清楚地看到，Sara現在則以正統猶太教的態度（註7）來過她的生活。訪談員對於進行訪談當時的房子所記錄下來的印象（在第三章文本中省略了），與故事內容並不相符，造成了一些預期上的張力：這個轉變是什麼時候發

生的事呢？為什麼會發生如此的轉變？何以解釋這個改變的生活風格？這個秘密的解答直到故事最後才出現，就好像這部分並不屬於其人生的一環。只有在Sara說完故事之後，她才評論道：「現在，你可能想聽聽我的宗教生活。」同樣地，在Sara所提供的生命故事章節大綱中，這個轉變並沒有被標明為獨立的生命階段。

我認為，Sara對於服喪經驗的第一個記憶，與她所經驗到先生的轉變，二者是並行存在的。Sara的先生是在他十六歲妹妹車禍去世後才回歸到正統猶太教的生活方式。現在，這整個家庭都遵循著正統猶太教的生活方式，Sara本身並未表達對這生活方式有任何抗拒，但也沒有將之內化。她小聲地向訪談員透露，當她自己吃飯時，她並不會如猶太教規所要求的先行禱告（這也在文本中省略了）。她說，「我不會界定我自己是個『教徒』」，她也沒也改變工作，仍然繼續在非教會學校教書。她先生的轉變就像她妹妹的死亡一般，將陌生的習俗和規範帶進Sara的生活。這兩個妹妹的死亡為Sara所帶來的改變，是她自己未曾全然理解，亦未能內化的。

結果，Sara對其宗教生活提出許多合理化的辯解，諸如她可以在禮拜日得到休息，或她的子女在正統猶太學校可以獲得更好的教育品質—這些均非奠基於其宗教信仰。談到這個轉變的過程，她一再宣稱由於這個轉變是逐漸發生的，所以是她可以接受的。她並不覺得先生強迫她去作任何事，因為「沒有改變可以在一瞬間就發生。」這個過程，迥異於她妹妹猝逝的悲傷，事實上有助於舒緩她對於無法理解之事的恐懼。她對於改變生活方式的解釋，則是「我非常關心家庭的和諧」，這截然不同於她早期記憶中被遺棄和家庭中的失序。Sara順應先生的改變過程，以及所有為這個家所帶來的改變，很可能要歸因於她的早期經驗，她會做任何該作的努力

來預防對於家庭失序的威脅。在訪談最初的部分，她就說：「我深深地愛我的家人，每個家人對我而言…我想，對我而言似乎都是最重要的，所有其他的事都相形失色。」雖然是在不同文本脈絡下，這個「所有其他的事」可能是指她先生的轉變。家庭生活的價值，在Sara的量尺上具有如此的高度，以致它可以證立一個沒有深度內在信仰基礎的生活方式。

與Sara強調關係建立和家庭層面的生命故事相較，她的早期記憶具現了失落和被遺棄的時刻。因此，孤獨的經驗，以及無法理解改變中的現實，都在Sara的意識中形成一種警訊。這些是她絕對不想要重新經歷的時刻。為了建立她在家庭中的安全感，使她不會再一次被遺忘，她大部分都以她在家中和家人的脈絡來界定自己。她是「老大」、「這個家的女兒」、一個「得到許多關注和許多的愛」的女孩。當訪談員提出了一個可能威脅此一位置且與性別議題有關的問題時，Sara立刻反駁作為女孩對其地位並無任何影響：「不，一點也不。」當這個家庭遷移到另一個處所，Sara經驗到對其隸屬感的短暫威脅，新地區鄰居的孩子面質她：「你在這裡做什麼？你不屬於這裡」，就像是一個女孩子離開家之後就沒有位置了，這個經驗使她感覺到失去了身分認定。因此，「然後我還得去解釋我剛搬來」，就像是她必須以她在這地區擁有一個新的家為基礎，重新找回其身分認定和存在感。

總而言之，Sara堅守著她的家和她的家人，可能源自於她早期記憶中所彰顯的深度的不安全感。對她而言，家庭的統整性是最為神聖不可侵犯的。

Jacob：早期記憶在文本中的重要性

我決定在這章節中呈現Jacob的早期記憶作為第二個實

例，因為它是在文本中最早出現的，而不是在年表上的第一
個。

　　如同其他的受訪者，Jacob被要求提供一個有關其人生的
階段大綱，當他這麼做時，他告訴訪談員下列的情節（從他
十七歲開始），那不是早年兒童期的記憶，而是他想要分享的
第一個故事。

　　在十一年級時，我們有一個很棘手的經驗，我做了…我個
人，和我的朋友們也是。那年夏天我們去參加一個營隊，在一個
山谷裡的集體農場的一個工作營隊。我們到那兒的第一天，集體
農場的成員快樂地迎接我們，我們分配了房間，後來天色已晚，
我們就去池塘邊野炊。他們準備了許多食物，就像我所記得的那
樣，那個創傷可能就隱藏在我所看到的這些事情後面，然後我們
去划船，是一種釣魚的船，一個集體農場的成員幫我們划船。他
邀請我們在魚池中划船。提醒你，這是晚上，夏天，一整班的年
輕男孩和女孩們，每一個都叫其他人要加入，所以這個荒廢的船
上載滿了相當多的小孩，每一個人都邀其朋友一起加入，非常有
趣。然而這個結果是…換句話說，我自己的故事是我正坐在船
上，我感覺到水流進來了，而且…不是很長時間，很快地，船沈
了，沈到水底下去，我漠不關心地坐在船上，我事實上並不在
乎。我會弄溼，但那是夏天，所以我們可以游上岸，而這是很棒
的經驗！但是這個經驗最後以悲劇收場，集體農場的成員死了，
有二個軍人溺水了，噢…二個軍人？（吃驚地），是二個學生，
我的二個同學。在此我第一次發現自己是一個大人了，在被朋友
們推落水中幾次之後，他終於了解實際上有人在那兒為其生命搏
鬥著，那不是像我們在游泳池或沙灘上常玩的「溺水」遊戲。在
游泳池或沙灘上，你會知道那個限制。然後，我發現自己…必須
要去幫助我的朋友們，我將幾個人拉出水中，將其中一個人推到
岸邊。我和另一位同學，我們將他翻轉過來，大量的水從他口中
吐出來，他活過來了。然後，我才了解到實際上我正第一次面臨
到生與死的考驗，而且我也幫忙去救活其他人，噢…這事本身就
是一件困難的事，回溯起來…噢…。

　　Jacob繼續說故事，描述他嘗試去救活另一位同學卻沒有用，最後他還是死了。Jacob的結論是：

　　我並不是說這是個…而認為，上帝不允許的，我不會認為…我要為這個溺水負責任，但突然間我發現自己要去因應這個大人的情境。那是，搏鬥者或軍人的任務，就我所知，這是軍人或搏鬥者應該要做的事。

　　Jacob很生動鮮活且戲劇性十足地說這個的故事，主要焦點在於他的救援行動。這個事件被呈現為其生命中的轉捩點，使他成為一個大人，第一次必須面對生與死的問題。這情形可進一步見諸於其故事的階段大綱，他以不尋常的方式來區分其青少年期為12－17歲，和17－18歲（大部分受訪者都區分為12－18歲，中學時期）。Jacob在其記憶中使用了軍事用語，在第一個點上，他是說溜了嘴，用「軍人」取代了「學生」，然後他馬上修正這個錯誤。而他結語時的評論，則更進一步用軍事用語來說他的故事--他提到軍人和搏鬥者的經驗。

　　現今，42歲的Jacob是以色列國防軍部的高階軍官，他22歲服完義務役退伍，但在他大學畢業且結婚之後，在他30歲時回到軍旅生涯。閱讀他的生命故事，可以清楚的看到，正如同他的第一個記憶，Jacob的整個敘事都深受其軍事經驗所影響。他的兩個最早的年表式記憶，描繪了一個「不害怕任何事」的勇敢男孩。其情節是描述用一個圓桶裹著身體以高速從山坡上滾下來的遊戲。第二個記憶則談到他去找最深的雨後水坑，然後將自己全身浸溺其中。這些記憶都是從晚期作為一個軍官的觀點來建構的。在回憶他的滾桶遊戲時，他說「你會碰撞，你會被搖來晃去好幾年後，你會坐在吉普車或坦克車裡這樣做。」至於那個水坑，他說「我怎麼有膽子把我自己全身都

浸溺在水坑裡，我一點也不知道下面是什麼…我可能會立刻沈下去了。」然後，他立刻補充說明「我不想將這個關連到那個集體農場的事件，我不認為它們有關係。」即使如此說，他自己指出了這兩件事的連結。我們似乎可以合理地揣測，如果他沒有成為一位以搏鬥和援救為主要職責的職業軍官，集體農場的記憶可能不會如此強而有力地突顯出來，他的整個兒童期也可能會以其他方式來敘說。

　　Jacob現在職業對其建構兒童期之方式的影響，還可以見諸於其他的例子中。當他說到一個不成功的惡作劇時，他總結道「這是很大的恥辱，因為事實上你的任務失敗了。」在他描述他在學校商店偷東西的事件中，軍事用語也俯拾即是，他說「這相當於兩次前哨戰」。當他媽媽逮到他時，他說「我在接受質問下慢慢地招供了」。他兒童期的記憶具現了他的勇氣所源起的最早火花，以及做為職業軍人必須面對挑戰的議題。

　　然而，他對於集體農場的早期記憶仍是最具重要意義的，這在他稍後的敘事中更顯而易見，因為，依據Jacob的覺察，這個溺水的情節促成他現在的生活風格。因此，儘管這事件發生於Jacob已經17歲時，它似乎仍是展開其生命故事的最佳起點。我們可以將其人生形容為一個「循環」，開始於這個17歲時的情節，持續到一年後的軍事義務役，回歸軍旅職業生涯直到現在，然後回到他兒童期的記憶，重新組織這些記憶使之符合他的選擇。「我所有的身體和心理上的難題」，他說「我經歷它們，然後持續經歷這個在十一年級時展開的循環，但是讓我們不要這樣想；它們是非常不同的。」

　　仔細省視Jacob的早期記憶，有兩個主題在敘事中顯現出來：為他人提供協助和救援，以及面對難題時的勇氣。這兩個元素在其大部分兒童期記憶中，一再被強調著，一方面展現其膽量，二方面則彰顯其利他傾向。當他被要求形容自己在兒童

期的特徵時，他說「多才多藝，而且會幫助他人」。如同他現在的自我意象（self－image），儘管他位居高階軍官之權力要津，他並不是一個冷漠的長官，他形容自己是一個能敏銳覺察其部屬需求、想要幫助且教育部屬的將領。這個柔軟的、溫暖的傾向也具現於他對於兒童期幼稚園教師的記憶，他像是「一隻大鳥，張開他的翅膀覆蓋著他的巢」。

Jacob的生命故事並未完全呈現在本書中」，然而此處所節錄出的一些片段，仍能提供研究早期記憶的一些可能性例證，尤其在自我敘事並無特定的組織結構時，這時，敘說者自發地選擇要敘說的第一個記憶，不必然是最早記憶，可能具有重要的意義。

結語

本章中，我們提供了兩個從**整體－－內容**觀點來閱讀生命故事的取向。首先，遵循個案研究的傳統，我們運用了一般性主題（general theme）和凸顯性焦點（emerging foci）的廣泛視角。其次，我們運用文本的特定段落（a specific segment），來檢視整個文本。這兩種作法都有助於在整體故事內容之內－－從故事開頭到結尾，或者跨越幾個階段和範疇建立連結和關係。

備註

1. 並非總是如此。某些生命故事是段落分明的，或描述較大的轉換。請詳閱第五章第二節。即使是她的宗教轉變，亦未被描述為劇烈的，而僅是人生中一種表層的改變。這也許可以與第五章第二節的二個生命故事來作比較。

2. 「關係的」（relational）這個詞所強調的是人際面向（interpersonal dimensions），而不是獨立分離的自我（the separate self）。關於這個詞的理論論述，參閱Gilligan（1982）、Miller（1986）及Josselson（1992）。

3. 關於閱讀敘事的這個層面，有一篇很棒的文章，請參閱Rogers等人「對於不可言喻之語言的詮釋性詩集」（An Interpretive Poetics of Languages of the Unsayable）。

4. 讀者應該記得David的訪談是經過編輯和縮減的，所以第三章所呈現的文本已省略了訪談員經常重覆提問的問題。

5. 我們要提醒的是，Sara早期記憶的分析是由Michal Nachmias所獨立完成的，她並沒有閱讀先前由Amia Lieblich所寫下的分析。

6. 對於服喪期（Shiva）這個詞的解釋，請參閱第三章的備註3。

7. 有許多外在的特徵可以辨認出正統猶太教的家庭－他們所閱讀的書籍、儀式性的物件，以及呈現男性、女性及孩童服飾規範的圖片等。

Chaper 5

對於形式的整體分析

正如前一章，此處我們聚焦於將敘事作為一個整體來分析，然而我們的目標是要舉例說明如何運用敘事的材料來學習瞭解結構上的變異情形。這個模式在此一類別上的基本假定，是結構的形式層面（formal aspects of structure），如同內容一般，表達出故事敘說者的身分認定、覺察和價值觀。因此，分析故事的結構，將可透露出個人對其開展中生命經驗的個人建構（personal construction）。

本章將分成兩節：（a）結構分析（structure analysis），以及（2）兩階段生命故事：自我實現的敘事（narratives of self-actualization）。第一節運用了大量的生命故事，而第二節則涉及較不尋常的兩個生命故事形式。

結構分析—策略
Rivka Tuval-Mashiach

心理學對於敘事結構的分析，實則從文學評論領域擷取了許多有用的策略。這些策略係立基於敘事類型學（narrative typology）、敘事的進展（progression of the narrative）及敘事的連貫性（cohesiveness of the narrative）等幾個考量。

一個備受重視的類型學，包含四個基本敘事類型：**浪漫劇、喜劇、悲劇**及**嘲諷劇**四種。「浪漫劇」（romance）是指一個英雄在邁向其目標的路途中遭遇一連串的挑戰，最後終於獲得勝利，而這個旅程的本質就是這個力爭上游的奮鬥本身。「喜劇」（comedy）（註1）的目標是社會秩序的重建，而且這個英雄必須具備嫻熟的社會技巧，使他能克服威脅社會秩序

的障礙。在「悲劇」（tragedy）中，這個英雄被邪惡勢力所打敗，且被放逐於社會之外。最後，「嘲諷劇」（satire）則對社會霸權提供了一個嘲諷式的視角。（更進一步的詳細內容，請參閱Chanfrault-Duchet, 1991; M. Gergen, 1988; Murray, 1988.）

敘事的進展乃是這個劇情（plot）隨著時間的推移而發展，在「進化的敘事」（progressive narrative）中，故事是穩定的向前進展（如圖5.1）；而在「退化的敘事」（regressive narrative）中，故事則是惡化的或衰退的（如圖5.2）；在「穩定的敘事」（stable narrative）中，劇情是穩定的，且曲線並未改變（如圖5.3）。這三個基本形式可結合起來，以建構更為複雜的劇情（進一步詳細介紹請參閱Gergen & Gergen, 1988）。

第三個分析的策略是關於敘事的連貫性，一個「良好建構的敘事」（well-constructed narrative）（一個好的故事），其元素應包括一個故事（或持續發展的劇情）、一個明確定義的目標、朝向目標進展的一系列事件，及這些事件之間的序列關係和因果關係（Bruner, 1991）。

學者對於自傳（autobiographies）的敘事研究，曾發現男性及女性以相當不同的方式來建構其敘事，男性傾向設計出可被明確定義的劇情，符應文學上所謂的「好故事」（good story）（Bruner, 1991）；反之，女性則傾向「偏離」（deviate）文學上的常規，而沿著相當多元化的面向去建構敘事（參閱Gergen, 1992）。但上述係對於書寫的敘事所進行的研究，口述敘事則尚未有類似的研究證據。因此本章的目的在於思考由訪談平常人所獲得的口述敘事結構中，「性別」所處的位置。我們會在接下來舉證的實例中，比較男性和女性所敘說故事其敘事結構之異同。

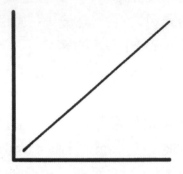

圖5.1 進化的敘事

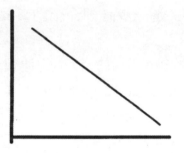

圖5.2 退化的敘事

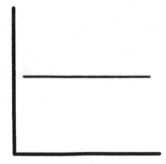

圖5.3 穩定的敘事

結構分析：將敘事作為整體來分析

這個敘事分析取向之目標，是要對男性及女性之性別群體，描繪出一個生命歷程或結構的原型（prototype）。這個方法不僅需要研究者仔細地閱讀故事，而且還要將受訪者所提供的階段大綱銘記在心。

分析的第一階段是去辨認每一個階段的「軸線」（axis），亦即，劇情發展的「主題焦點」（thematic focus）（註2），在此研究者對內容的興趣僅止於它能對結構提供原始的資料。然而劇情軸線（plot axis）可能沿著任何受訪者認為重要的主題或議題而開展，研究者有興趣的是這個內容所呈現的特定形式，或內容所指引的方向。因此，在比較敘事結構圖時，乃聚焦於有助於組織結構的主題和劇情的發展，而不是在主題和劇情的本身。給一個較明顯的例子，當敘說者在專業中成長，或其社會技巧、獨立性、性別認定等有所發展時，即可被指認為這個敘事的主題焦點，然而我們的分析乃致力於瞭解這個發展的歷程（course），而不是這個發展所在的內容世界。

分析的第二個階段，是要辨認出劇情的動力（the dynamics of the plot），這可以從特殊的言說形式（form of speech）來推論。這些形式可能包括（a）反映出受訪者生命的特定階段，諸如「這是我生命中最糟糕的時刻」，或是「就在那時我第一次瞭解到我必須…」。評估性的評論（evaluative comments）可能也指涉受訪者生命的整體，例如，「我的人生就是一個灰姑娘的故事」這個說法意指這個敘事係從困境邁向成功。這些形式也包括（b）受訪者對於為何選擇在某一特定時點上結束一個階段的回應（這是每一個階段所要詢問的四個問題之一）。這個問題通常會引出受訪者生

命故事中的轉捩點（參閱McAdams, 1985, 1993）。這些形式
也可能包括 （c） 使用足以表達敘事結構要素的名詞，例如
十字路口（crossroads）、**轉捩點**（turning point）、**生命歷程**
（life course）、**路線**（route）、**進展**（progress）或**滯留原地**
（staying in one place）。

　　將敘事作為一個整體來分析，也可能受到研究者個人的視
角及評估性的印象所強化。例如研究者以讀者角色來閱讀敘事
時，如能敏銳覺察每一個階段所描述的細節和情緒強度之間差
異，可能會提供有用的線索。

　　這個整體-形式分析的例證，將以22位年齡在42歲的中年
期成人（11位男性，11位女性）為樣本，來區分次團體。Ian
和Mike的生命故事將在本章第二節中討論。我們會完整地呈
現訪談內容，以提供這個敘事的完整且逐字的紀錄。依循上
述的分析程序，奠基於上升（ascent）、下降（decline）和穩
定（stability）的型態，我為每位受訪者描繪出一個生命歷程
圖。然後，試圖找出每一個性別群體的共通性指標，以俾能為
該性別群體建立一個原型圖。最後階段，則將每一性別群體的
原型圖作一比較。

❧ 性別群體的比較

1、兒童期：
　　在兒童期階段中，男性與女性的圖形並沒有差異。兒童期
一般而言是一個穩定的時期（在圖形中呈一直線），且時常被
描述為「正常的」、「普通的」及「沒有什麼較重要的」。大
多數受訪者對其兒童期的生活有很好的記憶，且將他們在這個
時期所居住的家描述為安全的、溫暖的、有安全感且無憂無

慮。這個時期可以被標記爲一條直線。

2、升上中學：

從小學到中學的轉換，則普遍被經驗爲一個轉捩點。雖然不是所有受訪者都將這個轉換時期描述爲一個獨立的階段，但普遍傾向於將之視爲生命歷程中的變動時刻。圖上的移動方向，係由敘說者對於青少年期在學業、個人、社會等特殊經驗交織而成。

Elias評論道，「以此說來，它【進入中學】爲我的人生開啓了一道門，決定了接下來發生的每一件事。我可能會去到一個完全不同的地方，誰知道呢？它可能更好，也可能更糟…但無論如何，它將每一件事都納入其結構中。」

3、軍隊服役：

對大多數受訪者而言，青少年期及軍隊服役在結構上是相當近似的。就內容及方向兩方面而言，軍隊服役的這個時期是開始於中學時期之發展軸線的延伸，例如Jacob說：

在軍中，我總是要去證明我自己，我可以做得更多…我的意思是，所有那些身體上的挑戰…那時，即使是現在，我認爲我只是依循著這個歷程，我猜想，這是十一年級時開始的【那時他發現了他的領導能力，請參閱第四章第二節】，但是比起我在軍中所經歷的那些事，十一年級的事其實沒什麼大不了。

這個型態的例外情況，是那些將中學階段描述爲退化期的人，一般而言，是來自實驗性隔離方案的成員。對於這些受訪者，軍隊中的服役反而提供了一個矯正性的經驗。某些人發現了他們潛藏的力量，有能力開始規劃其未來。Libby說：

在這方面你可以說從事軍事服務，為後來的發展奠下了很好的基礎，讓我想要為我其餘的人生做一些事，因為之前我曾想過我要去學些東西…但是我不知道到底能做什麼。

整體上而言，軍隊服役期間對男性更為重要（註3），比起女性，他們對於這個階段的描述更長且更為詳細。並不令人驚訝，因為大多數受訪者服役期間正好發生Yom Kippur War戰爭（註4），為他們帶來極大的痛苦經驗。然而，大多數受訪者並沒有以負向語詞來回憶此一時期，而是將之描述為讓他們發現了過去不曾察覺的技能及潛能的一個階段。

如同前一階段，男性和女性的圖形之間仍有更多結構上的相似性，而非差異性。這個穩定上升的趨勢，始於一個強力而穩定的兒童期，而在從事軍隊服役時期達到高峰。如前所述，大多數受訪者都有類似的圖形，而少數的例外情形來自那些在中學實驗方案中經歷過艱難時刻的受訪者。

4、成年早期：

對本研究大多數中產階級樣本的受訪者而言，成年早期（20歲以上）與讀書求學或接受職涯訓練的時期是一致的。因此對男性及女性兩者，訪談這個階段的主題興趣，在於受訪者所選擇就讀的課程。半數的女性（有六位）在二十歲出頭就結婚了，家庭議題也開始在這個階段中出現。

成年早期浮現出三個顯著的圖形結構：一個緩慢上升的圖形具現了受訪者在這個時期的成熟和發展，在其視野更為開闊的同時，也承擔了更多的責任（參見圖5.1）。第二群的受訪者，成年早期的經驗是一個探尋或是延宕的階段，以點狀線圖來呈現（參見圖5.4）。第三群受訪者則傾向於在短暫的努力後迅速地改變其歷程，這個嘗試錯誤期間則由圖形上的波浪形

線條來表徵（參見圖5.5）。

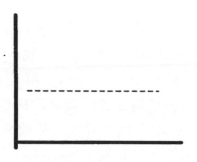

圖5.4 延宕（moratorium）

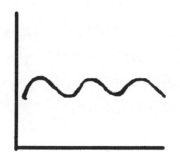

圖5.5 嘗試和錯誤（trial and error）

　　當我蒐集到愈來愈多成年早期的資料後，要為所有受訪者建立一個單一的原型曲線圖，變得更加地困難。凌駕於個別故事之間的差異以及上述區分的三個結構類型之上，一個顯著的男性圖形結構開始浮現出來。這個群體可由曲線圖上的職涯相關軸線來表徵，這個曲線有時快速爬升，有時則緩步地朝向成

功邁進。即使有些男性的曲線圖反映了他們在工作和職涯相關議題上的停滯期間，他們仍將家庭及小孩放在敘事的邊緣位置，而不是敘事的核心。

如上所述，男性曲線圖之間的變異情形，基本上與其在此時期的專業成就有密切關連。以下我們將呈現三個顯著的類型，但當男性尋求不同的策略來解決其所遭遇的不同問題時，這些類型上的變異也可能合而爲一。第一個類型的受訪者是「緩慢但確定」（slowly but surely）群（有5位男性），描述其在以管理和執行職位爲目標的職業階梯上緩慢的爬升（參見圖5.6），例如Steve說「我不會說這兒沒有突發性的危機或是跳躍式的移動，但對於薪水階級的工作者而言，你必須沿著一個相當標準化的歷程向上移動，沒有任何事會突然發生。」

第二種「下沈或漂游」（sink or swim）群（有4個男生），在其投入具有高度挑戰性的情境後，有爆發性的進展，且承擔較大的責任（參見圖5.7），David即爲這個類型的其中一例。Earnst是另一個例子，他說「我多少有點像是緊閉我的雙眼，跳入一個超出我能力的工作。還不知道關於這工作的任何事，我就突然發現自己已是公司的經理了。」

圖5.6 緩慢地上升（slowly ascending）

圖5.7 危機與獲益（risk and gain）

　　第三個群體發現自己在早期階段的競賽中是裹足不前的，然而到了後期才有大幅度的獲利。他們描述其爲了未來更大的發展遠景，而放棄地位或工作上利益的情況。有時候，他們會將這情況說成是爲了更好未來的機會而勇於冒險（參見圖5.8）。例如Jacob說，「在某些重要的關鍵時刻，我必須要弄清楚要做什麼。老實說，我不會太被這些事所干擾，如果你真的想要的話，你可以去到任何領域。爲了往後可以高高躍起，我並不害怕先倒退兩步。」

圖5.8 下降與獲益（descent and gain）

　　女性的原型曲線圖則更加難以理解，首先這是在大多數女性的敘事中同時並存著多條迂迴的劇情軸線，這些軸線同時環繞著工作世界、家庭和社會關係等議題。何者才是女性受訪者所覺察為其生命故事的核心劇情，通常是很難理解的；而這三條軸線的移動方向似乎是彼此獨立的，因此也不可能以單一的曲線圖形來表徵。

　　第二個難題是每一條軸線所鋪陳的劇情相當錯綜複雜。當女性試圖要去釐清這些議題的重要性時，她們會輕易且經常地在這些主題和軸線之間轉換焦點，而當這些劇情軸線的重要意義經常轉換時（註5），我們很難去了解其型態的進展情形，也很難追蹤這些劇情的發展樣貌。例如，當Ruth試圖描述其28-33歲這個生命階段開始進入一個與其學術訓練大相逕庭的職場工作，她的評論很典型地呈現出此類劇情結構的多元面向和複雜性：

　　這個轉換期並不是壞事，事實上它可以是十分愉快的，且一點也沒有壓力。我那時曾去工作，一切都很好，我知道我在為我

家人做某些事，對此我覺得很好。也許它不是我生命的高點。我並沒有實現我的夢想。我雖然對於不能從事考古學感到失望，但我知道我終究會到達那兒的。

此處對於三個劇情軸線的評估是分歧的，日常的工作即使未能實現夢想但還算令人滿意，家庭議題讓Ruth覺得自己還不錯，然而在專業抱負上的挫折則是其失望的來源。

如同男性群體，女性群體也浮現出許多一般性的圖形結構。這些曲線圖可以由其強調重點在許多敘事軸線之一來加以指認，但仍非單一的劇情軌跡。例如，這些類型之一（有2位女性），其職涯興趣建構了一個劇情軸線，恰如男性一般，但其專業上的強調僅是曲線圖上的數個軌跡之一。雖然此一類型的曲線圖表徵，讓我們聯想到男性群體，但女性在邁向高峰的路途上會有更多的分歧和脫離軌道的情形。

第二群女性（有3位）則由其家庭軸線所主導，而在開始形成家庭之後，有相當穩定的高原期，這讓我們想到Gcrgen和 Gergen （1988）的「永遠快樂在一起」（happily ever after）的劇情。正如在Sara的生命故事，女性生命中初始的嘗試錯誤階段，在進入婚姻和養育子女之後，告了一個段落。雖然其他較不重要的劇情軸線也持續地開展，建立家庭仍被視為最重要的轉捩點。在這個曲線圖上的後續進展，都以這個家庭整體的經驗和發展為主軸。一位受訪者評論道「你開始例行公事般的生活。我們已不再是剛開始打拼的年輕夫妻，我們兩個都有工作，有兩個小孩——一個家庭。就像我一個客戶說的，我們是一張有著穩固四腳的桌子。這真是我人生中最穩定的時期。」（Libby）

第三個群體（有3位女性）的曲線圖似乎在青少年早期到達高峰，然後在邁向其二十歲和三十歲階段時逐漸衰退。現

在，在她們四十歲初期，這些女性才又慢慢地開始重新找回其養育子女階段曾短暫失去的自由度和獨立性。Beth表示：

> 今天我比以前更為開放了。過去幾年你學到如果你不自己去做的話，沒有其他人會來關照你…在這個最後的分析，發現在人生中有段時期你就是一直在給予、在付出，養育小孩，而他們真的總是最優先的…突然間你醒過來了，開始疑惑…我究竟迷失在哪兒了呢？

大約有四分之一的女性（3位女性），可能因為找不到單一的主軸，或是其故事結構缺乏明確的目標，其曲線圖並無法被清楚地描繪出來。

總之，女性的曲線圖在很多方面都不同於男性的曲線圖。她們的人生並不像男性一般，具有朝向單一明確目標移動的結構。沒有任何一個範疇，會比其他的更為重要。然而，不堅持單一的想法，也使女性的生命歷程具有更大的彈性。女性將其能量平均分散在幾個不同的範疇上，而且擁有選擇要將重點擺在哪一個範疇上的自由度。

這些女性似乎也較容易適應命運的扭轉。她們似乎比男性更容易調整自己來適應不斷改變的現實環境，以其當前的處境來重新界定其目標（Bateson, 1989; Rabuzzi, 1988）。有幾位受訪者在省思自己的人生時，似乎秉持了這樣的假設：

> 我從來不知道我最適合的是什麼。我從來沒有一個主導的計畫，告訴自己要去做這個或那個…而且在這個路途中，你知道的，每一個階段總是會有新的事物出現，你得將它們考慮進來。你會想可能是這樣，可能是那樣。事實上，我真的不知道我到底要做什麼，它們總是如此隨機，如此不可預料。事情就是這樣發生了，我只能讓它們發生…我不會與它們去博鬥，它們也不會讓我失望。（Joan）

當Ruth在省思其過去經驗時,她強調,她並不是出於天性地果決或目標導向,這些特質是她在生命後期階段所發展出來的。

到了我33歲時,我才開始為我自己著想。然後,比起我人生的其他時刻,我更知道我要的是什麼。我的意思是我讓事情發生,而不是在那兒等待事情發生於我身上…我可以掌控我的人生,選擇我將如何過生活,而不是讓我的生活來掌控我。

5、中年期:

當受訪者省思其目前中年期的生命階段時,有兩個重要的想法浮現出來。一是在中年時期,男性及女性的故事結構開始聚合起來(converge)。現在,女性的生活似乎也沿著一個核心的主題軸線向前邁進。這個立基於形式分析的現象,與Gutmann (1987)的理論若合符節。在他探討男性及女性在其中年期生命階段的內容時,他提出這兩個性別在其人格上變成雌雄同體(androgynous)了。其二是對男性及女性二者,中年期生命階段,相較於先前階段均被以更為正向的方式看待。他們的敘事反映了這個穩定成長和穩定性的主題。正如Bill所述:

從那時開始就很少有改變了,我們的生活是穩固的,有很好的根基,很有組織。事情都在熟悉的例行活動中進行…生命持續地發生,我們就依循地前進,有時繼續成長,有時維持不變。也許在幾年後,我們就會退休,然後事情才會開始變動。

某些受訪者(4男,2女)談及想要改變他們的生活,或談及對其職涯感到挫折。例如Sara 已對多年的教學生涯感到疲憊不堪。然而,在這個生命階段,大多數受訪者似乎都能與自

己和平相處，內心是平靜無波的。雖然擁有了可以做選擇或轉變方向的自由度，但是這些中年成人並不急於做改變。如John所說：

> 我認為這是我人生中的最佳時刻了，我正處於巔峰狀態。我在我人生的所有領域都已臻於成熟。現在我覺得我了解了人生是來做什麼，那是我在20或30歲時無法得知的。今天我處在人生的頂峰，無論就我與他人的關係、我自己的本性、我對自己和他人的覺察、或我對於生命的態度等都是。

個案實例：Sara及David

此處，我們將以對於David及Sara敘事的簡短分析來舉例說明上述的方法。我們也邀請讀者回顧他們的生命故事，自行進行方法的實驗。

Sara

就內容而言，Sara的故事典型上是「女性化的」（feminine），具有主導的關係軸線（relational axis）（請參閱第四章第一節）。其架構上最首要的是家庭及子女，而專業成就則是次要於家庭的關注：

> 到最後，我們大多數的人都很有成就，我們都非常成功，每個人都建立了美滿的家庭和工作生涯。你可以看到，你知道的，每個人都有三、四個小孩，都建立了美滿家庭，而且擁有受人尊重的職業。

　　Sara的故事相對而言比其他大多數女性的故事更具有結構性。直到她進入中學以前，她的人生是相當穩定成長的，她將進入中學稱為「是相當跳躍性的」。而在中學時期，其軌跡開始急遽上升，然後在軍事服務時期也持續但較為適度地上升，僅在她去到離家較遠的屯墾區時經驗到些許失望而有短暫的傾斜。在她結婚之前仍有一些小改變。這個曲線圖在每個新階段一開始時（求學、在GG工作，在集體農場工作）都微幅爬升，只有當她開始感到無聊或社會孤立時有所下降。我們很難將她結婚之前的時期全部納入一個曲線圖中，Sara並未說明有關其職業選擇、其動機和計畫的理由，很難釐清她的生命為何會如此演化。其職涯移動係以社會性的考量、而非專業性的考量來做說明，而且她將這個生命階段指認為「教書及單身」，強調了她對於時間點的標記係以建立家庭來做區隔。婚姻及子女牽引出一條急遽上升的曲線（參見圖5.9）。她生命中所臻就的高原期，遇到兩個堅硬的石塊，那是兩個生命中的重要改變：一是向更宗教性的生活方式移動，二是她對於職涯改變的思慮。她宣稱她正慢慢地調整成較嚴謹的生活方式，但那並不是負擔。而在歷經十九年的教學生涯後，她也並未多談她在專業上的耗竭，正如她一貫透過家庭關注的濾網來省視工作的議題。她解釋，如果她要再生一個孩子，她就會請休假了。

圖5.9　Sara的故事

　　Sara的敘事整體而言即是一位女性的適應故事。任何可能會破壞這個均衡狀態的事件都能被輕易跨越。她總是看到事情的光明面，以家庭的需求為優先考量，她的人生是建構在對於家庭的投入踐諾之上。對於Sara而言，母職認定（maternal identity）是其生命中最核心的部分，她以母職認定為首要目標來結構其敘事，且依循此來發展其生命歷程。

David

　　David對兒童期的描述，與這個研究樣本群所建立的常模是相當一致的。除了一些小小的起伏之外，「沒什麼特別的」：「會有那麼幾次，當一個小孩比較受歡迎，那對我比較好；當你沒那麼受歡迎了，然後…【那蠻糟的】。」就像Sara一樣，David似乎也經驗到與其他人的關係是其身分認定的核心。然而不像Sara，他投入更多心力於這個社會及階級體系內找出他的位置，界定他的社會立足點。

　　在他的敘事中出現兩個相衝突卻互爭優勢位置的主題，一是成功的驅力，二是其反面，即消弱其前進的勢力（以確保他總是維持在第二或第三的位置，而非第一）。這二個主題之間的掙扎，在他其每個生命階段重現、形塑並決定其發展的速

度。

　　David生命中的第一個轉捩點，是在其從事軍事服務期間，在他決定要離開同儕、走自己的路之後，這在圖形上係以一個逐漸上升的曲線來表徵。隨後，他的專業軸線變成其生命的核心，而曲線圖則隨之逐步向上發展。如他所述，這個爬升的速度時常是緩慢的、延宕的，且有時充斥著許多的障礙。

　　我在工作上獲得很好的升遷，從最簡單的文書工作做起，到成為我這個部門的副主管，負責處理客戶的抱怨。【…】沒有多久，我就明白我沒辦法在這個工作上獲得太大的成就【…】。所以【…】，我開始找其他工作。我想要找一個工作，為自己帶來很大的不同，不是像那個我所服務的大公司。

　　這個故事只有在二個點上，曲線圖以急遽上升來回應David的職業選擇。首先是當他開始決定冒險跳槽到飯店工作場域（參見圖5.10）：「我去飯店工作。對我來說，這是個很大的改變，一個充滿企圖心的改變，那是…一件我一直想做的事。我在這家飯店中獲得了一個管理工作，即使我除了曾經是客人之外，我並不知道什麼飯店的事。」其次是當他同意離開以色列，前往非洲接下一個更具挑戰性和冒險性的飯店工作時。

圖5.10　David的故事

David繼續詳細描述這個在其職業史上相當重要的關鍵時刻，強調他所面對的幾個可能選項，似乎要讓聆聽者了解他的生命可以有相當不同的發展。他在敘事中多次提及他總是主動積極地採取行動去爭取專業上的晉升，無論在求學上或工作上：

　　我又開始覺得這規模對我來說太小了，我需要學會更多有關飯店的事，這是個很大的世界，而且一直發展出許多新的方法。就在那個時候，一個美國連鎖企業要在這個城市開一家小型的新飯店，我想這是一個新的開始，所以我申請了那家飯店。

　　事實上，他敘事中的變動只受到職業上的變動所支配，這個曲線圖的循環，起始於一個嶄新的職業階段，形成一個急遽上升的型態，有一段時間則是較保守的向上移動，然後持續穩定直到這個階段結束；隨後，他展開一個新的探險，又開啓了另一個向上移動的循環。家庭的議題在David生命的許多階段都是顯而易見的，而且因為David故事的特殊環境，家庭顯然也是重要的。然而，就David敘事的演變而言，這些關注始終維持在邊緣的角色，無論是在故事的內容或結構上均然。家庭軸線一直在進展著，但似乎與主要的職涯軸線不相關連。在回應有關這個話題的直接提問時，David宣稱家庭的考量也影響了其專業上的選擇，這在其自發性的生命故事版本中並未獲得支持。家庭議題從來不曾引發其生命歷程的轉變。即使他在領養第一個小孩時所經歷的困難，或是擔心他兒子在非洲飯店曾與罹患AIDS者接觸過的焦慮，對於他的專業發展方向或發揮其專業上的功能，似乎都未造成影響。

　　簡而言之，David的身分認定基本上即是其專業認定（professional identity），他的敘事結構也依循此持續朝向專業目標邁進的軌跡。其專業認定最顯著的特徵是他的企圖心、

組織能力，以及願意承擔挑戰和風險。在其敘事結構和其主題內容中均可顯現其身分認定之面向與特徵。

討論

　　這一節旨在舉例說明我們如何針對敘事的結構元素進行分析。藉由整體故事之劇情結構分析，我將男性和女性的生命故事作一比較。

　　在我們要討論研究發現之前，我們得先說明在先前呈現的分析，以及運用生命故事之結構分析來瞭解身分認定之間，我們仍有所保留。我的結論是基於對受過教育、中產階級、中年男性和女性的小型特定樣本所進行的分析；由其他男性和女性群體所產生的敘事結構特徵，可能會相當不同於我們在樣本中所發現的結果。

　　結構曲線圖（如本章第一節所描述之）是一個有用的工具，可以用清晰可見的方式來呈現較大量的敘事媒材。然而，將多樣化的媒材囫圇吞棗地以此類圖形來表徵，不免流於虛假的形式，則會阻礙此一工具的廣泛運用。

　　我們要求參與者藉由「篇章」（chapters）來思考其生命故事，可能促使他們特別強調其生命中的轉捩點和重要門檻。如果生命故事結構的組織方式，並未依循從出生到現在的時序進展，其結構可能將與我們樣本所抽取出來的結構大相逕庭。

　　暫且不論這些限制，我們的研究仍得出一些重要的結論。對整體敘事結構進行分析，可為生命故事創造出階段化的表徵方式。雖然我曾希望能得到與一些文學表徵方式相符合的結構類型（亦即，浪漫劇、喜劇、悲劇或嘲諷劇），但這個分析所得出的結構並未完全符合這些經典模式。無論如何，如果我們

回顧本章一開頭所引介的名詞，男性受訪者的敘事型態大致上近似於「浪漫劇」，有一位英雄克服了一連串的衝突和難關。女性受訪者的敘事仍像是懷舊的「喜劇」，女英雄跨越障礙，贏回社會和諧，獲得最後的勝利。

男性和女性的敘事有些結構上的相似性。兩者均強調生命早期階段（兒童期、青少年期）的重要性，而且二者均描述了一個單純向上的發展歷程，直到成年早期。

然而，成年早期（二十歲以上）開始有所差異。男性繼續沿著一個可輕易追蹤的職涯軸線，雖有不同的形式，但一般而言仍反映出向上移動的曲線。但是，女性的職涯軸線並無法輕易地在圖形上表徵出來。例如，某些女性的人生在成年早期之後是急轉直下。意圖創造一個單一的曲線來表徵生命結構的多元化劇情軸線，是非常困難的事。即使是女性通常會顯現出家庭議題的軸線優先於其他，但更為常見的是多條同時發生且同等重要的軸線相互交錯，都必須在曲線圖上一一具現出來。

此時，我們應該要詢問「為什麼」，如果真有一個獨特的女性化生命故事結構，為什麼這個女性敘事結構的複雜性會開始於成年早期？為什麼它們會在中年期穩定下來？更有甚者，基於我們假定故事和身分認定之間關係，以及「被敘說的生命」（life as told）和「活過的生命」（life as lived）之間關係，均是相互影響的，由女性所產生的這些多聲道敘事，如何關連到她們的身分認定呢？

對於第一個問題的回應，可能在不同生命階段社會化歷程（process of socialization）可以找到答案。在兒童期和青少年期，無論性別為何，男孩和女孩們會受到鼓勵去朝向不同方向發展，也被賦予選擇和探索的自由。就結構上來說，我們可以說，每一個孩子都有朝多元化軸線發展的可能性，無論其焦點是在社會技巧、學業成就、自信心或獨立性。然而，當青少年

進入成年期，社會規範開始支配著他們沿著特定軸線發展的持續進程，有些人可能就會每況愈下。男性被期許在追求專業卓越的方向奮發向上，女性則被允許有較大的彈性，使其可在家庭和養育子女的方向上打轉之餘，還可在社會和家庭關係、職涯等範疇上保有一些選擇（Levinson, 1996）。這可以解釋女性劇情結構的多元軸線特徵（註6）。

在中年期階段，男性和女性曲線圖上的鴻溝又再次彌合了。一個可能性是盤據著女性成年早期的多樣化角色要求開始減弱其強度，邁向中年期的女性，再一次聚焦於單一的劇情軸線上。Gutmann（1980, 1987）曾將養育子女的時期概念化為成年生命的「緊急階段」（emergency phase），論述成年人唯有度過了養育子女的危機年代，才有能力享受較高品質的生活，為自己建立一個可以自在呼吸的空間。

對於第二個問題的回應則更為複雜。使用敘事作為治療工具的研究，已提出生命故事中的形式或結構「瑕疵」（flaws），可能反映出自我及身分認定上有問題的面向（註7）。這意味著當我們樣本中女性的敘事，以良好敘事的結構規準來衡量（結構、目標和劇情發展上具有清晰和邏輯性的組織；Burner, 1991; Omer, 1994），是有瑕疵的，則她們的身分認定也同樣會有所損傷。此一結論大有問題，一方面因為我們樣本中的女性參與者都是非常健康、功能正常的成年人，二方面因為這似乎暗指有半數的人類具有身分認定上的難題。很顯然，如同Mary Gergen（1992）的結論，這個瑕疵不在於女性的敘事，而在於所謂「良好建構之敘事」（well-constructed narratives）的定義並不適用於女性敘事者的生命故事。

其他女性文學和自傳的作者及研究者也發現，試圖依據良好敘事的規準來瞭解女性的書寫是大有問題的（諸如Bateson, 1989; Belenky, Clinchy, Goldenberger, & Tarule, 1986; Duplessis,

1985; Heilbrun, 1989; Rabuzzi, 1988; Woolf, 1929/1957）。也有學者指出良好敘事的標準是由男性所建立，僅適用於評量男性的故事、生活和敘事（Mason, 1980; Woolf, 1929/1957）。

所以我的結論是，對於敘事結構的分析可能是用於瞭解身分認定的一個有用工具，但在分析女性的敘事時，必須應用更為彈性的規準來衡量。

兩階段生命故事：自我實現的敘事

這一節我們要舉例說明一個獨特的形式，生命故事中只出現兩個主幹，如本章第一節所述。雖然參與研究的大多數受訪者，都使用我們所建議的階段大綱來將其生命故事區分為五至七個年表式篇章，每一章包含多達十年的長度，中年期群體的兩位男性受訪者（42歲）則呈現了一個兩階段的結構（two-stage structure）（Lieblich, Zilber, & Tuval-Mashiach, 1995）。在他們與訪談員的互動中，他們拒絕了要將生命歷程進一步區分階段的建議，堅持其結構已足以真實地將其生命故事具現出來。仔細檢視其文本，實際上透露出三個階段：一個重要人生轉變「之前」和「之後」，以及一個甚為短暫的中介階段—可被稱為「轉換經驗」（the experience of transition）（參見圖5.11）。兩個故事在形式上的相似性是顯而易見的，即使它們之間仍有相當大文化和主題上的差異。接下來這一節，我們將運用這個型態來扼要地說明此一奠基於整體故事形式的敘事分析方法。

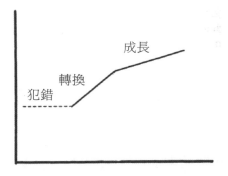

圖5.11 二個生命故事的結構

　　Ian以28歲作爲他生命故事階段的區分，那時他轉變爲接受正統猶太教（註8）的生活方式。對Mike而言，這個轉換發生於他35歲成功的製作出生平第一部電影長片時。我們提供這些實例來說明故事的「結構」可能反映出敘說者深度的人格，此處的敘說者爲「尋求真理者」（truth seeker）或「自我實現者」（self-actualizer），而「內容」則顯現了故事在其中開展的特殊文化，探尋乃發生於這些文化中。

　　兩個故事都完全由一個單一的想法所主導，提供了可用以重構敘說者記憶內容之「定錨」（anchor）。在轉換發生「之前」的第一章，被回憶爲一個長期的、較爲缺乏意義的且無法分化的時期，是一個嘗試錯誤時期，沒有任何進展可言。關於這個階段的細節都是很模糊的或是缺漏的，發生於多年間的事件全都籠統地一筆帶過。主動探尋的中間階段，以及這個轉換本身，則被賦予神奇的意義，而被形容得多采多姿且鉅細靡遺。而現在的這一章，轉變後的實現，則被描繪爲一個高度成長和心滿意足的階段。兩個階段之間的差異性，不僅在內容上極爲明顯，且在其說話風格和敘事中所反映出的情感上亦顯而易見。

　　現在就讓我們一起檢視Ian 和Mike的故事，來說明這些觀點。

轉換之前

　　Ian 回憶起他先前生活的模糊不清：「我曾去了那裡，又突然回來，去了那裡，然後看到那並不是那樣…所以我又回到這裡。就像這樣，沒有什麼感覺」。

　　當訪談員請他釐清他的意思是什麼時，他回應說：「但那時我所做的任何事都是無意義的…無論是小學、中學或軍隊（註9）之間都沒有什麼差別。」

　　在訪談的不同點上，他說：

　　我現在看到的是，我曾生活在泡沫幻影之中。我並不是…一般而言不是…假如有人問起我是什麼，我會說：我什麼都不是。像是這樣，我並不存在，像是漂浮在外太空（笑聲），毫無意義。

　　在這幾個不連貫的句子中，他涵蓋了軍隊服役的那幾年和各種職業上的嘗試，全部都一筆帶過，完全未加以詳述：

　　在軍中，我在一個情報工作單位。之後…我到處遊蕩，就是說，我並不屬於任何事。我試著去上大學，但我沒被接受，所以我嘗試…我去各種地方學習，例如我研究教育，與街頭幫派混在一起，不久之後我就離開…我開了一家影帶出租店等。

　　顯然地，Ian的父母或其兄弟姐妹完全在其生命故事中缺席了。由於Ian並不記得他們在他轉變之前的情形，而且他們

對他目前猶太教生活方式的轉變並無任何貢獻，也並未隨他一起轉變，因此顯然對他而言並無太大意義。這個省略使得Ian的生命故事出現很大的不連續性，就像他是轉變之時才「重生」一般。

　　他對轉變之前發生於生命中事件的評估，完全取決於他現在的價值觀。從他生命故事第一章所描述的少數幾個例子，Ian說到他曾不小心涉入一個小小的犯罪行動，且「得到」一個犯罪紀錄（他稱之為「污點」）。結果，他不能當警察，這是他後來曾一度想要做的。然而，現在他則將這個不幸重新框架為引導他邁向轉變：「這個污點似乎讓我沒辦法做很多我想做的事，但另一方面，今天我明瞭它可能是預先就決定好的。因為，如果我真的去當了警察，我今天會在哪裡呢？」

　　如果Ian轉變之前的階段可被視作是毫無目標的嘗試錯誤階段，那麼Mike對此一階段的描述則將之作為成功地實現其藝術天賦前的準備期。在訪談一開始，當他僅在故事中標明出一個轉捩點—亦即，他第一部影片的出品，他說了下列這段話來形容其35歲前的生活。

　　我想這些篇章主要是，或多或少，從現在的觀點來看，幾乎都是同樣的例行公事，除了名字、姓氏、家庭大小和居住地點不同之外，其他幾乎都是相同的。人們旅行來到這兒的途徑是相當近似的，我看不出有什麼事可以讓我成為例外。

　　當這個故事開展之後，愈可明顯看到，這個轉捩點並不是革命性的、或無法預料的，因為從很早開始—

　　我總是對藝術情有獨鐘，我只是不知道如何將這個驅力引導到寫作上去，後來當我嘗試過戲劇、嘗試過文學，我發現我實際上是用圖像在寫作。我的覺察完全是視覺上的，所以我決定去學

影片製作，也就是製作電影。

Mike描述他自己是一個非常有想像力的小孩，且當他談及此事時，他誇張地凸顯這個傾向，且修正自己。例如他曾談到參加學校競賽贏得了一本百科全書，但在之後不久，他又說「附帶一提，我其實並沒有得到一本百科全書，它只是一本小書，我只是用這種方式來表達自己。」如同一個電影劇情，他的生命故事也像是另一個充滿想像的作品。

在建構他們的敘事時，我們發現這兩個男人的生命完全奉獻於一個單一的價值，對Ian而言是宗教，對Mike而言是藝術。因此，他們是透過後期已自我實現的鏡片，來省視其生命轉換之前的第一章。Ian認為其沒有上帝的生命是了無意義的，而且不值得當作故事來說；而Mike則將轉換之前的生命重構為一個為後期生命開展所準備的複雜旅程。

轉換的過程

我們的敘說者並未將發現人生目標的短暫時期，以及嘗試錯誤階段後的穩定時期，呈現為一個獨立的篇章。然而，暫且無論其簡短扼要，與其先前的篇章相較，這個段落的描寫顯得更為細膩而精確。

在Ian詳細地且運用許多諸如「知道」、「相信」等省思性詞彙來描述這個時期時，一種驚奇的感覺浮現出來。

後來，在那段時期，一些關於生命的基本問題開始喚醒了我。直到有一天我走在耶路撒冷的路上，我看到King George街上一角懸掛著一個佈告，邀請大家去參加一場關於Kabbalah演變（註10）的演講，我不知道那是什麼，只知道那是猶太教內的

某些神祕的體系,所以我去了。這個主題強烈吸引著我,我之前並不知道,我並不相信猶太教也會討論如此靈性的主題,如幽靈(ghosts)、惡魔(demons)、占星術(astrology)—我大吃一驚。所以開始更深入去探討這個主題,而且隨著知識的增長,外在及內在的改變就開始發生了。

他繼續鉅細靡遺地說出他的故事,反映出他對於這個新發現的世界充滿了驚奇和極大的喜悅。

對Mike而言亦然,他特別關注改變的確切時機,將幾個事件視為改變的前兆,包括:第一個兒子的出生,以及他從長期居留歐洲之後回到以色列:「直覺上,我感覺到我在這裡可以有更多創作,我有更大的機會可以實現我的夢想…我來了,而且我得到了我所要尋求的一切。」

自我實現的目前生活

實行正統猶太教的生活方式,使Ian的生命和故事再度綻放光芒。相較於父母從其故事中缺席,他在故事中詳細地且充滿仰慕地描述他目前的猶太祭司教師。這個故事給我們的印象是,Ian的身分認定完全與其宗教信仰融合為一,他的私人生活並未與他的學習團體和祭司教會分離開來,後者甚至幫他找到了他的新娘。

而在Mike對於這個階段的描述中,我們也看到了同樣的熱情,且將其私人生活貢獻給他所選擇的職業。當他說到「自從那時以後,我每兩年要創作一部新的影片,一直到今天都是。」時,他臉上泛著紅光。其餘的訪談時間,幾乎全部在談他所創作的影片中的劇情和形式,所有這些都可被視為他對其生命故事的重新建構。

　　兩個故事都未將這個轉換時期呈現為一個高峰,並未如「永遠快樂在一起」的劇情般,以致接續著強度或滿意感上的衰退,或臻於一個平坦的高原期。這也不是可被稱之為「浪漫劇」的故事,它不是為了找到一個物件或狀態,而是為了找到了一個方式或一個方向。一旦他找到了這個方式或方向,敘說者即在其軌道上前進和發展。在宗教對Ian生活、及藝術對Mike生活發生強烈影響的同時,這兩個英雄的故事中同樣存在著他們對於遇到妻子和養育子女的關心。只是,婚姻和為人父母的事件並未使這兩個生命故事區分為其他篇章,而是被納入於主要的章節中。

▍結語

　　這兩個以「自我實現之敘事」為名的男性故事,在內容上是不同的,一個關於在宗教上發現了生命意義,另一則關於在藝術上的成就,在形式上卻是十分相似。這個兩階段型態可以被視為彰顯敘說者的底涵人格(underlying personality),而不是它所置身的特定文化場域。識此之故,整體生命故事的形式即是一把瞭解敘說者人格的鎖匙,其瞭解的層次也許比外顯的內容來得更為深入,也較少受到刻意的矯飾所誤導。我們可能也會嘗試從將生命故事結構為悲劇、喜劇或浪漫劇等的敘說者中,發現其故事形式的共通性(Gergen & Gergen, 1986; Omer & Alon, 1997),以學習更瞭解其深層的身分認定,正如這個兩階段敘事形式所呈現出的「尋求真理者」和「自我實現

者」的身分認定。

　　如同我們在本章第一節所見，並非所有的生命故事都可輕易地辨認出結構上的特徵。在許多個案中，透過其生命故事的內容，無論是整體或類別模式，都比透過生命故事的形式面向，更能直接趨近敘說者的內在世界。這對於置身於助人專業領域的我們而言，尤其真實，因為我們的專業訓練就是要去聆聽其他人敘說有關其生活的內容。不過，我們所提出的這個模式，單獨運用每一個取向的效能，均不如與其他取向結合以閱讀生命故事的效能。

備註

1. 「浪漫劇」（romance）和「喜劇」（comedy）這些名詞不應與其日常語言的意義相混淆。例如，一個以「喜劇」來建構的故事，不必然是令人感到好笑的。

2. 對於如何辨認劇情軸線的詳細說明，請詳見第四章。

3. 軍事服務（軍隊服役）對以色列的男性與女性均是義務役，但大部分男性所從事的服務，較大多數女性更長期且更辛苦。

4. 參閱第三章備註26。

5. 「聯合性跳躍」（associative leaps）也用來指涉女性在省思其子女的生活時，也會回憶起自己在原生家庭中的兒童期或類似的歷史事件，使其錯綜複雜的敘事中交織著現在、過去和未來，促成她們目前對於自己的瞭解。

6. 推測傳統社會或前女性主義西方社會如何形塑生命故事，是相當有趣的事。職涯軸線在女性生命中的缺漏，可能係讓位給一個更顯著的劇情軸線，聚焦於從兒童早期就展開的家庭議題。

7. 請參閱White及Epston（1990）。

8. 「轉變」（conversion）一詞被用於接下來討論「轉換」（transition）的章節中，指涉採取正統猶太教的生活方式，而不是改變宗教信仰─像是從猶太教轉向基督教。正統猶太教的生活方式包含所有生活範疇中均需遵循的許多日常禮儀和規範，從每日三次在公眾場合的禱告，到嚴格的服飾規定等。

9. 在以色列，所有猶太公民都要在18歲時進入軍中服役。

10. 猶太神學教（Jewish theosophy）的一個祕教體系。

Chaper 6

類別—內容觀點

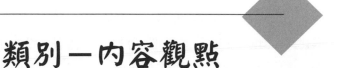

ˇ 從成人觀點省視中學經驗：Amia Lieblich
ˇ 成人及其家庭：Rivka Tuaval-Mashiach
ˇ 結語
ˇ 備註

在這一章，我們對於生命故事之敘事材料的分析，係將文本分割爲較小的內容單元（units of content），使其能進行描述性或統計上的處理。這通常稱爲「內容分析」（content analysis），事實上，這是在心理學、社會學和教育學上用於研究敘事材料的經典方法 （Mannung & Cullum-Swan, 1994； Riessman, 1993）。我們將呈現我們研究中的兩個內容分析實例，並比較兩個取向的異同。

內容分析方法有許多不同的做法，取決於研究目的和敘事材料的性質而定。選擇那一種做法，一方面與研究者對客觀性的規準和量化程序的執著度有關；另一方面，相對的，則與研究者的詮釋學和質性研究視角有關。在這一章，我們不準備介紹所有可能的做法，也不提供詳細的指導，而只是依著一系列定型化的步驟，將焦點放在我們應用內容分析來閱讀生命故事的研究實例。

大多數內容分析所採取的主要步驟，可以簡述如下：

1.選擇替代文本：

依據研究的待答問題或假設，將文本中所有相關聯的部分標示出來，並集合起來，以形成一個新的檔案，或稱之爲「替代文本」（subtext），這可以是在此研究領域的全部內容。例如：假如研究假設與敘說者的家庭有關（如同本章的第二節所提到的），研究者應該將故事中所有與家庭有關的部分獨立抽離出來，其他與家庭無關的文本就可以省略掉了。這個步驟的特色是，所選擇的替代文本是從生命故事的整體脈絡中選取出來的，且被單獨來處理。然而，有時候未被選爲替代文本的其他訪談資料，則有助於促進或驗證對於研究結果的詮釋。在某些研究中，研究者會因其待答問題或假設而選擇直接性的訪

談，也就是說，若訪談引導敘說者將敘事焦點放在「相關聯的」（relevant）的材料上（而不是提供完整的生命故事），則所有的文本都可以作為內容分析的資料來源（Lieblich, 1986；Wiseman & Lieblich, 1992）。

2.定義內容類別：

　　所謂「類別」（categories）是貫穿替代文本的不同主題或觀點，並提供了一個方法來將文本分類為一個個單元--可能是單字、句子、或是數個句子所組成的句組。類別可以藉由理論預先定義，例如，Maslow（1954）的人本動機論可以指引研究者搜尋文本中關於不同需求層次的證據。相同地，Erikson的發展論可以用來界定不同的階段和各階段典型的任務及困境（Stewart, Franz, & Layton, 1988）。另一種選擇類別的方法，是盡量保持開放的態度去閱讀文本，找出從閱讀中所浮現的主要內容類別。這個過程與下一個階段，將材料分類到各個類別有密切關係。實際上，它是一個循環的過程，也就是小心地閱讀、找出類別、將替代文本分類至類別中，發展新的類別或是精練舊有的類別等等。使用理論為基礎預先定義類別的方法，與從文本中依靠經驗找出類別的方法，兩者並沒有像看起來的差異那麼大，因為讀者難免都會帶著他們的理論或是理所當然的假設來閱讀文本（Linda, 1993）。

　　什麼是最適當的類別數量？還有，它們的廣度有多大？要回答這些問題，自然要取決於研究目的和實務上的考量。研究者的目標在於兩個不同傾向之間達成一個平衡：一個是定義了許多精細的類別，這樣保持了文本的豐富性和變異性，但是這有賴謹慎地將材料進行分類揀選。另一個是定義較為少量而廣泛的類別，這樣很容易來使用，但是卻難以確保文本的複雜性。

3. 將材料分類至類別中：

　　在這個階段，由文本隔離出的句子或言詞被放到相關聯的類別中。類別中的言詞有可能全是來自於同一個生命故事，也可能包含不同個體所發表的言詞。這個過程，如同定義內容類別一樣，可以由一個或數個研究者來完成。若有兩個以上的研究者參與將內容分類至類別的程序，則這個過程可以獨立完成，以容許對於評分者信度的評估；或是共同完成，以提高對文本的敏銳度，並瞭解其對不同讀者產生的意義。

4. 從研究結果導出結論：

　　每一個類別中的句子可以被計數、放入表格、依據出現頻率來排序、或是放入各種統計的電腦軟體，這一切都需要與研究目的和待答問題和/或研究者的喜好一致。或者，每一個類別中所蒐集到的內容，可以有系統的描繪出某些特定族群或文化的縮影。研究者之前所提出的特定假設，也可以在這個階段加以檢驗。

　　這個程序也許看起來簡單明瞭且容易實施，但每一個步驟都會出現一些兩難困境，有賴研究者進行繁複的抉擇。例如，如何擷取類別中的單元來加以計數，是一部份或是整個句子呢？是一個想法的完整表達？或是要將言詞語調的強度列入考量？該將幾個重複的相同表達包括在內嗎？那麼，要如何做呢？這些難題都沒有簡單明瞭的解決之道，絕不要將分析中的精確性視為理所當然。當計劃進行內容分析時，最重要的應該是考量研究目的和方法間的適切性。

淀成人觀點省視中學經驗：
Amia Lieblich

　　形成這個內容分析的研究問題之一，是下列四個成人群體（註1）對其中學經驗的遙遠記憶，及其對自我的主觀影響（subjective impact）（註2）。

　　1.中年組（42歲），隔離中學的畢業生（n=19人）。
　　2.中年組（42歲），整合中學的畢業生（n=17人）。
　　3.青年組（28歲），隔離中學畢業生（n=12人）。
　　4.青年組（28歲），整合中學畢業生（n=12人）。

　　訪談的來源與研究問題的理論基礎，已在第二章詳述。所有六十位研究參與者對這一段生命狀態的陳述也包含在分析中。

　　我們沒有對這次分析提出任何特定的假設。我更有興趣比較這四個研究群組在其陳述中學時期生命階段時，浮現出哪些與中學相關的面向。

內容分析的過程

1.把所有與中學經驗有關的句子，或中學時的自我狀態，在逐字稿上強調出來。這些包括與整個訪談主題有關的句子，而不只是限於生命故事中對青少年時期的描述。
2.從這些替代文本中，由兩個閱讀者來選出「主要句子」（principal sentences）--也就是，那些表達出與內容有關的

新的和獨特的想法或顯著的回憶之言詞。這些句子都被隔離出來，放到每一個個案的「主要句列」（principal sentences arrays）檔案中。讀者或許已注意到，這個分析階段並沒有列在之前所講的內容分析要點當中。當分析材料有許多的重複內容和闡述細節時，專注在「主要句子」上，會比專注在整體的資料上更為明智。

　　材料處理到這裡也許已能導出幾個結論。總共有1846個主要句子從進一步的處理中被抽取出來。（注意，雖然本研究的個案數量不是很多，但主要句子的單元數量卻非常多，已有大量樣本數來據以推論了。）這些主要句子在四個群組中的分布並不平均。它們在每一個群組所分配的平均數量如下：隔離中年組，34.8；整合中年組，24.3；隔離青年組，37.2；整合青年組，26.6。

　　這個結果顯示，比起整合組，隔離組不管是年長組或年輕組，中學經驗均佔據整個生命故事的很大部分。換句話說，不論對未來的影響是正向或是負向，中學生活經驗在參與隔離實驗方案者的記憶中留下較多痕跡。由於在四個組別中，訪談（或是逐字稿）的總長度並沒有系統上的差異，因此這個結論應是適切的。

3.每一個「主要句子」依據其內容，亦即對於中學的態度或是中學時期的自我評價，分別被判斷為正向的、負向的或中立的。讀者可能注意到，像這樣的評判方式，在許多內容分析中也常出現，像是「滿意」相對於「不滿意」，「吸引的」相對於「抗拒的」等等，可用來區分已被定義的內容單元（units of content）。

　　接下來，當一個人有超過四分之三的句子被評為「正向的」，則那人的所有句列都會被總評為「正向」；當某人有四

分之三的句子被評為「負向的」，則總評為「負向」，當「正向」與「負向」的句子出現在句列中的數量比例大約相等時，則總評為「矛盾」。選擇這樣定義「正向」、「負向」、或「矛盾」的這種特別標準，就如同在這個過程裡的許多其他決定一般，是有些武斷的。

　　雖然四個群組對於其中學經驗的負向評估上，沒有本質上的差異，但比較起來，整合中學畢業組稍微偏「正向」（整合年長組與整合年輕組分別為53%和67%，相對於隔離中學組的52%和33%），也少了一些「矛盾」（分別是29%和25% 相對於27%和52%）。就年齡上來看，年長組對他們中學經驗的評估與年輕組相較，則有稍微較正向的回憶，也給予較好的評價。

4.奠基於對每一個人檔案的閱讀，標明出與內容事件相關聯的類別，並將句子分類到這些類別中。這個階段由兩位研究者（註3）來操作，他們相互討論其決定，直到達成共識為止。這個過程不斷的在四組中每一位受訪者資料上重複運作。

　　對於類別內容的範圍廣度，或是概括性程度的考慮，在這個階段息息相關，可被用於舉證研究目的對於決定如何處理內容，具有舉足輕重的影響。最常浮現的類別是「教師」、「學業表現」、或「班級/學校氣氛」。這些是較廣泛的類別，很容易挑選與分類。然而，在概括性的程度上，研究群組間可能不會發現任何差異，而這對研究目的毫無助益。因此需要將主要句子分到更小的類別裡去，這樣通常就會包括對此一記憶的評價，像是「好老師」、「壞老師」，或是「做個好學生」、「做個中等學生」（在表6.1a，6.1b，和6.2中會呈現更多實例）。因此，儘管類別本身是從替代文本中浮現，但是我們的

研究目的則影響了類別定義的概括程度或範圍。

　　總共有35個類別從受訪者的主要句列組中浮現出來。這個總數並不包含對我們的分析沒有幫助的類別，例如僅有三個句子或是更少，或個人有興趣卻極為罕見的內容材料等。另一個在此一階段的重要決定是：每一個類別都不會在同一個受訪者身上重複選取兩次以上。換句話說，假如有人將同一個概念重述超過兩次，仍然在內容分析中計為兩次。這是因為我們希望能減少將重心放在訪談的長度或是敘事者的辯才上，而是將焦點擺在他所要表達的想法上。因此，每一個類別在每一位個體上的次數，係以2、1、或0來加以記錄。其他規則也可能很自然的使用，例如，計算每一個類別在文本中出現的次數頻率。

5. 因為我們的研究問題涉及群組間的差異，所有來自每個人的類別會分入四個研究群組（參見表6.2）。因此就出現了結合各組的類別列表。我們並沒有想要單獨建立每個組的類別列表，因為我們的目標在於研究各組在列表中所呈現出來的些微差異的整體內容。

6. 出現於每一個人紀錄中每個類別次數（2、1或0），將在各個組別內加總計算。最後，將每組的類別次序依據它們相對頻率來排列，或稱為「各組中學經驗剖面圖」。

表6.1a　主要句子的選取及其類別化：Sara

句子	類別	評論
1. 我的學校對我而言真的很好。	1. 對學校的一般性正向評價。	1. 她的正向說法，強調對「我」是好的。
2. 我們班上非常有凝聚力。	2. 班級內的社會關係良好。	2. 指涉她的班級，而不是學校。
3. 我們是在城裡最好的中學裡組成一個班級。	3. 以學校爲榮。	3. 她省略了「特殊」或「實驗」班級。
4. 他們經常會來偷看我們，好像我們是動物園裡的猴子。	4. 污名化和孤立。	4. 一個很強烈的隱喻，但可視爲幽默的。
5. 他們要來看看這些新來的小孩子是誰。	5. 常態班級學生的好奇。	5. 說的是「新」的孩子，而不是「不同」的孩子。
6. 我發現有些小孩對這些感到很困擾，就像他們是奇怪的生物。	6. 自卑感。	6. 將自己排除在那些對此有不同且較痛苦反應的其他人之外。
7. 但我並不這樣想。	7. 自我的獨特性。	7. 一個不同的「觀看」--而非不同的感受。
8. 我認爲這所中學真的投資了許多在我們身上，超過我們的預期。	8. 學校的高度投資。	8. 強烈的陳述--「真的」、「超過」
9. 我們可以獲得許多協助，來完成我們的家庭作業。	9. 學校的高度投資。	9. 爲先前的陳述提供具體的實例。

表6.1b 主要句子的選取及其類別化：David

句子	類別	評論
1. 我不是班上最頂尖的學生之一。	1. 是中等程度的學生。	1-2-3. 提及中學時輕描淡寫、漫不經心。
2. 我甚至連試都沒試。	2. 投入有限的心力於學習上。	
3. 我去上BD，一所普通的中學，很合理。	3. 中等程度的學校。	
4. 我就留在那兒【…】，我過得很好，而且畢業了。	4. 學校學業上的成功。	4. 未提供詳細描述。
5. 在社會活動上，那很容易，我還是很受歡迎，是學校委員會的委員之一等等。	5. 學校內的正向社會活動。	5. 對於整個學校的參與和貢獻。
6. 在中學時，我們還組織了一個廣播系統。	6. 學校內的正向社會活動。	6. 提供具體實例。
7. 有一些老師我還是記得的，但他們對我的人生而言，並不那麼重要。	7. 中等程度的教師。	7. 貶低學校的重要意義。

舉例說明

在呈現四組的結果之前，讀者可能會希望編輯Sara和David的主要句列，評估一下他們是屬於正向的、負向的、或是中立的，並將他們分類進內容類別。由於，困難總是存在，因此在這個處理階段需要發展出更特定的標準，團隊工作或許是比較好的選擇。

很容易觀察得到的，Sara花了很多篇幅來陳述生命故事裡的中學經驗，相反的，David在這個主題上是惜字如金（註4）。這很明顯的展現出畢業於隔離中學和整合中學間的群組差異。表6.1a舉例說明了如何用Sara在此主題上的部分陳述來

作為內容分析的第一步，而表6.1b則包含David對其中學的全部說法了。

　　在表的左欄，Sara的主要句列是一段關於中學的陳述，第二欄是這些句子的內容類別（註5），一些說明性的評論則放在第三欄。我們另以David的陳述來重複演示類似的分析，使用了他簡述中學經驗的那一段，以及稍後又附加上的兩個關於其中學經驗的句子。

表6.2　研究群組中學經驗剖面圖	
隔離組	**整合組**
中年組	
1.好老師及其對學生的投入	1.積極參與學校社會活動
2.社會性問題－孤立和隔離	2.學生群體的異質性和整合
3.高學業水準和成功	3.擁有選擇的自由
4.班級認定	4.對學校的一般正向評價
5.對個人身分認定感到疑惑	5.好朋友
6.受到體制歧視和污名化	6.好老師
7.隸屬於實驗方案	7.貶低學校對人生的重要意義
8.班級內良好的社會關係	8.個人身分認定的議題
9.對學校的一般正向評價	9.做個中等程度的學生
10.學生群體的異質性和我的融入	10.學校內的政治性活動
青年組	
1.班級內良好的社會關係	1.學校內良好的社會關係
2.好老師及其對學生的投入	2.好老師及其對學生的投入
3.以學校為榮	3.擁有選擇的自由
4.受到體制歧視和污名化	4.紀律的衝突
5.以學生為其個人身分認定	5.對學校的一般正向評價
6.自我的獨特性	6.以成功和學校的一份子為榮
7.隸屬於實驗方案	7.投入有限的心力於學業上
8.對學校的一般正向評價	8.對職業方案的正向評價
9.社會問題－孤立和自卑感	9.學校內良好的社會活動
10.投入許多心力於學業上	10.在學校內成功地整合

各群組中學經驗的剖面圖

　　在這章的後段，將舉例說明如何用內容分析來比較研究的各群組。我們主要的研究目的在調查曾經在菁英中學就讀且在當時參加為弱勢學生所設計的隔離教導特別方案（詳見第二章）的人。我們想知道他們在畢業24年和10年後，與畢業於一般學校的學生相比，他們對於中學經驗是否有著不同的回憶，以及他們所描述的學校經驗是否對其人生帶來不同的影響。我們在研究中所得到的群組剖面圖（group profiles），可以為這個問題提供答案。

　　我們將簡短的剖面圖，每組僅使用了10個最常用的類別，列表於表6.2。在剖面圖中的第一個類別，是最常見的，類別的排列順序乃依據它們出現的頻率。因為這是在35個類別中最常見的10個，要注意的是即使排在最後也仍然是相當熱門的，他們至少在這組三分之一以上的參與者中出現過一次以上。

　　這四個剖面圖，描述了從受訪者的生命故事中，歸納出的豐富和迥異的中學生活經驗圖像。我們將某些，但非全部，從分析得來的結論及其推論的過程呈現於以下段落。讀者可以在這裡稍作停歇，回顧第二章對研究目的以及抽樣過程的描述，並且試著形成如表6.1a和表6.1b的結果摘要。

　　研究結論同時奠基於在剖面圖裡所出現的特定內容類別，或是與其他類別相較的排序情形。讀者應該謹記在心的是，如同上面所提到的，我們從沒有企圖要使四個組別的類別達成一致，即使是類別命名上的小小不同，也反映了文本上的細微差異。因此，譬如在隔離青年組中，有一個「以學校為榮」的類別，而在整合青年組的剖面圖中，我們找到的是「以成功和學校的一分子為榮」。像這樣相似的差異，對了解畢業生的學校經驗是有意義的。就算有些類別在四個剖面圖中都有出現（例

如，「對學校一般正向評價」），審查其強度和頻率上的差異，也有助於了解這些類別與畢業後的記憶具有顯著關聯性（例如，「一般正向評價」的強度，整合中學的學生均高於隔離中學）。有幾個類別則是僅出現在整合中學的剖面圖中－像是「成功地整合」或「擁有選擇的自由」，而有幾個類別也僅出現在隔離中學的剖面圖中，如「受到體制歧視和污名化」。

由分析所釐清的主要議題將在下一節進行討論。在詮釋的過程中，也經常可以從整個訪談內容，或是其他較不常見而沒有收在剖面圖中的類別獲得額外的資訊。我們堅信，內容分析若是僅用生命故事的段落分段來做，卻忽略整體的脈絡，則會失去它的力量和意義。

研究結果的討論

從這些經歷過整合或隔離經驗（註6）的中學學生的記憶和省思所歸納出的剖面圖裡，我們學習到什麼呢？

1.「整合」相對於「隔離」：社會層面

顯而易見地，從隔離方案畢業的年輕組和年長組描繪出菁英中學內一個少數族群的圖像。在兩個組的剖面圖裡，社會問題（social problems）得到了高票數；孤立、隔離、歧視、污名化，和自卑感（年長組的類別2和6，年輕組的類別4和9）都表現在生命故事裡，大多數學生對學生群體或一般體制抱持著負向的態度。有趣的是，學校所安排來豐富提昇弱勢學生的活動，像是課後輔導班，或是額外的家教，通常被描述爲歧視。而喚起正向的社會回憶的則是在班級內的友誼（年輕組的類

別1），或是克服障礙與異質性的學生群體相處（年長組類別
10）。

　　整合學校畢業生的經驗則全然的不同；所有關於社會層面
的經驗都是正向的（年長組類別1，2，5，10（註7）；年輕組
類別1，9，10），對學校整體與班級都帶著敬意。因此我們看
到整合組與隔離組迴異的社會經驗，很清楚的展現在群體剖面
圖裡。

　　值得注意的是，在所有的剖面圖裡，中學裡的社會層面，
不管是正向或是負向的，在畢業生的記憶裡都非常的顯著。這
可能暗示著，雖然大多數的學校將首要目標放在教學與教育，
但在畢業生的個人敘事裡，反映了真正的影響來自於社會範
疇。

2. 學習經驗

　　檢視受訪者剖面圖所反映出的學校學業生活，我們可以將
焦點放在對老師、學習任務、和學生自身等評價相關的類別頻
率上。參與隔離方案的兩組的訪談資料中充滿了有關好老師及
其對學生投入心力的故事（年長組類別1，年輕組類別2）。在
整合學校畢業組的年輕組，有同樣對教師的高度評價（剖面圖
的類別2），但是在年長組，提及「好老師」的資料，但並未
提到他們的特別努力，只有六次。此外，通常會引起教師和學
生間緊張情勢的類別「紀律的衝突」，僅出現在整合學校畢業
的青年組剖面圖裡（類別4）。而沒有收錄在剖面圖裡的較低
頻率類別「壞老師」或是「不足取的老師」，也僅出現在整合
中學畢業組裡，從David句列裡的類別可以看到，見表6.1b。
總之，參與隔離中學方案的畢業生給予他們中學老師較為溫
暖、正向且和諧的評價。

　　隔離方案的兩組剖面圖提及學校課業要求的部分包括：年長組的壓力來自於對學業水準的高度標準，以及在其中的成功經驗（類別3），年輕組的畢業生裡，相同的議題來自於學習所要付出的努力程度（類別10）。比較整合中學所呈現出來的描述則與上面完全不同。年長組的剖面圖，包括做個中等程度的學生（類別9），以及年輕組的對學習僅投入有限的心力（類別7），這些都呈現在David表6.1b的句列裡。另一方面而言，整合中學的畢業生回想起他們在學業科目上的選擇自由（兩組剖面圖的類別3），這是在隔離方案畢業生的回憶裡完全不見蹤影的。只有畢業於整合學校的學生，提到其對職業課程（例如：電子工學）的正向評價。我們可以這樣結論，整合學校的學業方案允許了較大的選擇自由度和較少的要求；而在隔離學校中，則有較多的限制，但卻帶給學生更多的挑戰。

　　到現在為止我們看到了，當來自整合中學的畢業生對他們中學的社會氣氛感到滿意時，來自隔離中學的畢業生則更強調其對學業層面的滿意度。

3.對學校經驗的一般評價

　　許多受訪者很自然的對他們的中學提出評價。大多數這類評價是正向的，但在這一個類別上，整合組的頻率高於隔離組的畢業生（隔離組類別9和8，整合組4和5）。一個相似的內容類別表達出其以學校為榮，也僅出現於年輕組的剖面圖中，但在內涵上則稍有不同。隔離方案的畢業生表達了對其中學的一般性推崇，因為「這是鎮上最好的中學」--但並沒有直接地認為自己是其中一分子；整合中學的受訪者則談到了使他們感到光榮的兩個因素，他們在課業上的成就，以及他們參與了這所特別的學校。

　　不論是在哪個研究群組，負向一般性評價的類別都太少了，以至於無法涵蓋於這10個最常見的類別中，僅見「貶低學校對人生的重要意義」（類別7）這個類別出現於整合學校的年長組。從這個類別看到，儘管他們對學校仍有著良好的回憶，但是從成人觀點來看，學校經驗對個人的成就和發展似乎沒有太大的影響。像這樣的概念，在隔離方案畢業生的剖面圖裡並沒有被提及，這似乎與他們所說的故事有所抵觸，即使學校經驗是艱困又痛苦的，他們描述起來彷彿對他們的人生具有決定性的影響。故事的整體脈絡，和每一個類別在故事裡的位置，對我們理解內容分析的結果有很大的影響。

4.個體和集體認定的議題

　　在討論上述與內容類別相關的三個主題時—社會關係、學業、和一般評價，我們已經將大多數的資訊節錄在表6.2中（註8）。其餘七個主題都涉及個體和集體認定的議題，青少年世界中的顯著議題 （Erikson，1968）。這些類別不一定和學校經驗直接相關，但是與自我和班級或學校整體有關。

　　雖然身分認定的議題似乎是所有青少年所共通的，但它們在隔離方案畢業生的生命故事裡（年長組類別4，5，7；年輕組類別5，6，7），比起整合組的畢業生（年長組類別8；年輕組沒有）更常出現。這個發現可以從許多方面來解釋。多樣化的「補救教學」（rehabilitative teaching）方案（例如，小班制、緊密的師生關係、從自然環境抽離出來）可能使學生更加體認到身分認定的難題，更加的內省和深思熟慮。再者，假若學生感覺到、或是被告知，他們是在參加一個「實驗方案」（隔離的兩組類別7），而且他們是與許多「跟他們一樣」的學生集中在一個特殊班級裡（隔離年長組剖面圖類別4），很

自然的，與那些在常態班級的其他學生相較，會使他們傾向視自己為少數族群，或是弱勢的。這是一個值得重視的層面，可以在Sara有關中學經驗的敘事裡看到。許多屬於隔離組的受訪者表達了他們被安置在實驗方案裡的負向情緒，並且試著去維護他們的獨特性（隔離年輕組剖面圖類別6）。而個人和學校系統間相互對抗的結果，是許多人仍對其「真正的」身分認定感到懷疑（隔離年長組剖面圖的類別5）。像這樣的議題幾乎沒有出現在整合學校畢業生的敘事裡，這可能表示在他們中學記憶裡這並不是一件重要的事。

研究發現摘要

對於參與隔離方案的學生而言，中學記憶在其生命故事中扮演了更為重要的一環。訪談資料的內容分析結果，顯示他們以相當不同的觀點來看待其學校裡的社會和學業現實，以及身分認定上的難題上。整合中學畢業生給予中學經驗更多正向的一般評價。從這個將所有的主要句子分成正向的、負向的、和矛盾的簡單分類的方法中，依據他們的敘事，發現整合學校畢業生比隔離方案的學生有較多正向描述和較少的矛盾。換句話說，隔離學校畢業組所獲得的客觀生命成就，可能如同它們所留給我們的印象（註9），乃建立在犧牲了他們在中學時期豐富的社會經驗及對於身分認定的困擾之下。

大致的結論

我們已經舉例說明了如何使用內容分析，來分析中學記憶對於這四組成年人所造成的影響，以及可能由其中產生的推

論。在如何選擇與研究問題相關的替代文本的階段，定義內容類別、將敘事材料分類至類別中、和依據頻率排列，都已經詳加說明和舉例呈現。雖然過程看似清楚和精確，許多左右為難之處仍需要費心思量，尤其是選擇內容類別與揀選、取捨的工作。每做一個決定，都需要謹慎考慮研究目的，以及是否有其他不同選擇的可能性。

將焦點放在「類別」而非「整體」的觀點，意味著從整個生命故事中抽取出部分，而不論其脈絡上的因素。這可能會造成問題；當開始詮釋時，應該要試著將整體和脈絡的因素考慮進去。

相同地，當著眼於「內容」而非「形式」時，可能會錯失了一個重要的資訊來源。在以上的分析例證中，要形成圖像可能還可以從長度、細節、強度、和言詞中富有情感的語調裡得到額外的幫助。例如，當隔離學校的畢業生談到他們參與隔離方案的經驗，或是他們對教師的正向評價時。從Sara的生命故事裡，以及表6.1a所節錄出來的句列中，我們可以領悟到這點。這顯露了內容分析在傳達敘事材料的豐富性和深度上的不足，必須將更多資訊納入考量（註10）。

成人及其家庭
Rivka Tuval-Mashiach

我們研究中另一個內容分析的例證，呈現在本章中接下來的部分。這個分析的焦點集中在受訪者與他的家庭。分析的單元從內容來選擇，是整個文本裡的一小節。之前有關中學

經驗的敘述，多半集中注意在受訪者對青少年期的報告，但現在要討論的替代文本中的言詞，則是由整個逐字稿謄本所蒐集而來，而不是從敘說者生命故事裡的某個特殊階段或時期。此外，現在要做的內容分析，在兩個主要點上與前述的不同：（a）它的目標放在整個內容的描述上，而不是群體間的比較，且（b）它是比較印象派的詮釋，不像之前中學經驗的例子那樣重數量。

　　為了瞭解研究問題如何帶領這個分析，有必要做個簡介。所有在這個報告裡的參與者，都是來自以色列高度流動的社會文化次團體（見第二章關於樣本的描述）。幾乎所有的人都是來自回教國家的新移民，他們在1950年代來到以色列，且最初在以色列的社經地位都比較低。由於人口中社會和經濟流動的普遍過程，尤其是在次團體中的社會流動，使得這些家庭的子女，比起他們有些移民了四十年的父母，還能在上流社會佔有一席之地。有幾個研究（例如Lissak, 1984）也以教育、職業和比較第一代、第二代移民的受薪階級的觀點，說明了這個社會流動（註11）。同一時間，在以色列的社會，情感上和地域上的高度家庭傾向和世代間的緊密連結都很常見（Perea & Katz, 1991）。

　　受到受訪者令人印象深刻的社會流動所引發，我的研究問題聚焦在受訪者的生命故事的源頭所在，也就是他們的家庭。我想要知道他們如何看待他們原生家庭、他們的父母，和他們成長的環境。此外，我也很有興趣探討以下的問題：他們的自我意象（self-image）為何，以及他們生命轉換（life transition）的經驗與他們對家庭的覺察（perception）有何關聯？這些參與者是否視自己為其父母生活方式的延續，而他們對此有何感想？

　　為了研究這些問題，我以36位中年組（年齡為42歲）研究

參與者的訪談來進行內容分析。

第一個步驟是先閱讀整個逐字稿謄本，將替代文本標選出來，指的是標選出所有敘說者提到他或她的父母，或家庭的段落。像這樣的資料可能在整個訪談中都會發現，而不只在敘述兒童時期的回憶時。它們不經意的就會出現在故事中，也會出現在其回應每階段都有的引導問題裡，像是：「這個階段中，誰是你最重要的人？」（詳見第二章）

內容類別的定義來自持續不斷詮釋與文本的對話，在這一節我會說明這個過程。當開始我的工作，我使用了一個概念分析的名詞—個人--家庭關係（individual-family relationship）。我形成了兩個主要類別：「對父母的覺察」（perception of the parents）和「延續相對於改變」（continuity vs. change）。每一個類別中，我在心中都已設想好次類別。過程中，這兩個主要類別確實對我的分析很有幫助，然而閱讀替代文本為先前所考慮的次類別帶來了兩種改變和改善：某一些我原本希望可以發現的類別在逐字稿中並沒有出現，反倒是其他意料之外的類別卻浮現出來。例如，我本來期待可以找到敘說者與他們父母間延續關係的直接陳述，像是「在這一方面，我試著能做到如我父母所做的一般。」然而，在逐字稿裡幾乎找不到這些。另一方面，最初我沒有考慮可能出現家庭根源的資料來作為「延續」的索引，但它卻是從文本中浮現出來了。表6.3呈現了最後被選為用來探究研究問題的內容類別。

表6.3　成人及其家庭的內容類別

對父母的覺察	延續 vs. 改變
議題	父母對敘說者教育的貢獻
差異	父母之外的重要人物
動力	敘說者與其手足相似之處
	家庭歷史與根源
	敘說者及其子女－態度
	－參與投入

　　分析裡，所有替代文本的言詞被分入兩個主要類別，「對父母的覺察」和「延續」（註12）。進一步的解析如下所述。

對父母的覺察

　　在這個廣義的類別中，包含了三個從文本中浮現出來的次類別：

1. 議題（issues）：當談到他們的父母時，敘說者所提出的主題（subjects or themes）。
2. 差異（differentiation）：提及父母雙方或其中之一的資料。
3. 動力（dynamics）：就他們的評價而言，他們在不同階段對父母的覺察，是否有所改變。

方法

　　小心地閱讀所有有關對父母的覺察的言詞。所有談到

有關父母的主題都羅列表上，並一一檢視。這些相同的言
詞，都依據它們所反映出來的差異（differentiation）和動力
（dynamics）來加以檢視。

主要發現

1.議題

敘說者提到了幾個主要的議題，包括父母對其教育的影
響、敘說者對父母心理狀態的感受，以及他們與父母間強而有
力的關係。在不同的生命階段，這些顯著的議題有了改變。

兒童時期對父母的覺察最凸顯的主題是，父母對其教育的
影響，如何強迫他們向學等。父母親，尤其是父親經常被描述
為懷抱雄心盯著孩子在學習上不斷的前進和成功。即使父母是
文盲，沒有辦法在學業上幫助子女，也仍然設法積極敦促子女
的學業。

其次，常見主題則是，父母對他們情感上和物質上的投
注，以及由此衍生對父母的感覺。雖然大多數參與者在這一方
面都很讚賞其父母的投入，但對於父母在社會或文化範疇的覺
察，則未必是正向的。有幾個受訪者回憶到他們曾經對其移民
父母感到羞恥，因為他們貧窮的家或「簡單的頭腦」。兩個敘
說者回憶對其母親感到羞恥，因為她「老是在懷孕」。其他人
則是不滿父母的嚴厲管教或以過時的傳統來限制他們。

當參與者談到青少年期時，他們對父母的覺察改變了，且
變得更為矛盾或是負向。進入中學的轉換，通常是在他們所不
熟悉的環境或地區，因此面臨文化上的改變。接觸了新的文
化，使敘說者有機會回頭觀察和反省他們的家和家庭傳統。他

們覺知到其他中學同學在社經上和種族上的差異（註13）。以下這段簡短的對話顯現了這個轉換：

> Jack：那是個一切都重新開始的地方【在中學】。古典音樂…。
> 訪員：你認為你到達那兒了嗎？
> Jack：對，絕對是的。我發展得晚了些，不過沒關係，我在大學選了一些音樂欣賞的課，但是這總是要從某處開始。它開啟了我自動自發去接觸【新的】事物，並且去因應它們。即使它並不屬於你，而是另一個文化。

對其他的受訪者而言，選擇一所中學—與他們父母一起—是為了預防學校與家庭環境之間的隔閡，就像受訪者之一Ben所解釋的：

> 我是一個優秀的學生，本來應該去讀X中學，但是我覺得X的學生社群跟我有某種點距離。我很了解Ashkenazic與Sephardic有很大的差異（註14），是富人與窮人的差距，這會讓我很難於在這所高社經精英分子的學校裡學習。所以我比較喜歡去讀一所在社會適應上較容易的學校，這樣我會交到跟我同類的朋友。

當許多的受訪者在青少年期與他們父母發生衝突時，Sara的生命故事（第三章）在這方面是個例外。她說：

> 我真的認為這是一個人的個性。我幾乎沒有【衝突】，因為我天性還蠻順從的。我也不是那種跑出去就不見人影的類型。當我要去參加少年運動時，他們信任我，我從來不會做得太過火，一旦聚會的時間過頭了，我們不是一起散步，就是我自己回家去。他們信任我，我幾乎從未與爸媽有過爭執，我真的沒有。

當參與者談到他們現在成年期和中年期的關注時，他們對

父母的覺察集中在權力關係（power relations）的轉變，與敘說者相較，父母成為比較弱勢的一邊。在中年反思和內省精神下（Gould, 1978；Neugarten, 1968），有些敘說者提到他們性格和價值的根源這個議題，並且問自己成年自我中的哪個部分是真正「承襲」自父母，或是受他們所影響。

2.差異

歸屬於這個類別的言詞，大多來自訪談員詢問有關敘說者各個不同階段生命中重要他人的問題。對於這個問題的回答，提供了一些資訊，可用於比較橫跨不同生命階段和不同個體的生命故事。

受訪者幾乎都選擇將父母視為「重要他人」（significant others），尤其是在生命的早期階段，雖然他們對於「重要的」（significant）這個形容詞有相當不同的詮釋。有些受訪者認為「重要的」與「主導的」（dominant）是一致的；有些將父母區分為和他們相似的或他們所認同的；有些則區分為「正向的」或「負向的」重要性（諸如，對他們吝嗇或是拒斥的）。然而，最常見的是，敘說者將「重要的」詮釋為給予情感支持、關愛、和耐心，或是在家中具有主導權威且對積極投入於子女的教育者（註15）。

對於那些將父母選為兒童時期重要他人的受訪者，就數量上來看，我發現，選擇父親或是母親的差異是相當小的（母親被選13次，父親被選11次）。然而，父親的被選，多由於他們在敦促受訪者學業和奮發向上時的權威和影響力；而母親的被選，則是因為她們的溫暖、關懷、和創造溫馨的家庭氣氛。有趣的是，即使敘說者的母親是職業婦女，他們仍選擇他們的父親對其個人的成就表現有更為重要的意義。

3.動力

如同所見的，不同的內容類別是由敘說者不同的生命階段中歸納出來的。我們已經證明了文本中對父母的覺察是一項動力，也就是，在不同生命階段中不斷變動著。因為敘說者在敘述父母的時候已經給了評價，因此我們可以將這個變異想像為類似U形曲線：在兒童時期為良好的和重要的關係，青少年時期則在關係品質上呈現衰退情形（註16），成年時期則對父母重新發展出較為親密的、平衡的、且整合的覺察（從成年早期直到現在）。

從發展的視角來加以省視，浮現出兩個重點：

（1）目前，許多受訪者描述他們成為父母的支持者的過程，他們的父母現在是虛弱的、多病的，或需要幫助的。對於父母覺察的改變，係伴隨著他們在年齡上的增長而與時俱增。

（2）即使U形模式在我們的受訪者中甚為常見，但是有一小群組的生命故事可以被描述為從「負向」轉向「正向」覺察之間的「中度上升」曲線。這些故事描述了父母在兒童時期對小孩漠不關心、忽視、或甚至身體虐待，而隨著歲月增長，現階段則轉為親密、接納和瞭解的狀態。

現階段對父母的正向覺察，通常發生於當敘說者為人父母之後，比較能夠感激父母在過去艱困情況下為他們所做的努力。以下這一段實例，引述自Alex：

在我有了一個小孩後，我比較能夠瞭解我的父母。我開始理解他們更多，不只是我的父母，而是一般的父母—親子關係，那

種擔心，需要別人給予意見…有一天你有了個小孩後，你會更加感激你的父母所做的一切。這使我感到悲哀【這發生得太晚】。

延續vs.改變

第二個在成人--父母範疇的廣泛類別，要處理敘事中所反映出的，從父母承襲的或生活方式的延續性程度。這個概念的操作性定義並不單純，我們的受訪者幾乎未曾直接在生命故事裡提到，所有的線索都是間接的。在我們的資料裡，對於延續和改變的分析，可能會提供質性內容分析中使用複雜類別的實例，在此處詮釋的動作變得相當緊要，有賴對文本採取更為精細的考量。

我要再次強調，客觀地說，以職業、收入、家庭規模等等來看，本研究的參與者與他們的父母有相當顯著的差異（註17）。因此，以下的內容分析僅僅指涉「延續」的主觀經驗。在任何情況下，延續都不應該被定義為二分的—明顯的延續或不延續，而應該是一個包含好幾個索引或次類別的連續體。因此，每個人以其在這些索引上的得分為基礎，可以形成一個「延續性剖面圖」（continuity profile）。

由於在敘事材料裡，這個類別並沒有直接的參考資料，在小心地閱讀替代文本之後，我所選擇的次類別如下：

1. **父母對敘說者教育的貢獻**。父母親對於受訪者現在地位的投入，是「延續」這個廣泛類別上最常被提及。一般而言，受訪者在訪談中愈常提到這部分，就表示其延續性愈高。

2. **父母之外的重要人物**。這表示在父母的投入不足時，其他

人對敘說者所提供的關懷，豐富了敘說者的世界。一般而言，受訪者在訪談中愈常提到這部分，就表示其延續性愈低。

3. **敘說者與其手足相似之處。**受訪者提到的相似點和相異點可能包括天份、學習和成就、被愛和被關懷、與父母親近與否、現在的生活方式等等。一般而言，相似性愈高，延續性亦愈高。

4. **家庭歷史與根源。**受訪者在訪談中所透露的家庭根源相關資料。受訪者透露愈多家庭歷史，則延續性愈高。

5. **敘說者及其子女**（尤其是，他們對子女的態度及其對子女的期望），與他們童年時期對父母態度和期望的記憶。這可以再細分為父母對子女的態度和期望，以及父母對其生活的積極參與。一般而言，相似度愈高，延續性愈高。

閱讀和處理

閱讀所選擇的替代文本，我找尋可以顯示先前所界定之五個類別的句子。每個次類別，依據顯現在敘事中相關言詞的數量，評以0到5分（以此類推）。不管相關言詞的數量是否超過五個，都評定為5。因此，這個類別的總分會落在0到25之間。最後，將這些分數平均，所以延續性的最高分將會是5。較低的分數就代表，在受訪者的生命故事中，延續性在較低層級，或是改變得較多。這樣的評判相當地複雜，而且需要小心地考慮，就像以下要舉例說明的那樣。評判的過程可能包括一個以上分析者的判定，但是在現階段，也可以由已經有相當經驗可從已界定的視角來閱讀文本、且對研究主題有精熟瞭解的「專家」來進行。

🌀 研究結果

一般性結果

從內容分析的量化處理過程，我們獲得以下的次數分配：

高度延續性（分數4或5）：15位參與者。
中度延續性（分數3）：7位參與者。
低度延續性（分數1或2）：12位參與者。
因為資訊太少而無分數者：2位參與者。

總括而言，從我們研究樣本的大量流動性，以及與其父母生活方式的低度客觀的延續性而言，在生命故事中所顯露出來的延續性，則是相當的高。

讓我們從質性的取向來檢驗這些次類別，亦即，藉著檢視從閱讀中所顯現的內容細節，以及某些額外的、預料之外的發現，來探討這些次類別。

1.父母對敘說者教育的貢獻

許多受訪者認為自己在教育領域延續了父母的傳統，無視於一個客觀的事實：那就是，他們實際上獲得更高許多的教育水準。此一對於延續性的感受，是基於以下兩個理由：

（1）藉由接受教育，敘說者實踐了他們父母的期望。

你必須瞭解，我是家裡第一個上中學的兒子。不只是第一個兒子【在我的小家庭】，而是更廣泛來說。也許，這就是為什麼有那麼多的期望，我不知道….真的，家裡對我有許多的期望。（Steve）

（2）雙親之一，通常是父親，被形容爲擁有接受高等教育的潛能，只是尚未實現而已。因此，介於敘說者覺察到其與父母間的鴻溝可以減低到最小，就像Sara的情況：「**我爸爸在數學計算有非常出色的表現，而且他對於事實和數字有驚人的記憶力。我可以問他任何事物，他都可以立刻回答我。**」

2.父母之外的重要人物

如上面所述，大多數受訪者都將父母視爲兒童時期的重要他人，有一些則以其他人代替這個角色。最常見的選擇如下所示：

（1）幼稚園或是小學教師，特別指涉敘說者遇到的第一個老師。這些情況下，受訪者所選出的人物通常是角色楷模。

（2）祖母，還有少數是祖父，受訪者基於他們的照顧和撫育而選擇了他們（參見Sara的生命故事），尤其是當母親在外工作時。當這樣的人物被選爲重要他人時，則不會將之詮釋爲家庭的不延續性。

（3）朋友或同儕團體被幾個人選爲兒童期的重要他人，這些人都來自破碎家庭。在這個情況下，好朋友彌補了家庭內所缺乏的正向楷模。例如：「**我不認為有任何重要他人，也許是我的朋友—我們自成一個團體，跟爸媽沒有關係。爸媽在那兒，他們做他們能做的，但是那很有限。**」（Earnst）

3．敘說者與其手足相似之處

個人和他的家庭背景的不延續性，有時候指的是將自己表現得與兄弟姊妹非常不一樣，不論在個性、成就、或是與父母的關係上。並不是所有的受訪者都在生命故事裡提供了這方面

的資訊。有些受訪者將自己描述爲是家裡最獨特的一個，就像在Sara的例子裡將自己描述爲第一個出生的小孩。這種型態的獨特性，形容自己是唯一的男孩或是家裡最小的，顯然地，並非不延續性；這要依照言語的意義而定。最有關聯的則是那些將自己描述爲家裡唯一一個拿到中學文憑或是接受大學教育的敘說者（有八位）。

4. 家庭歷史與根源

許多受訪者敘述了家庭歷史，雖然並沒有人要他們這麼做。他們通常來自移民家庭，而他們的家庭歷史會牽涉到在另一個國家和文化下的生活。在敘事移民前的家庭歷史時，他們通常覺得，在以前的國家，他們的家庭比在以色列富裕，在社會上也比較受尊重。再者，許多的軼事描述著敘說者的父母反抗其父母，就好像他們是這個改變之鏈的第一代。順著這個態度，這些受訪者說出了他們不延續其父母生活方式的間接正當化理由。無論如何，在一個人的生命故事中介紹其家庭根源，證明了一個人即使改變但仍維持其延續性感覺的重要性。

5. 敘說者及其子女

（1）**態度和期望**。所有群組的研究參與者本身都爲人父母，他們會拿子女來和自己兒童期相較，來表露自己的生活面向。有時候，當其子女的經驗被覺察爲與其個人所記憶的兒童期經驗大相逕庭時，可以歸類爲不延續性的例證。以下有一個明顯的例子，呈現在訪談員和Jack的對話裡：

Jack：但是很高興可以見到他（敘說者的兒子）有所歸屬。
訪員：歸屬於什麼？

　　Jack：歸屬於某些事情。某些可以在往後的生命中陪伴著他，而不會干擾他的事情…. 而且那是他的，伴隨著他…. 這對他很好。有所歸屬是一件很棒的事。

　　這種「歸屬感」（belonging）是敘說者自己從沒有感覺到的，在其兒童期和青少年期，他總是感覺到與所處的環境甚為疏離，就像「一株植物就要枯萎倒在地面上了，但是你看，我還找不到那個地面哩。」

　　在其他的個案裡，比較也揭露了其延續感，尤其是，當現在的父母覺察到自己在敦促子女邁向成功，就像自己父母所做的那樣時：

　　我記得我的父親六點就叫我起床練習音樂，實在壓力很大，我通常會一直哭，我很痛恨那樣。現在，有許多的事情，我也這樣要求我的小孩【在他們的運動訓練】…我完全受到這樣的方式所影響。（Earnst）

　　有少數的參與者，則採取相反的傾向，形容自己給予小孩比他們自己過去更多的選擇自由：「我不要他們做他們自己不想做的事…而且我也不將自己視為一個教育家。」（Mike）

　　有些受訪者回想兒時的感覺和片段，而這些可以幫助他們了解自己的小孩，就像David的情形：

　　也有時候會感覺比較內向，比較……現在，我有自己的小孩，我覺得這一切都很正常，是每個小孩都會遇到的難關。然而，我記得這些心情，我想它對我現在和我的小孩們相處有些幫助。

　　（2）**父母親的參與投入**。在大多數的生命故事裡，受訪者都認為自己更加的投入和主動參與他們子女的生活，比起他

們的父母曾經想做或能做的還要多。男性受訪者提到這部分更多於女性受訪者，他們的男性楷模--自己的父親，在記憶裡總是在家裡缺席，而且幾乎不參與家庭的日常生活。我們樣本裡的男性在事業上也都相當的忙碌，但他們認為，自己能實際參與小孩的生活是非常重要的，就像David所說的：「我隨時會接【孩子們的】電話，我會幫他們煮飯，餵他們吃飯，陪他們一起玩。」

延續性的類型

在閱讀和詮釋主題為延續和改變的相關段落之後，另一個資料的特性浮現出來。似乎可以依據敘說者在故事中所展現出的延續性類型，將他們分類至五個不同的群組，如下：

1. 有意圖延續型 （Intentional Continuity）

如果受訪者的故事，顯露出他們在決定職業、信仰、住宅和其他等等，有意識地選擇延續其家庭傳統，而與他們父母親有明顯的相似性或緊密相連者，則屬於這一個群組。這個模式在我們的樣本裡較少，只有三位男性，他們都來自相對上較富裕的家庭。

2. 無意圖延續型 （Unintentional Continuity）

這一組的受訪者宣稱他們試圖與其父母有所不同，但是，事實上，他們的生命故事裡顯露了許多與父母間的相似性。受訪者中有三位男性在這個類型。

3.未知覺延續型　（Continuing without Awareness）

　　這一組受訪者在訪談中從未曾提及任何有關延續其家庭傳統的方式。然而，他們的故事顯露出他們很顯然地在許多方面都承襲著父母的傳統。大多數受訪者，包括Sara，都是屬於這一群組。

4. 革新型　（Revolutionaries）

　　這一組受訪者宣稱是他們有意圖地要打破家庭的傳統，而他們的生命故事也反映了這個選擇。研究參與者中有三個人被歸類為這個群組。

5.獨立自主型（Self-Made Individuals）

　　這些受訪者將他們的整體發展和做決定都歸因於自己。他們很少在故事或是在不同階段的重要他人裡，提到他們的父母。在研究群體裡有兩個這樣的人，其中之一是David，他說到他的童年：「當我有問題的時候，我情願自己處理，而不會跟家裡面的人分享」

研究發現的摘要

　　在本章的這個部分，使用了兩個廣泛的類別來評估參與者生命故事裡顯著的流動性與家庭根源之間的關係。這個分析意味著，儘管受訪者與其父母有許多客觀上的差異，他們對於原生家庭的覺察多半是好的，尤其從現在來看。而且在他們的生命選擇和價值觀上，與其原生家庭的延續性是相當高的。在達

成這個結論之前，我們也呈現了內容分析中複雜的詮釋過程。次類別的選擇，及其在詮釋性架構中的定義，以及如何使用它們來了解受訪者的自我表徵，都彰顯了內容分析的廣度和複雜性。

結語

　　本章提供了兩個內容分析的比較，來釐清三個主要面向或選擇，全都與客觀-主觀的連續體（objective-subjective continuum）有所關聯：

1. 研究者是否使用了定義良好的替代文本言詞，或包含了從文本脈絡或言外之意而來的推論過程，以及/或每一段落與其他段落間的相互比較等等？
2. 在將材料分類至類別時，進行了多少詮釋性和印象派的工作？
3. 分析單元是以量化方式處理，或是以更自由，更描述性的質性方法來處理？

　　雖然較為精確且客觀的內容分析方法，如本章的第一節所呈現的，會更容易報告、複製，和評論，但我們也指出這個過程中的許多決定經常都是武斷的。愈是主觀的、詮釋學取向的方法，愈是需要接受更多的專業訓練始能嫻熟應用之，但就像其他科學研究上非實證取向一般，在瞭解生命和經驗的範疇上可以達到更深更廣的層次。

備註

1. 「主觀的」（subjective）影響，指的是從敘說者的立場對中學經驗給予個人的評價。這一章的重點並沒有企圖比較四個群組中學經驗的「真實」或「客觀性」。

2. 對研究樣本及其中學經驗的完整敘述，請詳見第二章。

3. 作者和臨床心理學家Mrs. Sara Blank Ha-Ramati參與了訪談的過程。我深深感謝Sara在這個研究上的貢獻。

4. 如同第三章一開始所提到的，Sara和David 的訪談逐字稿經過些許的編輯。雖然如此，其文本仍可用來作為此處的舉例說明。

5. 針對四個群組所提出的類別列表，請見表6.2。

6. 隔離和整合這兩個名詞在本章中一再地被提及，從以色列社會的脈絡來看，這兩個名詞僅是指學校裡的隔離和整合，與家庭社經地位比較有關聯，而與美國社會裡所指的種族差異內涵無關。想要知道更多關於以色列學校整合的教育政策，請參考第二章，以及也是Lieblich（1995）和Amir等人（1984）的書籍。

7. 「學校內的政治性活動」指的是隸屬於青年組織，以支持或抗爭以色列社會的主要政治議題，參加示威活動，或簽署請願書等等。因此這可以算是校園內的社會活動。

8. 這裡推薦使用彩色標籤來標示內容分析的不同任務。例如，我將每一個內容類別的標題用不同的顏色標示出來。

9. 呈現比較性的客觀結果已超出這章的範圍（Lieblich，Tuval，& Zilber，1995，希伯來文的書）。不過我們發現，這個問題的最終結論仍然是相當具有爭議性的，因為我們並無明確證據可茲證實進入不同中學的學生的最初條件是否均等。

10. 對於口說或書寫的敘事進行情緒層面的分析，請參閱第七章的第二節。

11. 除了少數低社經地位群體之外，對於一般以色列民眾而言，這是真

的。而少數低社經群體則因其極度貧窮或缺乏父母照顧,而甚少管道讓其女孫接受適當的教育。

12.在對父母的覺察和連續性感受之間,有些意識層次和潛意識層次的關係,雖然並不是很容易區分。

13.在以色列,種族差異是一個用來形容家庭的社會-地理根源的名詞,主要的區別介於源自於歐洲或美國等基督國家的「Ashkenazee」和源自於北非和中東回教國家的「Sephardee」。

14.見備註5。

15.這個區分類似於由Bales(1958)所提出的「工具性」(instrumental)相對於「表現性」(expressive)領導類型的著名區分。

16.這個型態類似於西方社會所常見的,也就是,青少年期是反抗父母權威的年紀,而同儕團體的重要性則與時俱增 (Erikson,1959)。

17.有關敍說者客觀流動性的資訊,特別在與其父母的教育和職業相較之下,摘要在希伯來文的研究報告中 (Lieblich, Tuval, & Zilber,1995)。

Chaper 7

類別－形式分析

在這一章裡，我們將舉兩個例子來說明如何以類別-形式分析法來分析口述敘事（oral narrative）。分析的目的，在瞭解更進一步瞭解敘說者的世界，那是單憑檢視敘事內容本身尚無法知曉的。本章一開始將詳細說明認知技巧如何反映在口述敘事上。接著，第二部分將更以更簡潔的類別-形式分析實例，來說明情緒如何反映在敘說者對於生命中重要事件的敘說之上。

敘事資料中所呈現之認知功能分析
Tamar Zilber

在以下的分析中，我將著眼認知能力在性別間的差異，認知能力的定義係依據Carl Frankenstein的概念架構而來（註1）。我也會與你們分享當研究者企圖建構新的研究工具時的內在對話。

假定

應用生命故事來分析認知功能的研究，有一個預先存在的假定，就是生命故事呈現的方式反映了思考的過程。先前的研究曾應用自發性的語言陳述來分析認知風格（例如Gottschalk，1994），或做決定的過程（例如Tetlock，1991）。然而，現在這項研究，是發展自C. Frankenstein

的研究工作，我們原先的研究主題也來自於他所建立的教育方案（參見第二章）。在他《從限制中啓發自由思考》（Liberating Thinking From Its Bondages, 1972）和《再次思考》（They Think Again, 1981）這兩本書中，Frankenstein分析了來自課堂教學的資料，這門課係以他的補救教學方法來教授。從學生口述和書寫資料所抽取出的節錄，用於舉證某些個案的錯誤想法，並運用其從補救教學中所習得的新的認知能力。就像這樣，他的研究重點在於思考過程，而非思考內容。

由於Frankenstein認爲有效的思考或是缺乏有效思考，可在所有生活領域彰顯出來，我們亦可順理成章地假定，有效的和錯誤的思考將會在敘說的生命故事中反映出來。然而，要謹記的是，有效的思考並不代表所有認知能力的全部，因此我對於認知能力的結論亦不能類推到所有的認知過程。生命故事的敘說中，特別強調了語言所表達的思考面向，尤其是關於自我、蘊含情緒的、且發生於人際溝通的脈絡中等面向。

認知技能：理論架構

相對於「有效思考」（effective thinking）」（Frankenstein，1981）的歸因，Frankenstein將「錯誤思考」（faulty thinking）分爲四個類型，具有次級遲緩的特性（Frankenstein, 1970b, 1972, 1981）：

1.非理性思考（irrational thinking）反映在：
a.具有不受控制的聯想和情感特徵的思考型態；
b.偏好具體，而非抽象（例如偏好實際例子，而非普遍法則；偏好特定性，更勝於一般概念；認同具體明確的價

值觀，和外在表達的情感）；

c.偏好具體的象徵，而非概念。

2.不當的區辨（inadequate differentiation）反映在：

a.缺乏應用類比的能力，只記得它們「好像這樣」（as-if）的特徵，或是將類比和真實區分開來。

b.二分性的思考。

c.不恰當的使用刻板化印象和科學術語。

3.不能為其思考和學習的行動負責（Lack of responsibility for the acts of thinking and learning）反映在：

a.消極地依賴權威（例如，老師或書籍）

4.缺乏同時性覺察的能力 （Inability to maintain simultaneous perceptions）反映在：

a.無法同時省視一個問題、任務、或現象的數個不同面向。

b.無法同時接收兩個以上的指令。

每一個錯誤思考的類型，均有一個相對照的能力，作為有效思考的特徵。因此有效性思考主要特色就是理性的（rational）、區辨的（differentiating）、負責任的（responsible）、以及有能力維持同時性覺察（simultaneous perception）。

由於篇幅的限制，以下的章節僅舉例說明前三種有效思考的類型。

資料

　　本章中的分析資料來自於年輕成人組研究樣本中12位男女的生命故事。然而，為了達到舉例說明的目的，我將使用Sara和David的訪談，雖然他們並沒有包括在我的研究樣本中。當我進入工作時，立刻就發現要分析所有12位受訪者的訪談資料，又要求精密嚴謹和重視細節，可能要花很長的時間且很難處理。因此決定僅限於分析第一階段的生命故事。我假定認知技能將同等地反映在任何生命故事的段落中。

　　本書先前提到，參與者在訪談中必須將他們從出生到現在的生命歷程分成幾個階段。為了保持時間架構的一致性，我決定採用前12-13年的生命，許多的受訪者，將這一段生命分為一到兩個階段。這個決定反映出我個人對於客觀（或有些武斷）規準的偏好，而且與參與者自己所劃分的階段或多或少有些一致性。

　　關於每一個生命階段，參與者都會被詢問到四個標準化的問題（詳見第二章）。此一程序的結構性在於確保每位受訪者的訪談資料間會有一些相似性，尤其是在他們的內容類別上。雖然如此，在此一問題架構上，仍難免會出現「訪談者間的變異性」（inter-interviewer variability），對於訪談的掌握和處理有別，以及遵循訪談指引程序的程度有異。我們假定這些變異性都會影響到受訪者，使得他們在回答問題時自然有所不同。很顯然的，此類脈絡上的差異將會反映在我分析的發現中。

操作：測量工具

　　評定有效思考和錯誤思考的測量標準，是從Frankenstein
的理論架構和故事本身之間的辯證過程發展而來。我一開始
嘗試，完全憑直覺將Frankenstein的解說和實例（1970a, 1970b,
1972, 1981）轉換成可以正確地應用在生命故事文本中的測量
標準。回到故事，我在資料中測試這些測量標準，用我所得
到的來強化這些測量標準，然後再回到文本中。這是一個很冗
長的過程，需要反覆多次閱讀這些訪談資料。只有當這些測量
標準可以明顯的定義或應用在隨機取出的文本樣本上，才會被
認可其實用性。這個內在對話（我也曾在團體討論場域中發
表過）最終會形成一些可以標準化、量化且可順利實施的工
具。從Frankenstein的理論架構到訪談本身資料的這個循環動
作，創造了一個立基於二者的測量標準，令人聯想到紮根理論
（grounded theory）的運作過程（Glaser & Strauss, 1967）。

理性思考的評估

　　根據Frankenstein （1970b, 1972）的說明，相對於非理
性思考反映了對具體和特定實例的偏好，理性思考（rational
thinking）則反映了將抽象和\或象徵事物化為概念的能力，而
且不受無法控制的和隨性的聯想所影響。我選擇特別聚焦於抽
象化相對於具體化的想法，來評估理性思考。我發現如果某一
段特別的陳述，會使得研究者產生下列的問題：「你可以舉個
例子嗎？」這就指出其陳述具有高度的抽象性。另一方面，如
果一段陳述會引出下列這個問題：「這個受訪者究竟試著要告
訴我什麼？」這表示這段陳述是極度的具體性。以下兩個實例

可能有助於瞭解這個作法。

　　Sara描述她妹妹的死亡，說道「事實上，嗯…我問了幾個問題」這裡她的談話是抽象的，我發現自己對具體細節充滿了疑惑，那就是「她到底問了什麼問題？」然而，當她描述她搬到新家時，她卻說，

　　然後，我們搬到一間新的公寓，我班上同學很意外地在附近看到我就問我：你在這裡做什麼？你不屬於這裡。然後我還得去解釋我剛搬來。

　　這裡，我發現自己不是很確定她在這段描述裡究竟要表達的是什麼。Sara描述這個情境的具體性，反映出她缺乏從一個令她困惑和不安的經驗中抽取出全面性理解的能力。

　　這是兩個極端抽象化和具體化的例子。在缺乏具體細節的那一段，很顯然是抽象的。而第二個例子則是具體的，因爲它一點也不抽象。然而，在大多數的情況下，這樣的區分其實是有問題的，因爲我們所要探求的是思考的連續性層面，而不是類別化。因此評估一段陳述是具體的或是抽象的，只能以其相對於其他而言，是較偏向具體或是較抽象的表達。

　　爲了解決這個問題，我決定將焦點置於具體化和抽象化之間的轉換（transitions），而不是將之二分。這個策略在認知發展的評估上同樣有用。雖然抽象思考被視爲比具體思考來得更爲進階（依據Frankenstein理論，和認知發展理論，參考Kohlberg, 1976; Perry, 1968; Piaget, 1955），然而能同時以具體和抽象名詞來構思一個主題，和在這兩類覺察方式之間運用自如，也代表了高度的認知發展，且被視爲認知複雜度和有效思考的一個面向（Goldstein & Scheerer, 1941）。

　　如同對於抽象化和具體化的辨認一般，尋找抽象化和具體

化之間的轉換，可以由敘事材料所取出的字詞片語來處理。假如有特定的段落出現一些字詞片語，諸如這是最重要的事或是舉例來說作爲開端，那表示這文本出現了具體化和抽象化之間的轉換。例如，David談到他的童年「那真是一段無憂無慮的日子，我不知道耶，我們常到海邊去，採野生葡萄，跟其他小孩玩耍。」這裡David以一個抽象的模式開頭，提到「無憂無慮的日子」，然後轉換到較爲具體的模式，用一些典型的童年活動來作爲舉例說明。

　　某些情況，轉換的訊息僅出現於在舉出幾個具體實例之後，做成總結的形式。譬如，Sara談到她上學的日子，用了具體的例子來形容那個時期的快樂回憶：去動物園郊遊、她的童年玩伴、她參加的遊戲。而在僅僅幾個句子之後，她回頭用更抽象的詞語爲這個時期做了結論：「一、二年級真是個很棒的經驗，真的。」

　　有時候，敘說者可能會使用連接詞（conjunction），來暗示一種不同程度的具體性間的轉換。例如，David說「我們老師教我們真正的價值觀：像是誠實、考試不作弊、友誼，和互相幫助。」而在其他地方，他說「我們的家庭關係很溫暖、很好，但不是很開放。換句話說，當我有問題的時候，我情願自己處理，而不會跟家裡面的人分享。」像這樣的連接詞表示敘說者知道自己需要解釋所說的是什麼。然而，從一些實例可以看到，敘說者並未說出其在不同程度抽象性間的轉換。例如，David回憶他的家庭在他八歲時搬到另一個城市：「突然之間我的整個生活都改變了。我記得我的班級、新小朋友們、學校的建築，這些跟我原來的生活不同。氣候也很不一樣。」這裡David從抽象的陳述，轉到具體的例子上，但並沒有用連結詞來說明這個轉換。

　　轉換之處的辨認並不總是像以上的例子那樣清晰可見。以

下是一些麻煩的例子。譬如，Sara回憶道：「嗯...對於幼稚園，我有很美好的記憶，我在那裡過得很快樂，所以我甚至還能清楚地記得老師的名字，那真的很棒。」這裡，我懷疑回憶老師的名字是不是暗示一個轉換到更具體的模式。事實上，我的結論是Sara仍處在同一個抽象層次，只是單純地重新陳述她對快樂的抽象性瞭解；就是她非常地快樂，因此可以記得老師的名字和其他快樂的事（她也沒有詳述具體細節）。

相彷地，David描述自己是小孩的時候說：「我很害羞，我想，我相當敏感，我是個愛哭鬼，就是，很容易被弄哭…。」害羞、敏感和愛哭鬼，在語言上都是同一個層次，我懷疑是否可以用很容易被弄哭重現所有其他的特質，或是降到比較低的抽象層次。我懷疑David使用邪個字眼就是（that is）的用意，是否這個字眼表示他有意要舉個例子。這裡，我的結論是，就是這個詞的使用並不是暗示要轉換到另一個不同的抽象層次，因為這裡每一個描述需要舉個例子，所以應該都是抽象層次的。

像這樣的例子突顯出這類分析的個人化詮釋（personal-interpretive）和主觀性（subjective）層面。通常做出決定是基於陳述的脈絡和/或是敘說者的個人特質，像是表達的流暢度之類。

我發現了許多个同的轉換。例如，Sara說：「我總是滿懷喜悅的回到家裡，媽媽已經煮好晚餐，在家等我們了，她總是在家歡迎我們回來。」相對於此的是Sara描述她妹妹的死亡（詳見第三章第一節）。在第一個例子裡，Sara從一個高層次的抽象（「滿懷喜悅的回到家裡」）轉移到較為具體的經驗。然而，這些經驗在某些程度來說還是比較抽象的，除非她對這回到家裡的記憶能有更細膩的描述，像是記得某種特別的食物之類。在第二個例子裡，相對的，Sara從極度抽象（「很不愉

快的回憶」）轉換到對於她所記得的房子和人們做出特別具體的描述。後者是一個最後轉換的例子，表述的層次已經具體到不能再具體了；前者則是一個部分轉換的例子，表述的層次顯得較為具體了，但仍有空間可以更具體一些。

我的結論是，從抽象化到具體化之間（反之亦然）的轉換數量，可以用來測量抽象思考的能力。像這樣的轉換是否為一個有意識的轉換，可以從連接詞看出端倪。雖然在最後轉換和部分轉換之間需要區分，我的分析並不因這個變化就代表群組間存在差異，因此在下一個分析階段不需要進一步的探究。

最初我計算每位受訪者在抽象層次間轉換的次數，並且合計每個性別群組的結果。結果，男性有39個這樣的轉換，而女性有33個。當分析的群組（亦即，男性和女性）文本長度相等時，才可以做這樣的評估和比對。這就是目前的情況。再者，在每一個群組裡，分布也要差不多相等。

從表面來看，好像男性的轉換次數較多，表示其抽象思考能力較好。然而，仔細地閱讀文本，顯示出其轉換通常是由訪談員的問題所引發的。有兩個類型的介入：

通常，訪談員會要求舉個例子，因此就引出了從抽象到具體的轉換。譬如，當Danny說道：「我是個活電線。從故事來看我是相當狂野的⋯」訪談員馬上問，「舉例來說？」然後Denny說了一個別人告訴他的故事，就是他如何在兩歲的時候爬行了幾百公尺，並且穿越街道，到他祖父的房子去要糖吃。

第二種介入類型是引出從具體到非常抽象的轉換。例如，當Sara描述被愛和因為是家中的長女所以被鍾愛時，訪談員與Sara之間的對話如下所述：

I：所以如果你要給這個第一個階段的自己一個顯著特徵，你會描述自己是個被鍾愛的孩子？

S：我是這麼想的，我想是的，每一年都是，真的是每一年。

I：是的。

S：在西班牙（註5），我們稱做Bechorika－被鍾愛的大女
　　兒…。

在這個例子，受訪者說了一個具體的例子，而訪談員卻給了一個較為抽象的回應。

雖然，像這樣的介入不會普遍地出現在轉換層次裡，但是他們可能傳達給受訪者一種感覺，就是在訪談的情況下，什麼是被期待的，因此會影響到下一個回合的訪談。然而，由於我沒辦法檢視所有的訪談文本，所以很難確定有多少像這種企圖引出轉換的介入，引發了受訪者使用了更多的轉換（註2）。因此我採用了另一種計算的方式，把由訪談員引發的轉換排除在外。結果發現男性有23次轉換，女性有27次，這表示當排除了訪談員的影響後，性別差異的情勢就逆轉了。

區辨能力的評估

Frankenstein（1970b，1981）將**區辨**（differentiation）定義為一種可以在不同現象裡（個人因素、事件、物體）辨認出相似和相異之物，理解其關聯性和客觀的現實面向，不受先存概念、刻板化印象、認知型態和既定評價所影響。我決定藉由對於類推傾向的分析，來探究此一能力。類推（generalization）指的是經由歸納的歷程，將類似經驗概括到某一類別中的能力。為了要將事物統整在一個類別，類推能力會讓我們暫時忽略所有這些事物中的複雜和特殊之處。我的預設是類推能力的最小使用值，和/或對於適度類推（qualified generalization）的偏好，是區辨能力的指標。相對於我所使用

的其他方法，這個方法可以說是反向而行，主要是因為類推比區辨來得容易界定。

　　雖然對於類推的辨認，可能不得不去思索其真正價值（特別是在刻板化印象的例子裡），不過我企圖將焦點放在類推的動作，來作為區辨思考的測量工具。這裡有一個類推的例子，David描述他小時候：「也有時候會感覺比較內向，比較……現在，我有自己的小孩，我覺得這一切都很正常，是每個小孩都會遇到的難關。」並沒有線索顯示David如何做成這個結論，認為這是每個小孩都會經歷類似的經驗。也沒有任何的證據可以判定David所講的到底是對是錯。這兩個議題無關乎我們對David思考過程的興趣，就是，他決定將這些特質歸因於一個較大團體的所有人--「每個人」。

　　就像我上面所提到的，應該要區分類推和適度類推。前者，就像上一個例子，假定類推在任何情況下都是真理。Danny給了我們一個適度類推的例子，他描述他曾經被勸說吃一些東西，然後說，「我想像所有的孩子都會被勸說去做某些事情。」在這個例子裡，Danny並未宣稱所有的孩子都不愛吃飯，而且Danny以「我想像」開始陳述，來使我們明白我們所聽到的是他個人的觀點，而不是普遍性的法則。有一些詞，像是**我想像**（I imagine）、**我會猜想**（I would guess that）、**就我所知**（as far as I know）都可表現出對他/她自己所做的陳述不是那麼的確定。

　　另一種類推的類型是對類推的應用劃定範圍。諸如**通常**（usually）或是**大部分**（for the most part）等表達方式都是屬於這一類型的訊息，這也表示敘說者知道他的類推是有其限制的。例如Lory在描述她是如何地容易臉紅，說道：「但是通常只有純真的人才會臉紅，而我不是這一類的人。」

　　如果要判定這兩個群體的區辨能力有什麼差異，我會用兩

個方面來比較：

1. **類推的頻率**：男性有28次的類推，相對的女性有34次。
2. **適度類推的頻率**：男性有10次，相對的女性有13次。

根據這些發現，女性的類推次數勝過男性。兩組使用適度類推的頻率則相差不多（大概佔所有類推次數的1/3）。

負責任思考的評估

Frankenstein（1970b, 1972, 1981）將**負責任的思考**（responsible thinking）定義為不依賴權威（例如權威人物或書本），並且有能力認知到現象、行動、和過程中的內在法則。缺乏負責任的思考將不能超越具體事物之外，且不能隨機應變，因此傾向於依賴他們所知的權威來推估評判事物。

我從受訪者批判性陳述中尋找負責任思考的憑據。我將**批判性陳述**（critical statements）定義為對顯而易見的事實所做出的斷言。這些可能指的是任何的情況（諸如，親職風格），只要是敘說者對某一部份進行其判斷或評價。這種類型的斷言所反映出的評論批判，可以被歸類為負責任的思考。只要敘說者運用獨立評估的能力來評論事情，而不是被動的接受其表面價值，在某種程度上來說即是為自己的思考承擔責任。批判性意見的表達，特別是針對威權人物（像是父母、師長），亦可以表示不受權威的影響。

一開始從負責任思考的角度來閱讀敘事材料時，就發現能將描述、評估、和批判等陳述區分開來：

描述（description） vs評估（evaluation）

雖然有人主張敘說者的任何描述都不免摻雜評估的成分，但是這裡要討論的是，在語言學上，描述性陳述和評估性陳述仍是可以區分開來的。描述是敘說者回答關於事情本身的問題，而評估則是敘說者回答對於事件、人們、行為等的個人意見。例如，David描述他在學校的功能：「我很順從，是個乖小孩，一定會寫家庭作業，但是不會太努力（⋯）。我很平凡」如果他只說他是很順從的，而且不會太努力去做完作業，那麼他這句話就是描述性的。然而評估的要素出現在「乖小孩」和「我很平凡」，這使其可被歸類為評估性的。

區分描述和評估不總是那麼容易。看起來是描述性的語詞，在某些特定的脈絡下可能會被視為評估性的。例如，Mary形容她一年級的老師，說道：「我記得她也是真的愛我們（⋯）她被她對我們的情感牽著鼻子走（⋯）。」她真的愛我們看起來是描述的，但是被這些愛的情感所主導，則透露敘說者對此投入違反其個人意願或較佳情況的負向意涵。因此這個陳述是評估性的，甚至是批判性的，審視整個脈絡之後更堅定了這個推斷。仔細閱讀文本化後發現，Mary從她一個有距離的角度來陳述其對於衝突的覺察，對於以前的老師受其情緒所主導的情況，提供了一個小心且微妙的批判。她說，

我記得她也是真的愛我們。這是互相的。今天作為一個老師，我知道這很容易會發生。我的意思是，有一些班級，你真的會和這個團體非常親近，不是和哪一個個別的小孩。我試著保持一段距離，我記得她被她對我們的情感牽著鼻子走，我知道這在今天也可能發生。（⋯）

像Mary這樣隱藏於段落中的批判，非常小心的評估，也可以歸類為內隱的批判。

　　如以上所見，評估，不同於描述，都是抽象的陳述。區分描述和評估的困難，就如同評估和抽象陳述在多方面的重疊性（如同前段的描述），看來是個放棄這個類別的好理由。因此，我決定將焦點放在負責任的思考上，特別是批判。

　　批判（criticisms）是在對事物的陳述中特別宣稱其同意或不同意，它們是有意圖的陳述其意見，且對所有可能的選項進行廣泛的考量。它們不同於評估，經常是在未覺察其評估內容時即做出價值判斷，且在尚未深思熟慮其背後的推理判斷前即提供意見。批判的這個類別，可以區分爲直接的批判和內隱的批判，以及完全的批判和抑制的批判。

　　直接的批判（direct criticisms）就是公開表達的批判性意見。例如，Sara很明顯的對教育體系將他們視爲「弱勢學生」的決定不以爲然，這樣的區辨規準對她是沒有意義的。

　　　在那個時候，他們稱班上的學生是「弱勢學生」---我不知道我的爸媽是否屬於這個類別，可能是我爸爸從未上過學。你知道的，弱勢學生的定義是奠基在雙親的教育程度，第二個標準是父母親的出身。我想，今天我無法認同這些的。

　　然後，她接著描述父親在數學上的天賦異稟，以及母親對書本的熱愛。

　　內隱的批判（implicit criticisms）是不公開的說，但可以從脈絡上推論出到底說了什麼。通常是以呈現兩個行爲間的相互抵觸或小心翼翼的挑選字眼來傳達扎判的訊息。例如Sara所說：「我記得我們老是去找他們，我們常常去，搭公車去，嗯…即使不怎麼好玩，我們並沒有被寵壞。」Sara的說法中用了行爲間的不相稱方式來表達，那時候的那些小孩，總是毫不抱怨地搭公車，不像現在被寵壞的小孩。

　　抑制的批判（restrained criticisms）反映了對脈絡的覺

知，而且表示了敘說者準備好在某個情況下軟化其評斷。Danny在描述他所就讀的小學Cheder（註3）時說，

　　（⋯）　我猜想不只是我的父母很容易就找到它，也許其他的父母也覺得將那個年紀的兒童放在那兒是比較簡單的事。在那個年紀，開始學習字母和紀律，不管怎樣隔絕的環境中，待上一整天，從清晨到夜幕低垂。

　　這裡，從Danny所選擇的字眼「隔絕的環境」或「待上一整天」中，他表達了內隱的批判意見。他責難他的父母，然後以轉移到其他父母來緩和，藉著將責任分散到跟他父母一樣的所有父母身上，來軟化對其父母的評斷。

　　值得注意的是，批判的態度有可能是正向或負向的，當是正向的時候，敘說者不會特別解釋他們的意見。只有負向的批判會以意見的方式呈現，而正向的評估都是不帶解釋的提出，而且看起來像是描述，所以他們不能被用來測量先前所定義的負責任的思考。

　　這裡又出現一個問題，批判類型的差異，是否與Frankenstein所定義的負責任思考能力有所關聯？這樣的差異是否僅是個人在表達批判意見時所產生的形式差異，或是它們反映了更多內在思考過程上的基本差異？我個人認為直接的和內隱的批判是具有同等價值的獨立思考過程。直接表達的批判需要一位「有勇氣」的敘說者，他甘願捍衛自己的意見，而不願躲在可能被誤解的理由背後。這可能表示，他願意為其思考負較大的責任，但是不必然與獨立思考的能力有關。在抑制的批判的例子中，將整體脈絡的情況列入考量，可能會降低批判的要素，但是也呈現了在意見統整上裁量和考慮的過程。因此抑制的批判並不代表擁有較少的認知技能。事實上，一旦批判被提出來，儘管敘說者有所保留，但那些保留也已經被納入思

考過程中加以考量了。

　　然而，使用批判作爲測量負責任思考的工具，需要進一步的釐清。首先，一個成人批評他的父母或老師把他當一個小孩一樣對待，並不表示他就不依賴那些對他而言通常是重要的權威人物。然而，這個問題僅限於使用這些測量方式來檢視敘說者生命的早期篇章，而不固著於測量的本身。其次，未能夠表達意見也許是表示缺乏表達的適當機會，而不是完全沒有批判性的意見。雖然，這個保留可能適用於本章所討論的各類測量方式，但這類分析的前提是基於生命故事可作爲個人身分認定的表徵，表達的傾向在於鞏固一個已有良好根基的意見（註4）。

　　因此，爲了評量負責任的思考，我檢視了受訪者的批判性陳述。批判性陳述的定義是一個人以公開的、內隱的或抑制的態度，對某一活動或某個人表達其同意或不同意的意見。

　　整體而言，受訪者對其兒童時期做了37個批判性陳述，男性有20個，女性有17個。男性的批判有半數是直接的，半數是內隱的；而女性，過半數是內隱的，只有1/3是直接的。男性更具有批判性的傾向（男性陳述的1/2，相對於女性陳述的1/8）。

討論

　　在尚未討論這個分析的限制之前，還不就此結束。在以上所呈現的工作中，所選出的訪談文本段落均以三種測量方式來加以分析和詮釋，每一項均具現Frankenstein 所提出的認知技巧。爲了達到這個分析的目的，我們係採用Frankenstein理論的表面價值，並不企圖與其他的認知和教育理論相互比較、對

照或抗衡。

　　再者，三種認知技巧顯然均可以不同方式來進行操作測量。例如，我們可能比較受訪者三種認知技巧出現的頻率，以評量其相似性和相異性。或是，我們可能檢視受訪者以一般性法則或原則來解釋發生事件的程度，以瞭解其評估或描述的能力。

　　很明顯的，也沒有一個測量方法可以單獨地用以區分男性和女性在認知技巧上的差異，因爲其他額外的因素都可能會影響受訪者的思考過程（諸如訪談員的身分和組織其訪談的方式）。

　　這些限制，雖然有必要加以說明，但不會減低爲了分析目的而發展出這個測量方法的價值。所有的認知技巧和所有對於智能的測量，都會受到智能本身以外的其他因素所影響。使用超過一種以上的測量方法來評量此一研究變項，事實上，是一個抗衡此類影響的方法。

　　總結我在性別和有效思考上的發現，藉由多項測量方法的檢視之後，男性和女性之間並沒有發現重大的差異。即使有發現一些差異，仍然無法斷言這是否由於其認知能力上的差異，或者如同最近的研究所提出的 （Belenky et al., 1986；Goldberger et al., 1996；Tannen, 1990），是由於其偏好的語言表達風格之差異。

使用敘事的語言學特徵來辨認和評量
其情緒內容：Tamar Zilber

　　不同的敘事層面，得以對情緒經驗產生洞察，那正是敘事的擅場。評量受訪者情緒的最直接方法，是聆聽其直接的情感表達，不論是在內容上（「我很傷心」），或是在伴隨語言的表情（眼淚）上。謹慎地閱讀內容，可以讓我們間接地瞭解敘說者的情感（亦即，隱而未說的；見第四章有關婚姻在Sara生命中重要性的分析）。在內容分析時，分析者需對於文本進行同理和敏銳的閱讀，來得出結論。本章的這一節將舉例說明第三種方法，尤其是使用正式的測量工具來評定敘說者在敘事中表達其情感的強度。在此，研究結論是歸納自敘事的語言學特徵（linguistic features）。

　　對於此一議題的研究興趣，是介於以語言學和心理學研究的敘事分析之間。語言學研究者探討語言如何表達情緒，他們假定所有口語表述的修辭、文法和結構層面都可以引導我們瞭解情緒表達的性質和深度。敘事的書寫者/敘說者依據其本身的表述習慣 （conventions of discourse）創造了文本，而參與其中的閱讀者/聆聽者則相應地詮釋了這些文本（Ochs, 1989）。

　　心理學界的書寫者也以語言學要素為基礎創造了心理學的陳述。此處的假定是，事件會引發情緒，人類試圖要處理這些情緒，而其因應機制則反映在他們所表述的語言學特徵裡。例如Spence （1983）企圖去定義壓力否認的語言學特徵。Capps和Ochs （1995）研究自傳式敘事的語言學特徵，以瞭解當面臨如恐懼和無助等情緒時的因應機制。Heizner （1994）從創傷敘事中檢視無助的語言學表達。這些研究者都將焦點放在有關心理疾病的症狀和覺知上的語言學特徵。因此，例如在曠

野恐慌症的敘事中，會聚焦在用以強調意外事件元素的副詞，和反映敘說者無助感的被動式語言形式 （Capps & Ochs，1995）。

在以下的實例中，我將思量蘊含情緒之敘事的形式層面，如何用以作為了解生命故事情節的工具。

測量工具

在這個研究裡，我們所蒐集的敘事文本，都來自健康和功能良好且無明顯心理違常的男性和女性。雖然，你可以說所有的敘事都蘊含情緒表達 （Wigren，1994），但我選擇將焦點放在受訪者生命的艱困層面上，那裡敘說者有比較多且清晰的情緒表達，可作為研究的實例。就像是尋常的生命歷程，創傷和艱困總是會發生，我選擇聚焦於受訪者故事中描述這些時刻的形式層面。

奠基於上面所引用的研究，和其他的研究 （Biber & Finegan, 1989；Ochs & Schieffelin, 1989），我們編擬出一份有關情緒或心理困擾形式層面的列表。這些不一定會全都出現在敘事中，也不應期待這些特徵會有相同強度和/或頻率。這份列表只是提供一個指引，呈現可能出現在蘊含情緒之敘事的形式要素。以下是形式特徵的部份列表，係為舉例說明之目的而呈現之。

- 副詞，諸如**突然地**（suddenly）可能用來指出一個事件如期待發生或發生於預料之外。
- 心理動詞，諸如**我想**（I thought），**我了解**（I understood），和**我注意到**（I noticed） 可能意指某個經驗在其意識覺察之中、或經歷心理處理過程的程度。

- 時間和地點的指涉，可能是指企圖與某事件保持距離，或拉近其與敘說者的距離。

- 動詞的過去式，現在式和未來式，以及它們之間的轉換，可能是指敘說者對所描述之事的認同感。

- 第一人稱、第二人稱和第三人稱之間的轉換，可能是指敘說者將說話的自己和經歷該經驗的自己區分開來，這是因為很難於再次經歷痛苦的經驗。

  - 動詞的被動式和主動式，可能表示敘說者對個人主動性的覺察。

- 以諸如**真的**（really）或**非常**（very）等詞來強調，或以**可能**（maybe）或**好像**（like）等詞來淡化，其問題在於此類強調語詞的出現是否與該經驗最極致處相一致，以及其淡化語詞是否總是出現於表達其無助和無力因應時。

- 以倒述、離題、時間上跳躍、或沉默的方式，來打斷年表順序或是事件的因果發展，可能表示他企圖避免討論痛苦的經驗。

  - 重複某部分的表述（音節、單字、句子、想法），可能意指所討論的主題觸動了敘說者蘊含於該敘事中的情緒。

  - 詳細描述事件的細節，可能指的是不願描述艱困的情緒。

方法

　　為了舉例說明的目的，我決定使用成年女性樣本的生命故事。重新閱讀她們的生命故事，我把所有艱困的情節都標示出來。「艱困的情節」（difficult episodes）包括失落（死亡、分

離）的經驗和痛苦的生活事件（意外、貧困、無法生育）。我選取那些關於事件情節的事實陳述，而不是敘說者對其經驗的評估。

這個分析階段中有一個難題是，在訪談的脈絡中蒐集而得的生命故事，其形式層面可能已經受到訪談員與受訪者間互動的影響。有些訪談員是受過訓練的臨床心理師，他們的問題傾向於著重受訪者經驗中的情緒要素。當聆聽一段蘊含情緒的敘事時，訪談員對於經驗的認同感，及其表達同理心的傾向，可能已經影響到敘說者的情緒狀態，及表述的形式品質。

基於這個理由，我決定將主要的焦點放在訪談員尚未以表達認同或詢問細節而介入會話之前的敘事部分。盡我所能的從分析中除去對話的影響。然而，非語言溝通的影響仍是無法評量的。

另一個難題是逐字稿的品質。如同第三章所提到的，不同形式的分析需要不同精密層次的訪談紀錄。類別-形式分析需要特別詳盡的逐字稿。雖然語言學的研究者可能會盡所能的記錄沉默的長度、語調等等，但是在此我擁有的只是文字謄本，並無其他語言之外的細節。

在辨認出對於艱困情節的敘事之後，我搜尋上面所列的形式語言學層面。以下是兩個簡短的實例。

✎ 實例一

就在剛當完兵後，我們結婚了，我們這年輕的一對定居在G城（註5），一個剛開始有人住的地方。許多的返巴運動（Zionism）（註6），和許多…在結婚九個月後，**我們發生了意外**，一場可怕的車禍，那其實是贖罪日戰爭　（Yom Kippur

War）。我們是三月結婚的，十月發生了戰爭，而在十二月我們被撞了。那時候，戰爭仍然在Golan Heights持續進行，那時仍然有戰爭。**一個重裝甲軍車沿著路過來**，那是早上八點，而且我的意思是它正巧脫離它該走的車道。你怎麼能夠去防備像這樣的事情？我們真的。我不記得了，但是目擊者說我們設法停下來，我們無能為力。它就是這樣撞上我們了。當時Sem駕著車，車上還有兩個從G城來的朋友跟我們一起，在H城度過週末後，我們正要從北方開到G城。Sem是從H城來的，而他們在M城，我們去接他們，經過R城邊緣往南開。然後就發生了，然後Sem真的有十天都失去意識，而且**他傷得很重**，**我則瀕臨死亡**，因為事實上我的肋骨斷裂且插入肺部，而且有併發症。所有戲劇化的故事都發生了。在那一年裡，就真的是，手術，手術，各式各樣的，這件事改變了我們生活中的現實，因為就在不久的未來，我們本來計畫要去國外旅行，你知道的，長途旅行，然後每一件事情，都在期待中慢慢進行，各種的小冊子和東西，然後一切都得取消了，當然，我們花了一年的時間或多或少恢復了一些，那段時間裡我有過很短暫的，真的處在高度憂鬱當中，對任何事都沒耐心，我的意思是，我很清楚，而且我拒絕待在床上太久，我拒絕當一個廢物，而且有半年我需要帶著助行器走路　（Sharon）。

　　事實事件--這個「意外事件的事實」，都以粗體字標示出來。敘說者一開始就指出時間，作為這個情節的前言，然後就跳脫話題，更詳細地描述這個事件發生的時間和脈絡背景，來定位這個事件。然後，她回頭描述那個意外事件，又叉開話題從目擊者的觀點敘述當時發生的事，然後才描述到意外事件本身。她又再一次的從描述意外事件中轉向，提到誰是駕駛者，誰是乘客，還有他們為什麼在那個早上出現在那兒，然後又回到敘說發生了什麼，誰受了傷，有多嚴重，以及後果是完全改

變了這對年輕夫婦原有的計畫。

總而言之，敘說者有三次偏離敘事的主軸，每一次都是故事中的痛苦時刻。前兩次延後了必須要談到意外事件本身的時刻，兩輛車互相碰撞的事實。第三次則延緩去描述敘說者和她配偶受傷的程度。

一方面，這些離題中所呈現的訊息是很重要的；另一方面，可以假定這些離題是爲了要延緩重新敘事痛苦時刻的時間。因此，舉例來說，敘說者偏離故事去敘說那兩個與他們在車上的朋友，他們是誰？到哪兒去接他們？然後就沒再提到他們，甚至沒說他們到底有沒有受傷。因此，在第一印象裡，看起來他們好像跟這個故事無關，而他們的作用只是爲了延緩那個痛苦時刻的敘事。然而，在稍後訪談員和受訪者（沒包括在這）的對話脈絡中，我們得知他們之一喪生了，另一個則受了重傷。這非常有可能是她如此簡短地提到他們的原因，因爲要談到發生在他們身上的事是如此難以啓口，而且，也許是出於罪惡感，因爲她的丈夫是駕駛人。在這裡我們看到在分析生命故事中的片段時，熟悉整個敘事的來龍去脈顯然是非常重要的。

有一些字眼和語詞反覆多次出現在文本中：結婚（2）、意外（2）、戰爭（4）、無能爲力（2）、手術（2）。敘說者所不願提到的主題「意外事件」，也重複了數次。像這樣的重複讓我們得以進入故事中最爲關鍵的一刻，並且瞭解他們情緒的強度。對戰爭的強調，表面上是故事的脈絡背景，使得故事充滿緊張、痛苦、和失落，就像戰爭所帶給人們的印象。這也與意外的結果相關，一場健康與人生的大戰。再一次地，又說明了脈絡背景的重要，在這個例子中，指的是社會脈絡和其對敘說者語言習慣的影響。在1973年十月所發生的贖罪日戰爭，是以色列社會中一個分裂的時刻。那個戰爭很艱困，造成了許

多的失落，敘說者可能曾經避免去回想。它代表了政府和國家間誠信關係的決裂。**戰爭**這個字眼的使用，使得國家戰爭的大災難與夫婦個人的災難相互對應。這也可能暗示了敘說者與其丈夫間信任的瓦解。

　　意外事件被形容為無法避免的事件，在車內的乘客沒有任何控制權（「你怎麼能夠去防備像這樣的事情？」、「無能為力」）。相同的無力抗拒也展現在敘說者指出他們的計畫被打斷時（「我們本來計畫要去國外旅行」、「每一件事情，都在期待中慢慢進行」）。在這些片段裡使用第三人稱被動式，暗示了敘說者感到沒有辦法為她生命呈現的方式負責。然而，她奪回了控制權，在回應受傷的方式，以及她拒絕成為一位病人的角色（「我拒絕當一個廢物」）。相似地在接下來的對話部分，她告訴訪談員她如何拄著枴杖在大學校舍間奔波，為她來年的學業註冊。

　　對意外事件的真正描述，從敘說者的觀點來看是有距離且疏遠的。她說，「一個重裝甲軍車沿著路過來」、「它正巧脫離它該走的車道」--像是在講另一部車。當她轉而談到她自己時，她需要將經驗與她自己拉開，所以轉向了目擊者的觀點。

　　敘說者使用了幾個強調語詞—**我的意思是**（I mean）、**真的**（really）、**非常**（very）—來強調意外事件的發生。當她歸咎於其他車輛而非她的丈夫時，她也使用**真的**（really）這個字眼。這是很重要的，第一次她歸咎於軍隊的車輛和強調這個意外事件無法避免，然後稍後又提到她的丈夫正駕著他們的車。在這麼嚴重的意外事件之後，確實，對她而言鞏固自己是很重要的，並且要讓他人清楚，不該由她的丈夫負責。我們推測她的第三次離題，就出現在她丈夫駕著車的訊息之後，乃企圖在她丈夫駕駛車子與傷害的描述之間畫個界線。

　　注意動詞時式之間的轉換也很有趣。敘說者以一連串的

現在式開始（「我們發生了意外」" We're involved in a car accident"），回到過去式，然後又轉回來，她對車禍結果的描述和她嘗試處理傷害，回到一連串的現在式。相當明顯的，車禍前後的那段時期，對她而言比車禍本身來得具體。確實，她甚至不記得車禍發生的那一刻，這暗示要因應這個經驗對她而言有多麼困難。

對於過程的最後評論，則是敘說者從說話者的角色轉變為聆聽者，以一種修辭學上浮誇的問題和評論來表達意見，像是「你怎麼能夠去防備像這樣的事情？」或是「你知道的（you know）」。看起來像是要攏絡訪談員，這反映了敘說者期望與她分享經驗，並且引發她的認同和同理。攏絡聽者，以及使用修辭，都是女性表述的特徵（參見Lakoff, 1975, 1990）。因此在文本上對社會脈絡的考慮，應包括敏銳覺察男性和女性在表述中不同的語言習慣。

實例2

第二個實例來自Sara的生命故事，以及她對她妹妹在嬰兒期死亡的描述（註7）。

S：有些事非常，那是一件事，一個經驗，一個要放在引號裡的經驗，非常不愉快。那時....我想我那時還在讀幼稚園吧，對，我一個妹妹出生了，我不記得她是一歲還是大一點時，她就夭折了。我不記得她去世的事了，只記得那個服喪期（註8）。對我而言那是個很不愉快的回憶。我記得的就是...混亂，在我們搬家到另一個公寓前，我們住的是一個移民專案的小房子。我記得這個經驗，如果這是所謂的「經

驗」，再一次，我說的是，一個擠滿了人的房子。

Ｉ：她已經一歲大了嗎？

Ｓ：她去世時大概是一歲，我想是十個月或滿一歲大吧。我多數
　　的記憶是從媽媽那裡知道的，她會去世是因為生了重病，小
　　孩生病可能併發一堆狀況，像是肝炎，如果我沒記錯的話，
　　但我實在不怎麼清楚。所以【我想起來】許多人很喧鬧地躺
　　在地板上，來來去去。我實在非常困惑，於是我跑出去和鄰
　　居玩耍，我甚至不明白發生了什麼事。直到鄰居一個較年長
　　的女孩來跟我說：「你知道為什麼你家擠滿了人？因為你妹
　　妹死了。」我呆掉了，事實上，嗯...我問了幾個問題。對我
　　而言，這個經驗是極其印象深刻的。

　　　Sara故事的前言相當的長，且包含了她對經驗的評估
（「一個經驗」），也包括了未完成的句子（「有些事非
常」，「那是一件事」）。這在Sara的言說裡通常不會那麼明
顯。之後，是一個顯示脈絡重要性的例子，就是，考慮敘說者
敘事的個人風格。這些特徵可能指出在敘事裡所蘊含的情緒，
以及當回憶創傷事件時要進入敘事模式的困難。

　　　在簡介這個事件之後，Sara要為故事定位時間，但有所遲
疑（「我不記得」），並報告她妹妹的出生和死亡。再一次她
宣稱她失敗的回憶，然後開始敘述服喪期。這裡她暫停了一下
（如…所示），脫離主題去描述房子和家人搬家到新房子，然
後有意識地回到主題（「再一次，我說的是」）。在這時，訪
談員的問題，提醒了她故事的短暫離題。Sara回答並回到她離
題的地方，描述群眾躺在地板上的經驗。她離題談到在那時候
她腦中的情形，兩次回想她的困惑（「我實在非常困惑」，
「我甚至不明白發生了什麼事」），然後到達故事裡最明顯的
高潮，出去外面玩，然後從鄰居較年長的女孩口中得知妹妹的

死。

所有這些都暗示著Sara情感所繫之處，不是在妹妹的死，而是在她得知死亡的方式。畢竟，她在那時候還是一個小孩，而她妹妹在她們還未熟識之前就死了。這裡暗示的是，身為一個成年人，Sara氣憤她的父母對她不誠實，沒有親自告訴她這個悲劇。

在這個例子裡，同樣的，字眼和語詞的重複表示了在記憶裡所蘊含的情感。她重複了有關記憶的語詞共11次，這特別的重要（「我記得」、「我不記得」、「我想我那時…」）。想起被忽略的感覺，可能暗示身為一個小孩不瞭解發生了什麼（「我甚至不明白」），和她迷惑的感覺（「我實在非常困惑」）。重新閱讀Sara的整個訪談逐字稿，顯露了Sara經常傾向於強調是否她回憶的事件夠清楚，她在過程中所使用的這類語詞，特別的極端，說明了為什麼考慮敘說者慣用的表達風格的重要性。特別有趣的是，Sara在事件的敘說中，幾乎又重新經歷了一次事件，這可由她以一連串的現在式、而不是過去式來形容困惑看得出來。Sara描述她朋友所告訴她的，就好像她現在才聽到這個事實一般，更強化了我們的假設。

討論

由以上的兩個實例，說明了如何仔細分析故事的形式層面，以此達到瞭解故事裡的情緒內容。雖然近距離和敏銳的閱讀文本，可能也能探出敘事裡的情緒感覺；但是使用這樣的測量以進一步發掘文本裡的形式和語言學特徵，比起由小心閱讀所引發的直覺，要來得有根據。

此處所呈現的測量方法也許可以使用在不同的文本脈絡

中。它可以用來評估和證實敘事裡蘊含情緒的程度，特別是當文本涉及到敘說者的個人生命經驗時，有時敘說者並未察覺或刻意否認經驗裡的情緒強度。這個測量也可以用於治療場域，來確認有距離的訴說和隱藏的情緒之間的鴻溝。相似地，這樣的測量也可以用來評量個體與他們情緒相連結的程度。

結語

　　本章中所強調的重點在於形式的分析。雖然在理論上，形式和內容之間的區分是重要的，但是實際上，若能同時考慮兩種方法則更有價值。同時運用形式和內容兩種分析方法，在分析方面會更具成效。形式分析要求研究者能夠定義出文本深層結構的規準、分類，並加以檢驗。而依據內容類別的考慮所著重的面向和區分，則與純粹的結構分析大異其趣。

　　在訪談文本中，內容分析的類推，有下列兩種類型：

1. **關於人們的類推**（generalization about people）發生在於當敘說者宣稱某個特質可作為大部分人或某個特定年齡群體的共同特點時。「我想在那個年紀，一個人會對朋友比對家庭更感興趣」（Mary）。

2. **關於法則的類推**（generalization about law）是發生於當敘說者宣稱　個法律或者原理總是真實時。例如，Mary解釋著她的班級為什麼比其他程度相當的班級成功，是從Mary自己的個人經驗中產生出一個一般性法則的假定：「事情總是這樣。當有兩個班級時，一個總是會比另一個更好。它總是會發生的。」

關於兩種類型的類推，我審視了男性和女性之間的差別，得出兩個可能的結果。一方面，女性－較關注人際關係－的類推可能較多與人們有關，而男性則相對較偏重於有關法則的類推。另一方面，如果女性對人際間的差異更為敏銳感，她們也較不可能會對大團體進行類推。我發現女性的類推有三分之二是涉及了人們，而三分之一是關於法則。相對的，男性有五分之四的類推涉及人們和僅僅五分之一涉及法則。雖然這比例差異並不大，然而值得注意的是，儘管女性使用類推的頻率多於男性，但她們關於人們的類推卻比男性來得少。雖然我還不能解釋這個差異為何出現，但很重要的是，即使它們在純粹的形式分析上還無法找到證據，但內容分析則會帶來一線曙光。

循著相同的路徑，本章第二部分的實例強調了脈絡在類別分析的重要性。特別是，我們體認到熟悉整個生命故事的內容、敘說者的語言風格、和廣泛社會脈絡等，在分析生命故事的片段時，不啻是基本且必要的。

💡 備註

1. 這個研究方案所蒐集的資料（見第二章）是為了要比較在每一個年齡群體裡，特殊學習方案的畢業生和普通高中畢業生有何差異。這裡的資料則是男性與女性的比較。

2. 介入的頻率和性質，一定會受到訪談員個人偏好、和其與受訪者互動的影響。雖然我並沒有針對這個議題進行系統化的研究，但以我個人的印象，臨床背景的訪談員，很可能使用這類的介入技巧。

3. Cheder是一所宗教小學。

4. 我們建議應探討訪談員的態度和對批判的開放性如何影響這個測量的程度。雖然目前尚未經過系統化的研究，表面上看來應該是沒有影響的。

5. 所有的字母都代表地名。

6. 返巴運動（Zionism）是以色列的國家運動，在以色列這塊土地上重建國家自衛隊。在以色列建國以後（1948），對以色列人來說做一個支持「返巴運動」者表示，在所有的事中都願意為貢獻和效忠國家。敘說者定居在G城有一個意識型態上的動機，G城也是一個新的集體農場所在地。

7. 應該要提到的是，Sara對她妹妹死亡的分析，是由Tamar Zibler獨力完成，並沒有閱讀之前由Amia Lieblich和Michal Nachmias所寫的分析（第三章）。

8. Shiva七日服喪期，見第三章附註三。

Chaper 8

討論：敘事研究中的選擇與評估

最後這一章，我們要探討一些最基本的議題，這些議題是構成本書所呈現的主題和說明的基礎。這一章大多關乎「選擇」（choice）：研究者在每一步探求中所面對的選項（options）和兩難困境（dilemmas）。在提供讀者一個包含不同方法的模式，以閱讀、分析、和詮釋敘事材料，以及舉例說明該模式如何使用之後，這個階段，我們想藉著提出一些問題來「複雜化」（complicate）和「解構」（deconstruct）這個模式。

每當開始一個新的研究，研究者就面對了許多的兩難困境，像是研究問題與研究方法的選擇，但是這些卻很少被進一步闡述。事實上，這些選擇依靠的是大量的研究要素--與它們之間的互動，和研究的範圍及研究本身有關；另一方面，研究者本身也舉足輕重。最重要的是，研究目的與研究方法之間的適切性，然而，實際情況與個人的偏好，對這個複雜的決策過程也有所影響。我們相信，今日的心理學由多元論（pluralism）所型塑，理論上和方法上都是。更甚者，多元論涵蓋了以單一理論或研究方法為基礎的一個極端（如我們在第一章所論述者），以及融入或合併了許多嶄新的或現存要素而形成的不同理論或研究取向。

▌文本的閱讀與詮釋

本章首要釐清的是「文本」（text）及其「閱讀」（reading），以及「閱讀」和「詮釋」（interpretation）。如同詮釋學上的爭論 （Widdershoven，1993），我們發現，在我們的工作中，任何閱讀都免不了要進行詮釋，且事實上，即使在形成文本的階段，特別是進行生命故事訪談的對話行

動時，溝通、瞭解和解釋等外顯和內隱的歷程中，都免不了詮釋的介入。想像我們擁有的是靜態的敘事文本，然後開始針對文本進行分別地分析和詮釋，都與真實相去甚遠。這就是一個兩難困境，我們稱之為「詮釋的層次」（levels of interpretation），也就是，理論（theory）在聆聽和解釋一段言談時所扮演的角色。訪談者並不是一個純然的聆聽者，僅關注敘說者所呈現的現象世界；她得不時提出問題、有所懷疑，並且尋找缺漏縫隙、矛盾抵觸、沉默無語和隱而未說的部分？（對於「隱而未說者」（the unsayable）的一個敘事研究取向，參見Rogers et al., 付梓中。）有人可以在這兩端中找到平衡點嗎？有人可以同時兼而得之嗎？這個選擇，與訪談和聆聽的行動有關，亦與從生命故事中做詮釋和結論的行動有所關聯。基於經驗，我們認為，就當我們一起在一個房間裡進行訪談，說明此次訪談的目的，詢問問題，找出回應之間的關係，以及共同參與創造一個訪談氣氛時，我們已經做出了某些詮釋的選擇。然而，在進行個別研究或教導研究的「步驟」上，我們通常會忽略這些隱藏於實務工作背後的議題，這也許是因為當我們「學習做研究」時，很難同時將之牢記在心。無論如何，研究者對於這些細微過程的敏銳覺察，及其願意與讀者分享的心意，都將使敘事研究者獲益良多。

多元論：質性與/或量化取向

　　質性與量化方法之間的區分隨處可見。這些研究方法在社會科學界通常分別隸屬於不同的派典（paradigms），並且象徵著不同的世界觀，此為科學的本質。就本書而言，量化研究所處理的大多是數字與統計，而質性研究則是處理表述

（discourse）及其詮釋。然而，Hammersley（1992）在他有關俗民誌的討論中所做的簡潔論證，表示質性-量化的區分可以輕易地加以解構，因為「大量的研究報告（包括許多被視為質性者）結合了兩者」（p.161）。對於我們前幾章的分析報告來說確是如此，計量方式在每一篇報告中的使用情形有相當大的差異。更貼切地說，研究者所面對的不是二分的，而是廣泛的可能性。例如蒐集資料時，他必須決定所蒐集的資料應該多麼精確、多麼客觀、可否複製、可否類推。另一組的問題是，資料的蒐集要多麼個別化、多麼真確、以及脈絡連貫性的程度等考量。

無論如何，在這個階段將不斷地面臨選擇（例如，問卷v.s.非結構訪談）。就像我們所呈現的，即使選擇研究敘事性資料，研究者的分析也可能是偏向量化的，第六章與第七章第一節均提供此類例證；或者如第四章的分析，是以質性為主的報告。我們曾經指出，口述文本的量化處理，在得出最後的結果之前，仍需要仰賴大量的武斷定義和決定，並不少於質性研究的過程。從我們的觀點來看，這個程序的客觀性，不啻僅是一個錯覺。看起來是系統化和精確嚴密的過程，並沒有辦法使得詮釋具有客觀性。因此，研究者以開放的心胸來閱讀文本，並完整記錄對於敘事者意義的印象和覺察，完全未使用任何表格數據，並不會較不具有「正確性」。我們的基本立場是，所有的研究取向和研究方法均有寬廣的揮灑空間，而我們對於一個問題、一個人或一個文化的理解，在這個多元論的視角下更加擴展了。

我們在前幾章所呈現的工作，明顯的接近主觀的、敘事的一端。我們反覆地回到相同的資料，我們所蒐集約八十個生命故事，運用不同的工具來聆聽，以不同的視角來觀看，創造了多角形的閱讀（myriad readings）。從其多變的角度，我們選

擇聚焦於其中兩個生命故事，甚或是這兩個故事中的某些情節
和段落。特別值得注意的是，讀者可以看到對於Sara兒童時期
幼小妹妹去世的回憶，有三種詮釋方式，各自由不同的研究者
獨力完成。即使有些看起來似乎相當瑣碎，這些閱讀都大異其
趣。每一個獨特的閱讀，都為這個記憶中的情節揭露了一些新
的面向。我們也可以仔細檢視這其中的矛盾扞格要如何詮釋：
這些不一致的閱讀究竟要教導我們什麼？我們的信念是，生命
故事及其閱讀，正如人們的身分認定一般，具有多元層次和複
雜性，因此，如同在心理治療中，衝突和矛盾也是敘事研究的
重要一環。希望我們已經證明了，閱讀的多元面向可以如何豐
富和擴展我們對於一個人的瞭解。

生命故事作為研究身分認定的工具

　　事實上，我們這個研究旅程開展於一個研究上的假定，有
關生命故事與身分認定（identity）或人格（personality）的連
結，指出我們的研究興趣在於瞭解人們的內在世界，或是身處
文化中的男女如何看待其世界的意義。這是我們的選擇和意
圖，藉由聆聽人們敘說其生命故事來發現這個世界，來瞭解人
們如何從其生命歷史和文化中擷取素材來創造他們的故事；同
時，這些故事也建構了他們的生活，賦予他們意義和目標，
並將他們與其文化緊緊相繫。因此，沒有任何故事是單一面向
的。一個故事有它的旋律、音調、音量，或者，用我們的話來
說，有內容和**形式**--**內容**係由許多的元素或有時相互衝突的
主題交織而成，而形式則由結構、風格、連貫性和其他屬性等
組成。

接著我們要討論下一個問題：何者能反映出敘事者的身分認定呢？我們可能會有這樣的結論，故事和身分認定都是複雜且具多元面向的，或者，如Bakhtin（1981）所述，是對話的（dialogical）和多聲道的（polyphonic）（參看Hermans等人，1993）。就像我們在Sara和David所敘說的故事中看到的一樣，身分認定有許多的成分（components）和層次（layers）。多樣化的成分相互激盪而創造出整體；通常這些成分持續在一個相互衝突的對話中激盪著；但有時候連對話都沒有。至於層次的概念，我們想提出的是，與藉由生命故事的內容去探求身分認定相較，敘事的結構層面可能更貼近較深層的人格，較不易操弄，且能揭露更多。在此我們要再度重申，形式和內容並不如所見的那樣容易區別，這使我們必須要深入討論我們的這個模式，並提供研究者自行選擇。

對此一模式的反思

我們的二乘二模式提供了一個設計，以組織日益增多用來閱讀生命故事的方法和構想。我們相信這對於敘事研究方法的思考和表述具有啟發性的價值，並且可運用於處理各類的材料：口述的（verbal），無論是口說（oral）或是書寫（written），或是影像的（visual）。在提出並使用了這個模式之後，我們也要提醒幾個注意事項。這個模式也許造成了二分法，而這應該更為柔軟或更為保留，如同我們在前幾章所建議的。我們的「四個類型」（four cell）模式：整體-內容、類別-內容、整體-形式、類別-形式，在本書一開頭是富有教育性的，但是，就其表面價值而言，它可能會有所誤導。讀者最好將這個模式構想成包含兩個連續向度，兩個端點都是較為少見

的，但可以「非是即否」的性質來提供清晰的實例，然而大多數的閱讀方法應會包含較爲平衡的混和產物。

　　這個模式雖然有助於從四個方面分別來思考分析和閱讀敘事材料的方法，但這個概念也同樣遮蔽了更爲細膩的區分和合成。「隸屬於」同一個類型的分析，往往也有很大差異，如同我們在第六章所提到的兩個內容分析實例，和第七章的兩個類別-形式分析實例所示。雖然一開始在考量中學經驗的影響時，企圖藉由類別出現頻率來計算並加以排序；但接著，在探討敘說者與其家庭的關係時，資料的處理上則更爲詮釋性和印象派。在第二個內容分析實例中，我們使用**互爲主體性**（intersubjectivity）這個詞來指涉研究者主體（主觀）的聆聽到敘說者主體（主觀）的聲音。隸屬於同一類型的不同方法間的差異，通常不容易具體說明，有賴從更多面向來加以闡述。

　　在我們以實例來說明如何運用這個模式的同時，這個模式的主要區分也常在進行敘事研究時被過度簡化了。當研究者專注於故事的整體或類別形式時，也不可忽略敘事的內容。相對的，劇情或片段的內容亦是瞭解其形式的必要途徑。「整體」與「類別」的區分，在現實上，並不像「內容」和「形式」那樣的明顯。再次強調，這並不是二分法。對於類別的廣度和規模的決定，是研究者所要面對的另一個相關的選擇。當我們將一個文本拆解成每一個細小和精確的單元時，可能會過於詳細和瑣碎；而運用較爲寬廣的議題、主旨或主題，則可能相當具有啓發性。如同「圖像與背景」（figure-and-ground）的關係一般，一個相對較短篇幅的生命故事片段（諸如我們資料裡的階段或篇章），在我們考量其間所蘊含的一個較小成分時，亦可被視爲「整體」。更甚者，當我們閱讀整個生命故事時，也會有一些言詞或單一的情節會突顯出來，成爲整體閱讀的一個焦點。另一方面，從我們的觀點來看，一旦內容分析忽略了某

段言詞的全文脈絡，或是捨棄從瞭解一個人故事整體而產生的
洞察，則很難得到有意義的結論。識此之故，我們在此階段將
帶領讀者從拘泥於這些二分法中解放出來，這些名詞僅表達該
範疇所定義的理想極端，但甚少以其純粹的形式出現於現實場
域中。

「如何做」敘事研究

　　在閱讀和詮釋敘事材料的幾個現存取向中，除了傳統的
「內容分析」法（這在今日甚至已電腦化了）（註1），很少
有提供指導手冊或工作指南來一一詳述研究工作的步驟。以我
們的觀點看來，這不只是這類型的方法學在心理學或社會科學
中仍在起步階段，更是這類研究工作本質的自然結果，使其以
較類似詩詞或小說的文學閱讀來呈現。我們強烈地相信，敘事
分析不是一種藝術形式，亦非天賦異稟，更不只是一項「技
術」。它需要研究者秉持極大的耐心全力以赴，並且在學術
上不斷學習和精益求精。閱讀詳細的分析實例，如本書所呈現
者，是使研究者獲致更好研究結果的法門之一。

　　然而，僅是消極被動地熟讀研究的完美模式（如果真有的
話），並不是精熟研究方法的最佳途徑。因此，我們在本書各
個章節中不斷地嘗試要激勵讀者採取行動。更有甚者，我們曾
努力呈現研究的兩難困境，以及研究者與其自身和研究團隊的
內在對話中的所有考量事項，以帶領讀者達到最後的目的地，
亦即，「如何」進行這個模式的程序步驟。這是個權衡輕重的
過程，獲致可行的規則，然後加以修正，而且經常必須在諸多
實務條件限制之下有所妥協和折衷。然而，就像第七章第一節
所呈現的實例，對於故事中所呈現的敘說者認知程度的分析，

這個權衡輕重的過程並不會阻礙這個分析程序在學術上的卓越性和其應用性。這些研究者面臨兩難困境時的自我省思和開放性表述，提供了學者和其讀者之間一個公平的、成熟的和批判性對話的機會，這對話爲敘事研究領域激發更大的能量，引領我們繼續向前邁進。

這個研究模式也帶領我們進入一個敘事研究的重要議題，那就是，對於敘事研究的判斷和評估。在讀者將我們的研究牢記在心的同時，我們也將以這個最後議題的討論來作爲本書的結束。

質性研究的規準

用以評估研究的「舊有」規準（criteria），基本上包括：信度（reliability）、效度（validity）、客觀性（objectivity）、可複製性（replicability）。這些規準多半是量化的，亦即，以相關係數或是類似的測量來加以表示。有些學者相信，這些規準適用於所有的研究，包括敘事（或質性）研究，但這個立場實際上是相當困難，或是不可能達到的（Altheide & Johnson, 1994）。再者，它與敘事取向的本質相互抵觸。敘事取向是從詮釋性的觀點，堅信敘事的材料就如同現實（reality）本身，可以藉由非常多樣的方式來閱讀、理解和分析。由此獲致的多個不同的敘事研究報告，彰顯了此類研究材料的豐富性，以及不同讀者對於敘事材料的敏銳覺察；絕非學術研究能力不足所致。

那麼哪些可作爲檢核敘事研究品質的規準呢？要如何分辨哪些是好的研究或壞的研究呢？我們要如何爲增進敘事分析的品質提供指引？受多元論的啓發，這些問題在目前這個領域的

工作中已有了許多答案。我們為讀者提供了一些規準，可作為
未來在閱讀和進行敘事研究時的指導原則。

Runyan（1984）在評估個案研究時，曾將評估
規準區分為內在規準（internal criteria）和外在規準
（external criteria）。內在規準諸如風格（style）、生
動性（vividness）、一致性（coherence）、和合理性
（plausibility），而外在規準即是與外在資訊來源的符合程度
（correspondence）。「總之，評估的過程不能單從閱讀個案
本身，而是必須將其他人的判斷也採納進來，包括熟悉這個研
究對象或熟知其他證據來源者。」（p.150）基於文獻探討，
他提出了評估個案研究的七個規準。我們將之完整呈現於下，
以作為進行敘事研究者可以努力達成的目標，或作為讀者決定
是否進行敘事研究的理由。

1. 提供對於這個人的「洞察」（insight），釐清先前缺乏意
   義或無法理解的部分，指出先前尚未發現的連結。
2. 提供對於這個人的感覺，傳達出已熟知這個人或已見過這個
   人的經驗。
3. 協助我們瞭解這個人的內在或主觀世界；他是如何思考自身
   的經驗、處境、難題和生活。
4. 深化我們對於這個研究對象的同情和同理的瞭解。
5. 有效地描繪出這個人所居住或生活的社會和歷史世界。
6. 闡明相關事件、經驗和情況的原因和意義。
7. 使閱讀如身歷其境、引人入勝、且動人心弦。

此一深奧且廣泛的清單只針對單一個案研究，所以不是這
個議題的最終答案。一方面，基於多元論的精神，我們可以發
現一些激進的觀點，如Smith（1984）認為對質性或詮釋性研
究進行評量，乃完全違背學術研究的基本特性和價值。另一

方面，有些學者則提出更新且更扼要的評估清單和規準。晚近，Rogers等人（付梓中）指出「在質性研究中，效度的基本規準，有賴於依循文本中所顯現的證據來做出詮釋和結論。」（p.5）。Hammersley（1992）則提出了兩項一般性的評估規準：「效度」（validity），要求報告的真實性、合理性、和可靠性，以及「關聯性」（relevance）要求報告本身需對其領域、先前發現、方法、理論或社會政策具有重要性和貢獻（p.73）。Mishler（1990）從另一個視角提出兩個評估敘事研究的規準，那就是，「可信賴性」（trustworthiness）和「真確性」（authenticity）。「可信賴性」指的是研究社群的公開評估。Mishler認為：「聚焦於可信賴性而非真理，卸除了傳統上藉由先驗的客觀性、不作反應、中立化現實而強調的驗證之角色，轉移到一個社會世界現實，一個由我們的表述、行動和實踐所建構的世界。」（p.420）。

　　基於以上所述，以及我們在生命故事上的研究經驗，我們發現有四個規準可用於評估敘事研究：

（1）**廣度（Width）**：*證據的綜合全面性*。此一面向指的是訪談或觀察的品質，以及其分析和詮釋的品質。在敘事研究報告中引述受訪者的言詞，且提供可選替的解釋，可讓讀者自行判斷和詮釋這些證據。

（2）**一致性（Coherence）**：*對不同部分的闡釋，組成了一個完整且有意義的圖像*。一致性可從內在和外在來評估，內在指的是故事的各個部分如何整合在一起，外在指的是以現存的理論和先前的研究來加以檢驗。

（3）**洞察力（Insightfulness）**：*在呈現故事與分析時，有革新性與原創性*。與這個規準相近的問題是，當閱讀「另一個人」的生命故事分析時，是否能引起讀者對自

身生命有更大的理解與洞察。

（4）**精簡性**（Parsimony）：*以少量概念來提供分析的能力，且能展現優雅的美學吸引力*（這與文學素養、寫作能力、說故事與故事分析能力有關，見Blauner, 1987；Richardson, 1994）。

我們的見解與Mishler 和Rogers等人相似，我們並不直接探究敘事研究的真實價值（truth-value），而是將之視為一個形成共識的過程，也就是，研究社群或是對此有興趣和相關的人士，互相分享每個人的觀點和結論來形成理解，這是敘事探究中最重要的部分。關於研究者間相互對話的重要性，以及對個人內在對話的覺察和分享，本書已經談過很多了。

讀者現在應該已經清楚，擁有一張「清單」並不保證能順利的做出決定。與量化研究測量信度和效度相較，上述的規準本質上就是質性的，亦即，其所涵蓋的判斷不能以量表或數字來表示。敘事研究的領域裡應該可以藉由共識性的評估來精益求精，但其結果絕不能被化約成簡單的公式或是數字。

總結我們的討論及整本書中的要點，我們認為，有許多好的敘事研究，也有差的敘事研究。有數個方法可以學習如何增進閱讀、分析和詮釋生命故事的技能，但絕非表示敘事研究一定優於統計或實驗研究。某些研究目的特別適用於某一種研究方法；而閱讀和詮釋可以藉由許多不同方式來進行。就像Denzin和Lincoln在他們書中所陳述的（1994）：「分析、評估和詮釋的過程，既不是終點，也不是機械化的。它們總是逐漸顯現出來，不可預期且永無止境。」

備註

1.電腦化的內容分析軟體介紹並非本書要討論的主題。尤其我們研究資料的這些生命故事都是希伯來文，並沒有任何電腦程式可以讓我們使用。然而，我們將此一情況視為恩典，因為這迫使我們在沒有工具輔助下面對文本。關於電腦化內容分析或表述分析的論述，請參考 Richards and Richards（1994）附錄了一個電腦軟體的清單（p.461）。此外，有關電腦分析的書如下：Fielding and Lee（1991），Miles and Huberman（1994）， Weitzman and Miles（1995），Kelle, Prein, and Bird（1995）。

Reference

Adler, A. (1929a). *The practice and theory of individual psychology*. New York: Harcourt &Brace.

Adler, A. (1929b). *The science of living*. London: Low & Brydone.

Adler, A. (1931). *What life should mean to you*. Boston: Little Brown.

Adler, A. (1956). *The individual psychology of Alfred Adler*. New York: Basic Books.

Alasuutari, P. (1997). The discursive construction of personality. *Narrative Study of Lives*,5, 1-20.

Allport, G. W. (1962). The general and the unique in psychological science. *Journal of Personality, 30*, 405- 422.

Altheide, D. L., & Johnson, J. M. (1994). Criteria for assessing interpretive validity in qualitative research. In N. K. Denzin. & Y. S. Lincoln (Eds.), *Handbook of qualitative research* (pp. 485-499). Thousand Oaks, CA: Sage.

Amir, Y, Sharan, S., & Ben Ari, R. (1984). Why integration? In Y. Amir & S. Sharan (Eds.), *School desegregation* (pp. 1-20). London: LEA.

Bakan, D. (1966). *The duality of human existence*. Boston: Beacon.

Bakhtin, M. M. (1981). *The dialogic imagination*. Austin: University of Texas Press.

Bales, R. F. (1958). Task roles and social roles in problem solving groups. In E. E.Maccoby, T. M. Newcomb, & E. L. Hartly (Eds.), *Reading in social psychology*(pp. 437-447). New York: Holt.

Barnett, W. S. (1993). Benefit cost analysis of preschool education: Finding from a 25-year follow-up. *American Journal of Onhopsychiatry*, 63(4), 500-508.

Bateson, M. C. (1989). *Composing a life*. New York: Atlantic Monthly Press.

Belenky, M. F., Clinchy, B. M., Goldenberger, N., & Tarule, J. M. (1986). *Women's wayof knowing: The development of self, voice, and mind*. New York: Basic Books.

Biber, D., & Finegan, E. (1989). Styles of stance in English: Lexical and grammatical marking of evidentiality and affect. *Text, 9*(1), 93-124.

Bickman, L., & Rog, D. J. (Eds.). (1998). *Handbook of applied social research methods*. Thousand Oaks, CA: Sage.

Bishop, D. R. (1993). Applying psychometric principles to the clinical use of early recollection. *Individual Psychology, 49*, 153-165.

Blauner, B. (1987). Problems of editing "first person" Sociology. *Qualitative Sociology, 10*, 46-64.

Brown, L. M., Argyris, D., Attanucci, J., Bardige, B., Gilligan, C., Johnston, K., Miller, B., Osborne, D., Ward, J., Wigginns, G., & Wilcox, D. (1988). *A guide to reading narratives of conflict and choice for self and voice*. Cambridge, MA: Harvard University Press.

Bruhn, A. R. (1985). Using early memories as a projective technique: The cognitive perceptual method. *Journal of Personality Assessment, 49*, 587-597.

Bruner, J. (1986). *Actual minds, possible words*. Cambridge, MA: Harvard University Press.

Bruner, J. (1990). *Acts of meaning*. Cambridge, MA: Harvard University Press.

Bruner, J. (1991). The narrative construction of reality. *Critical Inquiry*, 18, 1-21.

Bruner, J. (1996). *The culture of education*. Cambridge, MA: Harvard University Press.

Capps, L., & Ochs, E. (1995). *Constructing panic*: The discourse of agoraphobia. Cambridge: Cambridge University Press.

Chambon, A. S. (1995). Life history as a dialogical activity: "If you ask me the right questions, I would tell you." *Current Sociology, 43*, 125-135.

Chanfrault-Duchet, M. F. (1991). Narrative structures, social models and symbolic representation in the life story. In S. B. Gluck & D. Patai (Eds.), *Women's words: The feminist practice of oral history* (pp. 63-75). New York: Routledge & Kegan Paul.

Crabtree, R. R, & Miller, W. L. (1982). *Doing qualitative research*. London: Sage.

Curtis, W. (Ed.). (1988). *Revelations: A collection of gay male coming out stories*. Boston: Alyson.

Denzin, N. K. (1978). The sociological interview. In N. K. Denzin (Ed.), *The research act* (pp. 112-134). New York: McGraw-Hill.

Denzin, N. K. (1989). *Interpretive interactionism* (Applied Social Research Methods Series, Vol. 16). Newbury Park, CA: Sage.

Denzin, N. K., & Lincoln, Y. S. (Eds.). (1994). *Handbook of qualitative research*. Newbury Park, CA: Sage.

Duplessis, R. B. (1985). *Writing beyond the ending*. Bloomington: Indiana University Press.

Eiger, H. (1975). *Rehabilitative teaching for underprivileged students* [in Hebrew]. Tel-Aviv: Sifriat Poalim.

Eiger, H., & Amir, M. (1987). Rehabilitative teaching for underprivileged students: Psychoeducational aspects. In U. Last (Ed.), *Psychological work in school* [in Hebrew] (pp. 174-204). Jerusalem: Magness.

Epston, D., White, M., & Murray, K. D. (1992). A proposal for the authoring therapy. In S. McNamee & K. J. Gergen (Eds.), *Therapy as social construction*. London: Sage.

Erikson, E. H. (1959). *Identity and the life cycle*. New York: Norton.

Erikson, E. H. (1968). *Identity: Youth and crisis*. New York: Norton.

Eshel, Y., & Klein, Z. (1995). Elementary school integration and open education: Long-term effects of early intervention. In G. Ben-Shakhar & A. Lieblich (Eds.), *Studies in psychology in honor of Solomon Kugelmass* (pp. 155-175). Jerusalem: Magness.

Farrell, M. P., Rosenberg, S., & Rosenberg, H. J. (1993). Changing texts of male identity from early to late middle age: On the emergent prominence of fatherhood. In J. Demick., K. Bursick., & R. DiBiase (Eds.), *Parental development* (pp. 203-224). Hillsdale, NJ: Lawrence Erlbaum.

Feldman, C., Bruner, J., & Kalmar, B. (1993). Plot, plight and dramatism: Interpretation at three ages. *Human Development*,

36(6), 327-342.

Fielding, N. G., & Lee, R. M. (1991). *Using computers in qualitative research*. London: Sage.

Fisher-Rosenthal, W. (1995). The problem with identity: Biography as solution to some (post) modernist dilemmas. *Comenius, Utrecht, 3*, 250-265.

Fontana, A., & Frey, J. H. (1994). Interviewing: The art of science. In N. K. Denzin & Y. S. Lincoln (Eds.), *Handbook of qualitative research* (pp. 362-376). Thousand Oaks, CA: Sage.

Frankenstein, C. (1970a). *Impaired intelligence*. New York: Gordon & Reach.

Frankenstein, C. (1970b). *Rehabilitating damaged intelligence* [in Hebrew]. Jerusalem: Hebrew University, School of Education.

Frankenstein, C. (1972). *Liberating thinking from its bondages* [in Hebrew]. Jerusalem: Hebrew University, School of Education.

Frankenstein, C. (1981). *They think again* [in Hebrew]. Tel-Aviv: Am Oved.

Freud, S. (1950). *Screen memories*. In J. Strachey (Ed. & Trans.), *Standard edition of the complete works of Sigmund Freud* (Vol. 3, pp. 301-322). London: Hogarth. (Original work published 1899)

Freud, S. (1960). Childhood memories and screen memories. In J. Strachey (Ed. & Trans.), *Standard edition of the complete works of Sigmund Freud* (Vol. 6, pp. 43-52). London: Hogarth. (Original work published 1901)

Frye, N. (1957). *Anatomy of criticism*. Princeton, NJ: Princeton University Press.

Gergen, K. J. (1991). *The saturated self: Dilemmas of identity in contemporary life*. New York: Basic Books.

Gergen, K. J. (1994a). *Realities and relationships: Soundings in social construction*. Cambridge, MA: Harvard University Press.

Gergen, K. J. (1994b). Mind, text and society: Self memory in social context. In U. Neisser & R. Fivush (Eds.), *The remembering self* (pp. 78-104). New York: Cambridge University Press.

Gergen, K. J., & Gergen, M. M. (1986). Narrative form and the construction of psychological science. In T. R. Sarbin (Ed.), *Narrative psychology: The storied nature of human conduct* (pp. 22-44). New York: Praeger.

Gergen, K. J., & Gergen, M. M. (1988). Narrative and the self as relationship. In L. Berkowitz (Ed.), *Advances in experimental social psychology* (Vol. 21). San Diego, CA: Academic Press.

Gergen, M. M. (1988). *Feminist thought and structure of knowledge.* New York: New York University Press.

Gergen, M. M. (1992). Life stories: Pieces of a dream. In G. C. Rosenwald & R. L. Ochberg (Eds.), Storied lives: *The cultural politics of self-understanding* (pp. 127-144). New-Haven, CT: Yale University Press.

Giddens, A. (1991). *Modernity and self identity: Self and society in the late modern age.* Stanford, CA: Stanford University Press.

Gilligan, C. (1982). *In a different voice: Psychological theory and women's development.* Cambridge, MA: Harvard University Press.

Gilligan, C., Lyons, N. P., & Hammer, T. G. (1990). *Making connections: The relational worlds of adolescent girls at Emma Willard School.* Cambridge, MA: Harvard University Press.

Gilligan, C., Rogers, A.G., & Tolman, D. L. (Eds.). (1991). *Women, girls & psychotherapy: Reframing resistance.* New York: Harrington Park.

Glaser, B., & Strauss, A. (1967). *The discovery of grounded theory.* Chicago: Aldine.

Gluck, S. B., & Patai, D. (Eds.). (1991). *Women's words: The feminist practice of oral history.* New York: Routledge & Kegan Paul.

Goldberger, N., Tarule, J., Clinchy, B., & Belenky, M. (Eds.). (1996). *Knowledge, difference and power: Essays inspired by women's way of knowing.* New York: Basic Books.

Goldstein, K., & Scheerer, M. (1941). Abstract and concrete behavior.

Psychological Monographs, 53(2), 1-151.

Gorkin, M., & Othman, R. (1996). *Three mothers three daughters: Palestinian women's stories.* Berkeley: University of California Press.

Gottschalk, L. A. (1994). The development, validation, and applications of a computerized measurement of cognitive impairment from the content analysis of verbal behavior. *Journal of Clinical Psychology, 54*(3), 349-361.

Gould, R. (1978). *Transformation: Growth and change in adult life.* New York: Simon & Schuster.

Greene, J. C. (1994). Qualitative program evaluation: Practice and promise. In N. K. Denzin & Y. S. Lincoln (Eds.), *Handbook of qualitative research* (pp. 530-544). Thousand Oaks, CA: Sage.

Gutmann, D. (1980).The post parental years: Clinical problems and developmental possibilities. In W. H. Norman & T. J. Scarmella. (Eds.), *Mid-life: Developmental and clinical issues.* New York: Brunner/Mazel.

Gutmann, D. (1987). *Reclaimed powers: Men and women in later life.* Evanston, 1L: Northwestern University Press.

Hammersley, M. (1992). *What's wrong with ethnography? Methodological exploration.* London: Routledge & Kegan Paul.

Hartley, L. L., & Jensen, P. L. (1991). Narrative and procedural discourse after closed head injury. *Brain Injury, 5*, 267-285.

Heilbrun, C. G. (1989). *Writing a woman's life.* New York: Ballantine.

Heizner, Z. (1994). *The rhetoric of trauma.* Unpublished doctoral dissertation, Hebrew University, Jerusalem.

Herman, J. L. (1992). *Trauma and recovery.* New York: Basic Books.

Hermans, H. J. M., Rijks. T. I., Harry, J. G., & Kempen, H. J. G. (1993). Imaginal dialogue in the self: Theory and method. *Journal of Personality, 61*(2), 207-236.

Hevern, V. W. (1997). *Resources for narrative psychology: Guide and annotated bibliography* [on-line]. Syracuse, NY: Author.

(Available through http://maple.lemoyne. edu/Ehevern/nrmaster. html).

Howard, G. S. (1991). Culture tales: A narrative approach to thinking cross cultural psychology and psychotherapy. *American Psychologist, 46*, 187-197.

Josselson, R. (1987). *Finding herself: Pathways to identity development in women*. San Francisco: Jossey-Bass.

Josselson, R. (1992). *The space between us: Exploring the dimensions of human relationship*. San Francisco: Jossey-Bass.

Josselson, R. (Ed.). (1996a). *The narrative study of lives: Vol. 4. Ethics and process.* Thousand Oaks, CA: Sage.

Josselson, R. (1996b). *Revising herself: The story of women's identity from college to mid-life*. New York: Oxford University Press.

Josselson, R., & Lieblich, A. (Eds.). (1993). *The narrative study of lives* (Vol. 1). Newbui Park, CA: Sage.

Josselson, R., & Lieblich, A. (Eds.). (1995). *The narrative study of lives: Vol. 3. Inte preting experience*. Thousand Oaks, CA: Sage.

Josselson, R., Lieblich, A., Sharabany, R., & Wiseman, H. (1997). *Conversation method: Analyzing the relational world of people who were raised communal*. Thousand Oaks, CA: Sage.

Kelle, U., Prein, G., & Bird, K. (1995). *Computer aided qualitative data analysis: Theory methods, and practice*. Thousand Oaks, CA: Sage.

Kemper, S., Rash, S., Kynette, D., & Norman, S. (1990). Telling stories: The structure adults' narratives. [Special issue: Cognitive gerontology]. *European Journal Cognitive Psychology, 2*, 205-228.

Klein, Z., & Eshel, Y. (1980). *Integrating Jerusalem schools*. New York: Academic Press.

Kobasa, S. C. (1982). The hardy personality: Toward a social psychology of stress and health. In J. M. Suls & G. Sanders

(Eds.), *Social psychology of health and illness* (pp. 3-33). Hillsdale, NJ: Lawrence Erlbaum,

Koch, T. (1990). *Mirrored lives: Aging children and elderly parents*. New York: Praeger.

Kohlberg, L. (1976). Moral development and moralization: The cognitive development approach. In T. Lickona (Ed.), *Moral development and behavior: Theory, research, and social issues*. New York: Holt, Rinehart & Winston.

Kuale, S. (1983). The qualitative research interview: A phenomenological and a herme-neutical understanding. *Journal of Phenomenological Psychology, 14,* 171-196.

Labov, W., & Waletzky, J. (1967). Narrative analysis: Oral versions of personal experience. In J. Helm (Ed.), *Essays on the verbal and visual arts* (pp. 12-44). Seattle: University of Washington Press.

Lakoff, R. T. (1975). *Language and women's place*. New York: Harper & Row.

Lakoff, R. T. (1990). T*alking power: The politics of language in our lives*. New York: Basic Books.

LaRossa, R. (1989). In depth interviewing in family medicine research. In N. Ramsey Jr.(Ed.), *Family system in medicine* (pp. 227-240). New York: Guilford.

Levinson, D. (1996). *The seasons of a woman's life*. New York: Knopf.

Lieblich, A. (1986). Successful career women at mid-life: Crises and human development. *International Journal of Aging and Human Development, 23*(4), 301-312.

Lieblich, A. (1993). Looking at change: Natasha, 21: New immigrant from Russia to Israel. *Narrative Study of Lives, 1*, 92-129.

Lieblich, A. (1995). A preliminary exploration of high school experience and its effects on graduates of the rehabilitative teaching project at the high school adjunct to the Hebrew University of Jerusalem. In G. Ben-Shakhar & A. Lieblich (Eds.), *Studiesin psychology in honor of Solomon Kugelmass* (pp. 176-201). Jerusalem: Magness.

Lieblich, A., & Josselson, R. (Eds.). (1994). *The narrative study of lives: Vol. 2. Exploring identity and gender*. Thousand Oaks, CA: Sage.

Lieblich, A., & Josselson, R. (Eds.). (1997). *The narrative study of lives* (Vol. 5). Thousand Oaks, CA: Sage.

Lieblich, A,, Tuval, R., & Zilber, T. (1995). *Long term follow-up of the educational work of the rehabilitative teaching within the "project" of the Hebrew University School in Jerusalem* [in Hebrew]. Scientific report, the Israeli Foundations Trustees.

Lieblich, A., Zilber, T., & Tuval-Machiah, R. (1995). Seekers and finders: Generalization and differentiation in life stories [in Hebrew]. *Psychology, 5*(1), 84-95.

Linde, C. (1993). *Life stories: The creation of coherence*. New York: Oxford University Press.

Lissak, M. (1984). The ethnic organization in the Jewish community in Palestine [in Hebrew]. *Megamoth, 25*(2-3), 295-315.

Mahler, M., Pine, F., & Bergman, A. (1975). *The psychological birth of the human infant*. New York: Basic Books.

Manning, P. K., & Cullum-Swan, B. (1994). Narrative, content, and scientific analysis. In N. K. Denzin & Y. S. Lincoln (Eds.), *Handbook of qualitative research* (pp. 463-477). Thousand Oaks, CA: Sage.

Marcia, J. E. (1966). Development and validation of ego identity status. *Journal of Personality and Social Psychology, 3,* 551-558.

Maslow, A. H. (1954). *Motivation and personality*. New York: Harper & Row.

Mason, M. G. (1980). Autobiographies of women writers. In J. Olney (Ed.), *Autobiography essays: Theoretical and critical*. Princeton, NJ: Princeton University Press.

Maxwell, J. A. (1996). *Qualitative research design: An interactive approach* (Applied Social Research Methods Series, Vol. 41). Thousand Oaks, CA: Sage.

Maxwell, J. A., & Miller, B. A. (in press). Categorization and contextualisation as components of qualitative data analysis. *Qualitative Sociology*.

McAdams, D. P. (1985). *Power, intimacy, and life story: Personological inquiries into identity*. New York: Guilford.

McAdams, D. P. (1990). *The person: An introduction to personality psychology*. Orlando, FL: Harcourt Brace.

McAdams, D. P. (1993). *The stories we live by: Personal myths and the making of the self.* New York: William Morrow.

McAdams, D. P., Hoffman, B. J., Mansfield, E. D., & Day, R. (1996). Themes of agency and communion in significant autobiographical scenes. *Journal of Personality, 64*, 339-377.

McCracken, G. (1988). *The long interview*. Beverly Hills, CA: Sage.

Miles, M. B., & Huberman, A. M. (1994). *Qualitative data analysis: An expanded source book* (2nd ed.). Thousand Oaks, CA: Sage.

Miller, J. B. (1986). *What do we mean by relationship?* (Work in progress, Working Paper Series, 22). Wellesley, MA: Stone Center.

Mishler, E. G. (1986a). The analysis of interview-narratives. In T. R. Sarbin (Ed.), Narrative psychology: The storied nature of human conduct (pp. 233-255). New York: Praeger.

Mishler, E. G. (1986b). *Research interviewing: Context and narrative. Cambridge*, MA: Harvard University Press.

Mishler, E. G. (1990). Validation in inquiry-guided research: The role of exemplars in narrative studies. *Harvard Educational Review, 60*, 415-442.

Mishler, E. G. (1995). Models of narrative analysis: A typology. *Journal of Narrative and Life History, 5*, 87-123.

Mitchell, W. J. T. (Ed.). (1981). *On narrative*. Chicago: University of Chicago Press.

Mosak, H. H. (1958). Early recollections as a projective technique. *Journal of Projective Techniques, 22*, 302-311.

Murray, K. D. (1988). The construction of identity in narrative of romance and comedy. In J. Shelter & K. Gergen (Eds.), *Texts of identity*. London: Sage.

Murray, K. D. (1992). The construction of a moral career in medicine. In R. Young & A. Collins (Eds.), *Interpreting career: Hermeneutical studies of lives in context* (pp. 31-47). New York: Praeger.

Neisser, U., & Fivush, R. (1994). *The remembering self: Construction and accuracy in the self narrative.* New York: Cambridge University Press.

Nelson, K. (1989). *Narratives from the crib.* Cambridge, MA: Harvard University Press.

Neugarten, B. L. (1968). *Middle age and aging.* Chicago: University of Chicago Press.

Ochberg, R. L. (1994). Life stories and storied lives. *Narrative Study of Lives, 2,* 113-144.

Ochs, E. (1989). The pragmatics of affect: An introduction [Special issue]. *Text, 9*(1), 1-5.

Ochs, E., & Capps, L. (1996). Narrating the self. Annual Review of Anthropology, 25, 19-43. Ochs, E., & Schieffelin, B. (1989). *Language has a heart. Text, 9*(1), 7-25.

Omer, H., & Alon, N. (1997). *Constructing therapeutic narratives.* Northvale, NJ: Jason Aronson.

Omer, H. (1994). *Critical interventions in psychotherapy.* New York: Norton.

Peres, J., & Katz, R. (1991). The family in Israel: Change and continuity. In L. Shamgar-Hendelman & R. Bar Yosef (Eds.), *Families in Israel* [in Hebrew] (pp. 9-32). Jerusalem: Academon.

Perry, W. G. (1968). *Forms of intellectual and ethical development in the college years* New York: Holt, Rinehart & Winston.

Personal Narratives Group. (Eds.). (1989). *Interpreting women's lives: Feminist theory and personal narratives.* Bloomington: Indiana University Press.

Piaget, J. (1955). *The child's construction of reality.* London: Routledge & Kegan Paul. Plummer, K. (1995). Telling sexual stories: Power, change and social worlds. New York: Routledge &

Kegan Paul.

Polkinghorne, D. E. (1988). *Narrative knowing and the human sciences*. Albany: State University of New York Press.

Polkinghorne, D. E. (1991). *Narrative and self concept. Journal of Narrative and Life History, 1*, 135-154.

Rabuzzi, K. A. (1988). A theory of multiple-case research. *Journal of Personality, 56*, 239-264.

Richards, T. J., & Richards, L. (1994). Using computers in qualitative research. In N. K. Denzin & Y. S. Lincoln (Eds.), *Handbook of qualitative research* (pp. 445-462). Thousand Oaks, CA: Sage.

Richardson, L. (1994). Writing: A method of inquiry. In N. K. Denzin & Y. S. Lincoln (Eds.), *Handbook of qualitative research* (pp. 516-529). Thousand Oaks, CA: Sage.

Riessman, C. K. (1990). *Divorce talk: Women and men make sense of personal relationship*. New Brunswick, NJ: Rutgers University Press.

Riessman, C. K. (1993). *Narrative analysis* (Qualitative Research Methods Series, Vol. 30). Newbury Park, CA: Sage.

Rimmon-Keenan, S. (1989). *Narrative fiction: Contemporary poetics*. London: Methuen.

Rogers, A. G., Casey, M. E., Ekert, J., Holland, J., Nakkula, V., & Sheinberg, N. (in press). An interpretive poetics of languages of the unsayable. *Narrative Study of Lives*.

Rosenthal, G. (1993). Reconstruction of life stories: Principles of selection in generating stories for narrative biographical interviews. *Narrative Study of Lives, 1*, 55-91.

Rosenthal, G. (1997). National identity or multicultural autobiography. *Narrative Study of Lives, 5*, 1-20.

Rosenwald, G. C., & Ochberg, R. L. (1992). *Storied lives: The cultural politics of self understanding*. New Haven, CT: Yale University Press.

Rotenberg, M. (1987). *Re-biographing and deviance: Psychotherapeutic narrativism and the midrash*. New York: Praeger.

Rotter, J. B. (1966). Generalized expectancies for internal vs.

external control of reinforcement. *Psychological Monograph, 80*(Whole no. 609).

Runyan, W. M. C. (1984). *Life histories andpsychobiography: Explorations in theory and method*. New York: Oxford University Press.

Sarbin, T. R. (Ed.). (1986). *Narrative psychology: The storied nature of human conduct*. New York: Praeger.

Scarf, M. (1981). *Unfinished business: Pressure points in the lives of women*. New York: Ballantine.

Schafer, R. (1983). *The analytic attitude*. New York: Basic Books.

Schulman, P., Castellon, C., & Seligman, M. E. P. (1989). Assessing explanatory style: The content analysis of verbatim explanations and attributional style questionnaire. In *Behavioral research and therapy* (pp. 505-512). Oxford: Pergamon.

Schwartz, S. H., & Bilsky, W. (1987). Towards a psychological structure of human values. *Journal of Personality and Social Psychology, 53*, 550-562.

Smith, J. K. (1984). The problem of criteria for judging interpretive inquiry. *Educational Evaluation and Policy Analysis, 6*, 379-391.

Spence, D. P. (1982). *Narrative truth and historical truth: Meaning and interpretation in psychoanalysis*. New York: Norton.

Spence, D. P. (1983). The paradox of denial. In S. Breznitz (Ed.), *The denial of stress*. New York: International Universities Press.

Spence, D. P. (1986). Narrative smoothing and clinical wisdom. In T. R. Sarbin (Ed.), *Narrative psychology: The storied nature of human conduct* (pp. 211-232). New York: Praeger.

Spence, J. T., Helmreich, R., & Stapp, J. (1975). Ratings of self and peers on sex role attributes and their relation to self esteem and conceptions of masculinity and femininity. *Journal of Personality and Social Psychology, 32*, 29-39.

Spradley, J. P. (1979). *The ethnographic interview*. New York: Holt, Rinehart & Winston.

Stewart, A. J., Franz, C., & Layton, L. (1988). The changing self: Using personal documents to study lives. *Journal of Personality, 56*(1), 41-74.

Sutton-Smith, B. (1986). The development of fictional narrative performances. *Topics in Language Disorder, 7*(1), 1-10.

Tannen, D. (1990). *You just don't understand*. New York: William Morrow.

Tetlock, P. E. (1991). An alternative metaphor in the study of judgment and choice: People as politicians. *Theory and Psychology, 1*(4), 451-477.

Tetlock, P. E., & Suedfeld, P. (1988). Integrative complexity coding of verbal behavior. In C. Antaki (Ed.), *Analyzing everyday explanation: A casebook of method* (pp. 43-59). London: Sage.

Thompson, S. (1994).Changing lives, changing genres: Teenage girls' narratives about sex and romance, 1978-1986. In A. S. Rossi (Ed.), *Sexuality across the life course* (pp. 209-232) (John D. and Catherine T. MacArthur Foundation Series on Mental Health and Development: Studies on Successful Mid-Life Development). Chicago: University of Chicago Press.

Van-Langenhove, L., & Harre, R. (1993). Positioning and autobiography: Telling your life. In N. Coupland & J. F. Nussbaum (Eds.), *Discourse and lifespan identity: Vol. I. Language and language behaviors* (pp. 81-99). Newbury Park, CA: Sage.

Watkins, C. E. (1992). Adlerian-oriented early memory research: What does it tell us? *Journal of Personality Assessment, 59*(2), 248-263.

Webster's Third International Dictionary. (1966). Springfield, MA: Merriam-Webster.

Weitzman, E. A., & Miles, M. B. (1995). *Computer programs for qualitative data analysis: A software source book* (2nd ed.). Thousand Oaks, CA: Sage.

White, M., & Epston, D. (1990). *Narrative means to therapeutic ends*. New York: Norton.

Widdershoven, G. A. M. (1993). The story of life: Hermeneutic perspectives on the relationship between narrative and life history. *Narrative Study of Lives, 1*, 1-20.

Wigren, J. (1994). Narrative completion in the treatment of trauma. *Psychotherapy, 31*(3), 415-423.

Wiersma, J. (1988). The press release: Symbolic communication in life history interviewing. *Journal of Personality, 56*(1), 205-238.

Wiseman, H., & Lieblich, A. (1992). Individuation in a collective community. In S. C Feinstein (Ed.), *Adolescent Psychiatry: Developmental and Clinical Studies, 18,* 156-179.

Woolf, V. (1957). *A room of one's own*. New York: Harcourt Brace Jovanovich. (Origins work published 1929)

Yin, B. K. (1984). *Case study research design and methods* (Applied Social Researc Methods Series, Vol. 5). Newbury Park, CA: Sage.

Zigler, E., & Valentine, J. (Eds.). (1979). *Project Head Start: A legacy of the wan poverty*. New York: Free Press.

國家圖書館出版品預行編目資料

```
 敘事研究：閱讀、分析與詮釋/Amia Lieblich, Rivka
Tuval-Mashiach, Tamar Zilber原著；吳芝儀 譯
 - -初版- -
 嘉義市：濤石文化，2008【民97】
   面；      公分
  參考書目：面
 978-986-81049-9-0（平裝）

 1.敘事文學 2.質性研究 3.方法論

 810.31                        97003733
```

敘事研究：閱讀、分析與詮釋

Narrative Research：Reading, Analysis and Interpretation

原　　　　著：Amia Lieblich, Rivka Tuval-Mashiach, Tamar Zilber
譯　　　者：吳芝儀 譯
出　版　者：濤石文化事業有限公司
責 任 編 輯：徐淑霞
封 面 設 計：白金廣告設計
地　　　址：雲林縣斗六市建成路111號7F-2
登　記　證：嘉市府建商登字第08900830號
電　　　話：(05)271-4478
戶　　　名：濤石文化事業有限公司
郵 撥 帳 號：31442485
印　　　刷：鼎易印刷事業股份有限公司
初 版 一 刷：2008年3月　2018年5月初版四刷
I S B N：978-986-81049-9-0
總　經　銷：揚智文化事業股份有限公司
電　　　話：(02)2664-7780
定　　　價：新台幣 350 元
E-mail　　：waterstone@pchome.com.tw
http://www.waterstone.url.tw/

.

濤石文化

濤石文化